ELENA BARGUES (Valencia, 1960) es licenciada en Historia Moderna y Contemporánea por la Universidad de Cantabria. Reside en Santander donde se dedica a la enseñanza de Lengua y Literatura Castellanas. Creció en el seno de una familia que le inculcó la afición a la lectura y, aunque buceó por todos los géneros, le sedujo el histórico al que se entregó en sus estudios. Es una admiradora de las novelas de aventuras y de los novelistas ingleses que cultivan el género histórico como Bernard Cornwell, Patrick O'Brian o Simon Scarrow. No se pierde una aventura de Alatriste de Pérez Reverte.

1.ª edición: septiembre, 2016

© Elena Bargues, 2016
© Ediciones B, S. A., 2016
  para el sello B de Bolsillo
  Consell de Cent, 425-427 - 08009 Barcelona (España)
  www.edicionesb.com

Publicado originalmente por B de Books para Selección RNR

Printed in Spain
ISBN: 978-84-9070-282-6
DL B 11124-2016

Impreso por NOVOPRINT
Energía, 53
08740 Sant Andreu de la Barca - Barcelona

El valor de una condesa

ELENA BARGUES

A mi hermano Fernando y a mi sobrino Pablo, sin ellos, este sueño no hubiera sido realidad.

Introducción

Conocía aquellas peñas como la palma de su mano, no en vano había nacido y se había criado allí. En medio de la noche se movía como si fuera de día y escogía los senderos más pedregosos para evitar dejar huellas de su paso. Era joven y ágil; sin embargo, el que lo perseguía también conocía las brañas, estaba acostumbrado al monte y a las dificultades que este presentaba. Era perseverante en su acoso. Al abrigo de una roca descansó un momento para pensar con claridad.

Quien lo seguía estaba enterado de la ruta; luego, lo había vigilado en otras ocasiones. ¿Habría descubierto el lugar donde recogía los mensajes? Si así fuera, no los habría encontrado puntualmente. ¿Y si los había cambiado para que no sospechase? Tampoco; en Madrid se hubieran dado cuenta de las falsas misivas. Lo habían detectado a él, pero no el lugar del intercambio ni cuándo debía acudir allí. Entonces, ¿cómo lo habían localizado?

Esas preguntas tendría que responderlas más adelante, ahora lo que le acuciaba era deshacerse de su perseguidor. Si continuaba por el margen de la corriente del Carranza, no lo conseguiría. Recordó un ascenso difícil y duro desde allí, la cara sur, hasta el pico del Carlista. Había tramos peligrosos que requerían trepar y, con un poco de suerte, el perseguidor se despeñaría.

Sin dudarlo, se lanzó adelante y al amparo de los árboles comenzó el ascenso, lento pero decidido. Le llevó parte de la noche. Cuando llegó arriba, tenía las manos despellejadas y sangrantes, sudaba a pesar del frío y sobre los montes se perfilaba el tenue clareo del amanecer. Estaba a salvo, era imposible que lo hubiera seguido hasta arriba. Buscaría un refugio entre los riscos para descansar y dormir un rato y, a plena luz del día, regresaría a Ramales. Nada más echar a andar, oyó el ruido de un fusil al amartillarse. Un estampido rasgó el silencio de los montes. Sintió una quemazón en la nuca. Luego, nada.

1

Día 12 de junio de 1871

Juan aguardaba pacientemente en la antesala del gabinete de Práxedes Mateo Sagasta. Nunca imaginó, cuando desembarcó en Cádiz, que sus pasos lo llevarían hasta uno de los políticos más carismáticos. En California, los padres de la misión le habían informado del devenir político en la península. El hombre que lo había citado era un reputado liberal que había participado en la sublevación del cuartel de San Gil para destronar a la reina Isabel II, había sido detenido, juzgado y condenado a muerte. Consiguió huir y se exilió en Francia. Tras la revolución de 1868, que consiguió destronar a la reina, regresó y, desde entonces, había ocupado diferentes cargos en el gobierno. Eran tiempos revueltos. ¿Cómo había sabido de él? ¿Qué necesitaba de un indiano ajeno a la política de España?

—¿El señor don Juan Martín? —preguntó un joven imberbe con unos manguitos de tela oscura que le cubrían desde la muñeca hasta el antebrazo. Juan asintió—. Sígame, por favor.

Recogió el sombrero y disimuló su sorpresa al comprobar que no era recibido en el gabinete, sino que lo conducían a otro lugar de la casa. El escribano abrió una puerta, lo anunció y lo invitó a pasar.

Se encontró en un saloncito bien iluminado gracias a una amplia ventana. Las paredes, enteladas en azul, hacían juego con los cortinajes y las tapicerías de las sillas. Sobre una mesa camilla había un servicio de café. Sagasta, de pie junto a la mesa, extendió una mano para darle la bienvenida.

—Señor Martín, es un placer conocerle.

Sagasta vestía impecablemente y lucía una espesa cabellera morena y peinada hacia atrás que contrastaba con una poblada barba blanca; era de cara ancha y nariz recta, algo prolongada hacia la boca. Los ojos, vivos e inteligentes, lo escrutaron sin disimulo. Destilaba la seguridad de un hombre acostumbrado a la política y a evaluar a las personas que se presentaban ante él.

—El inesperado placer es mío —respondió Juan cortésmente, a la vez que le estrechaba la mano.

—Por favor, tome asiento. ¿Un café?

Juan asintió. Decidió seguir los prolegómenos de la extraña entrevista; además, mientras el propio Sagasta servía el café, se le ofrecía la ocasión de estudiarlo sin caer en la grosería. Tomó la taza que le alargó y observó cómo Sagasta retiraba los faldones del chaqué antes de sentarse, revolvía el café y apuraba un sorbo.

—Estará desconcertado por haber sido invitado con tanta insistencia —arrancó a hablar el político—. Sus intenciones de asentarse en la península y sus operaciones económicas en Cádiz no han pasado desapercibidas para la gente de mi partido.

—No comprendo cuál puede ser el interés del partido liberal sobre mi persona. Carezco de familia en España y de abolengo, y a esto debo añadir que la política no figura entre mis intereses.

—Si me concede unos minutos, le desvelaré el misterio —rogó Sagasta. Devolvió la taza de café a su plato y se concentró en la conversación—. Contactó con el gobernador, que es un conocido mío. Sabía que yo estaba en un aprieto y me propuso su persona. Ahora que lo tengo ante mí, creo que ha estado muy atinado. Es usted joven, decidido, inteligente. Si no fuera por ese acento que revela que está más acostumbrado a otro idioma, pasaría por un burgués bien acomodado. Es una agradable sorpresa, estoy acostumbrado a indianos de modales exagerados y forma de vestir estrafalaria.

—Le agradezco el halago, pero, a pesar de mi inteligencia, sigo sin discernir lo que desea de mí.

—Nos interesa la situación en la que se encuentra. Busca tierras para asentarse y dedicarse a la cría y doma de caballos. De hecho, ha realizado una importante compra en Jerez.

—Efectivamente, treinta yeguas y seis sementales andaluces. Tendré caballos de tiro, aunque me centraré más en los de monta. ¿El gobierno necesita abastecer al ejército?

—En absoluto —negó Sagasta, ante la perplejidad de Juan—. Mi interés es su necesidad: necesita tierras para la cría y casa para acomodar a sus hermanos, que están por llegar. Eso requiere un tiempo del que no dispone. Ya sé que con dinero todo se allana; sin embargo, yo puedo cubrir esas necesidades de forma inmediata y sin costo.

—La vida me ha enseñado que no hay nada gratuito.

—Así es. Tengo un problema que puede serle beneficioso a usted. Verá, en 1839, Espartero, con el abrazo de Vergara, dio por concluido el asunto carlista. No obstante, en las recientes elecciones de marzo, aunque mi partido arrasó en las urnas, hemos comprobado, con gran disgusto, que los conservadores han perdido terreno a favor del partido Comunión Católico-Monárquica de Cándido Nocedal.

—Defensor del carlismo —concluyó Juan—. Desembarqué en abril y no se habla de otra cosa a donde quiera que vaya. Es el director del periódico *La Esperanza* y no es el único, Villoslada dirige *El Pensamiento Español*, de la misma tendencia. No comprendo su sorpresa.

—Está bien informado para no interesarle la política —observó Sagasta.

—La economía y la política corren parejas, pero no aspiro a formar parte de esa élite.

Sagasta asintió con un brillo en los ojos, aunque su rostro permaneció impasible.

—Muy loable —admitió el político—. Regresemos a mi relato. Por aquel entonces, los carlistas se extendieron por tierras cántabras e intentaron llegar a las astures. La batalla de Ramales, un pequeño valle en la parte oriental santanderina que linda con Vizcaya, significó el fin de las aspiraciones carlistas, que se replegaron a su feudo. Aun así, quedaron algunos flecos sin rematar. Uno de estos flecos es el conde de Nogales, más concretamente la actual condesa, ya que el conde falleció hace más de un año. Begoña de Arriaga contrajo matrimonio con Miguel Hermosa de la Torre, conde de Nogales, que poseía casa solariega y tierras en Ramales y en Ampuero. Ella tenía dieciocho años y él cincuenta.

—¡Puff! —resopló Juan, incómodo.

Sagasta no se dio por enterado y continuó.

—Los carlistas buscan retomar el control de la zona oriental cántabra. El conde de Nogales, fiel a los ideales de su padre, carlista y exiliado, prometió apoyo y su influencia sobre las guarniciones y autoridades del lugar. Por suerte para nosotros, el conde falleció poco antes de las elecciones; así que ahora nos encontramos con una joven viuda con muchas tierras a la que los carlistas ya le han buscado un pretendiente afecto a la causa para controlar la zona.

—¿No pretenderá que la seduzca por un título y unas tierras? —rechazó Juan, incrédulo—. Mis necesidades no me llevan a aceptar tan maquiavélico plan.

—Usted es comerciante —convino Sagasta, recostándose en el respaldo de la silla—. Negociemos. La seducción no será necesaria.

Juan perdió la compostura. Se peinó el cabello con los dedos hacia atrás a la vez que su expresión mostraba la perplejidad que lo embargaba.

—No veo la negociación —respondió, y clavó una mirada decidida en Sagasta.

—La ve, pero no se la cree —rebatió el político—. Escuche, y no me interrumpa hasta el final. El matrimonio será de conveniencia; es más, una de las cláusulas es que no debe consumarse, de manera que, al cabo de seis meses de mantener la impostura, obtendrán la anulación tanto civil como eclesiástica. Al término de ese tiempo, usted se quedará con la casa solariega, los terrenos que lleva aparejados y el título de conde de Nogales, que el gobierno le ratificará.

—No me gusta que se obligue a una mujer —negó nuevamente Juan.

—Nadie la obliga, está conforme; y nos apremia a llevarlo a cabo antes de que los carlistas se adelanten. Ellos sí que la obligarán. Parece ser que el matrimonio con el conde no fue tampoco de su agrado, aunque desconozco los términos en que se produjo.

—No lo entiendo. Ella pierde patrimonio, posición social.

—No es asunto nuestro, pero ya que se muestra renuente, le diré que ha sido idea de la condesa, a nosotros nos ha llovido del cielo. Personalmente, creo que el motivo ha sido la boda con el conde, desde entonces odia a los carlistas. No lo sé. Usted ha llegado en el momento adecuado y nos ha parecido idóneo porque, al ser recién llegado, los carlistas no sospecharán nuestra participación en el engaño. Este detalle también lo mantendrá a salvo.

—No lo creo.

—Intuyo que sabe mantener cara de póker en sus jugadas.

Juan se preguntó si Sagasta sabría más de lo que

aparentaba. Resultaba un tanto paranoico pensar que hubieran transcendido hasta España sus andanzas en California. No era tan importante.

—Es mucho lo que gano por una boda de seis meses.

Sagasta sonrió taimadamente. Juan dedujo que algo más importante que las tierras y la influencia había en juego.

—Existe una red de espionaje entre Ramales y las Encartaciones, la conocemos por el nombre de «Brezal». Un enlace recoge el mensaje y nos lo envía. Hace un par de meses el enlace apareció muerto. Sin embargo, alguien ha tomado el relevo porque siguen llegando los mensajes y por la misma vía.

—La red sigue funcionando, los carlistas localizaron el enlace pero no han descubierto al espía. Aguardarán al siguiente enlace para cazarlo vivo.

—Cierto. Y usted tiene que evitarlo. Sospecharán de cualquier lugareño, pero no de un indiano recién llegado que desconoce la política y el lugar. Hágase el tonto y concéntrese en preparar el lugar para adecuarlo como explotación equina. Nadie lo tomará en cuenta. Debe facilitar el camino al enlace. Con ayuda de la Guardia Civil, cuyo teniente está al tanto, controlará a los carlistas de la zona.

—Parece muy fácil, pero sería un necio si lo creyera. ¿Quién es el enlace? ¿Por qué no lo hace la Guardia Civil?

—Estamos hablando de espionaje, de muertes extrañas que no interesa que se hagan oficiales. No solo no conocemos el enlace, ni siquiera sabemos quién ha formado esa red.

—Lo único que me seduce es la brevedad del tiempo: seis meses.

—¿Solo eso? Dígame, ¿cuánto tiempo le llevaría adquirir tierras y una casa de acuerdo con su posición económica? Como verá, no incluyo el título, que sería impensable.

—¿Cuánto tiempo me llevará contraer matrimonio y asentarme en la Tierra Prometida? —contraatacó Juan, irónico.

—Un día. Está todo preparado para celebrar una boda por poderes. En cuanto tuvimos noticia de usted, lo arreglamos —respondió Sagasta, triunfal.

Juan respiró hondo para sacudirse el estupor que se había adueñado de él.

—Es usted persistente y persuasivo. Sé que estoy cometiendo un error, pero el cebo es jugoso.

—Será una boda discreta. No se preocupe por los detalles, tan solo asista a la dirección que le facilitará mi secretario. Allí nos encontraremos. Llevaré los papeles sobre el acuerdo, firmados por el actual presidente del gobierno, Salustiano de Olózaga. Tras la celebración, es usted libre de partir cuando se lo permitan sus negocios, aunque he de rogarle que no lo demore en demasía. Nos interesa que su presencia deje constancia del nuevo estado de la señora condesa.

2

Día 3 de julio de 1871

La tenue luz de un gris amanecer iluminó la estancia. Desde que contrajo matrimonio por poderes en una iglesia de Santander, a medida que transcurrían los días sin noticias de su nuevo marido, dormía peor. La incertidumbre le estaba pasando factura.

Confiaba en que el acuerdo se respetara; aun así, hasta que concluyeran los seis meses, no descansaría. Luego sería libre, libre de verdad. Se estiró bajo las sábanas de lino con complacencia.

Una discreta llamada en la puerta anunció la entrada de Carmela. Desde que su madre falleció a causa de unas fiebres y su padre la contrató como señorita de compañía, no se había separado de su lado. Carmela tenía treinta y seis años, vestía sobria pero elegante, bien parecida, de rasgos finos y cabello castaño; los ademanes y los gestos transmitían confianza y seriedad. Cuando fue obligada a contraer matrimonio, se prestó a seguirla en su calvario. Todavía se estremecía de repulsa al recordar al viejo carcamal, los babeantes besos, las lujuriosas manos sobándola. Apartó los desagradables recuerdos del difunto marido con un suspiro y se incorporó en la cama.

—El buen tiempo se ha cansado y ha decidido inaugurar el mes de julio con lluvia —anunció Carmela. Se dirigió con paso resuelto hacia la ventana.

—Para el campo será una bendición —replicó Begoña.

—¿Cómo es que no le han dado una descripción del hombre?

—Déjalo ya, Carmela. Ignoraban quién se prestaría. Carece de importancia. No podrá tocarme o se romperá el acuerdo. Lo dejé muy claro.

La posibilidad de que otro hombre dispusiera de ella como lo había hecho el difunto Miguel, conde de Nogales, la enfermaba. En el mismo entierro, no habían terminado de echar tierra sobre el finado cuando don Nicolás, apelando a los designios del Señor, le anunció su próximo enlace, una vez cumplido el luto de rigor. Por esa razón había decidido adelantarse a los acontecimientos y trazar su propio destino.

—Sin embargo, no pega ojo —recriminó Carmela.

—Mi vida vuelve a dar un giro. Estoy inquieta ante la reacción de Ochoa y los suyos. No hay que subestimarlos.

—El plan es bueno —admitió Carmela—, a pesar de que haya sacrificado el título y parte del patrimonio que tenía bien merecidos.

—Si me permite ser dueña de mi persona, bienvenido sea.

—¿La única referencia que se hacía en el mensaje era el origen californiano?

—Será un patán enriquecido ante el que Sagasta ha agitado hábilmente el título y las tierras y ha aceptado lleno de codicia.

—Fácil para manejarlo.

—Ojalá que don Nicolás caiga fulminado de un ataque de apoplejía cuando reciba la noticia —soñó Begoña.

Begoña abandonó las cálidas sábanas, se sentó en la mesa tocador y permaneció mirando la imagen que le devolvía el espejo.

—Se ha quedado muy pensativa —observó Carmela, mientras le desenredaba el pelo con un cepillo de plata.

—¿Qué cara pondrá Iñaki Ochoa?

—¿Ese descarado, engreído y ambicioso? Cada uno consigue lo que se merece —sentenció Carmela—, aunque no hay que olvidar que es peligroso. Dios quiera que el indiano tenga suficiente hígado para mantenerlo a raya.

—No me preocupa. Por la cuenta que le trae, Sagasta no me dejará desamparada. Al menos, concedámosle el beneficio de la duda.

Abrió un cajoncito del pequeño bargueño que descansaba sobre la mesa en la que se acicalaba y sacó un pliego. Era una misiva en la que Sagasta informaba de que el acuerdo había sido aceptado y de la inminente celebración de la boda en Santander, lejos de los tentáculos de don Nicolás. Aseguraba que el novio superaría sus expectativas con creces y, añadía, que no hacía falta que se lo agradeciera.

Las últimas palabras no sabía cómo interpretarlas,

si de forma sincera o irónica. Solo quedaba aguardar para averiguarlo.

Durante el desayuno organizaron el día. La semana anterior, de regreso de Santander, habían visitado la casa de Ampuero en la que residirían en cuanto consiguiese la anulación del matrimonio. Habían trasladado algunos muebles de la casa solariega, aquellos que deseaba conservar, bien por su valor o por su utilidad, antes de que el nuevo propietario los viera y los echara en falta más adelante. También habían trasladado una docena de vacas a los establos de Ampuero.

—No hay mucho que hacer si no puedo montar a caballo —comentó Begoña con el aburrimiento dibujado en la cara.

—Debería guardarse su excelencia —recomendó Carmela—. En cuanto corra la voz del nuevo matrimonio, su vida puede peligrar.

—La mía no, Carmela. Yo soy imprescindible. La del indiano: a rey muerto, rey puesto.

—¡Santo Dios! No lo había pensado. Hemos condenado a un buen hombre a la muerte.

—¿Desde cuándo los hombres son buenos? Este acude al olor del dinero y del título. No seas necia —refutó Begoña, lejos de sentir ningún arrepentimiento.

Begoña no estaba dispuesta a perdonar. Creció junto a su padre, un médico rural de las Encartaciones, una comarca de Vizcaya entre montes. Era un hombre liberal en medio de un ambiente aferrado a las costumbres ancestrales y fiel al absolutismo; no era gente que aceptase plácidamente los cambios. A causa de su profesión se movía libremente y era respetado por el pueblo; o al menos, eso pensaba él. Como se encontraba muy solo, la llevaba en todos sus desplazamientos, por lo que aprendió a cabalgar y a orientarse por los montes. Su padre le enseñó a disparar la escopeta para defenderse de las alimañas o de algún desaprensivo refugiado en las alturas; aprendió a leer, a escribir, a calcular, anatomía y química para ayudarle a confeccionar ungüentos y jarabes, pues no siempre disponían de un boticario a mano, mientras velaban a los enfermos o aguardaban un parto.

Un mal día su padre fue reclamado para atender a un herido en casa de los Baigorri. Habían organizado una cacería por los montes y uno de los invitados había sufrido un accidente. Era un hombre mayor, vecino de Ramales, un pueblo de la provincia de Santander que lindaba con Vizcaya. Begoña no le prestó mayor atención, entre otras cosas, porque un joven capitán, Ignacio Ochoa, se ocupó de captar la suya. Era un hombre recio, guapo a su manera, de facciones correctas y mirada cariñosa. La embelesó con palabras agradables y atenciones inusuales durante los tres días que permanecieron alojados allí para que su padre se ocupase del paciente.

Esos tres días quedaron grabados en su ingenuo cerebro como un acontecimiento especial. Era la primera vez que conversaba con un joven que despertase sus sentimientos de mujer, acostumbrada a que los mozos del pueblo se mantuvieran apartados ante la incomprensión de una educación tan liberal. Ella tampoco contribuyó a un acercamiento con elementos tan cerriles. Su mente mariposeaba con otras ideas cargadas de ideales y de romanticismo que el apuesto capitán había conseguido que brotáran con fuerza.

Un día, al regresar de un recorrido por varios caseríos del monte, encontraron la casa ocupada por varios militares. Su padre desmontó visiblemente cansado y le ordenó que le alcanzase el maletín con el instrumental. No era la primera vez que vivían esa situación. De todos era conocido que el carlismo seguía latente en los montes y, de vez en cuando, entrecruzaban unos tiros.

Cuando descubrió al capitán Ochoa entre los que aguardaban fuera, el día cambió para ella. Se ocupó de las monturas con la esperanza de que el muchacho le ofreciese su ayuda; sin embargo, no sucedió nada. Condujo los animales al establo y, mientras los liberaba de las sillas, oyó las caballerías y las voces de los militares que se marchaban. Ella se asomó corriendo para verlos alejarse. Ni una palabra, ni un adiós.

Terminó de almohazar los caballos y se dirigió a la casa. Halló a su padre sentado con la cabeza hundida entre los brazos, que apoyaba sobre la mesa camilla. Ella creyó que estaba abatido porque no había servido de gran ayuda al herido.

No le ocultó nada. Quería que supiera hasta el más nimio detalle de las razones que la obligaban a tener que aceptar un matrimonio tan inconveniente como indeseado. Si no consentía, sus vidas no valdrían ni una blanca, entre otras amenazas veladas sobre ella que su padre no omitió. Nunca lo había visto tan triste ni tan impotente.

Durante los días siguientes, en su cabeza de mujer comenzó a germinar una idea. Los hombres pueden batirse, luchar frente a frente; pero las mujeres también cuentan con sus armas, otras más finas, más sibilinas y, con el tiempo, más perniciosas.

No inició ningún preparativo para la boda que se celebraría en Carranza. Que los hiciera el conde si tanto interés tenía. No permitió que su padre gastara en ajuar o en el traje para la ceremonia, sería una forma de manifestar al conde su desprecio, porque era lo único que le suscitaba un hombre que recurría a la presión para obtener lo que deseaba.

Participó a su padre parte del plan que había pergeñado y, ante el brillo joven que inundó la vista cansada del anciano, supo que la apoyaría. El conde se presentó en Carranza el día antes de la ceremonia, la colmó de obsequios caros y le regaló el vestido para la iglesia. Por indicación de su padre, se mostró complacida y sumisa, aunque sin falso apasionamiento ni muestras de afecto. Acompañaron al conde varios generales, coroneles o lo que fueran, reconocidos simpatizantes del carlismo; por su parte, asistieron su padre y Carmela. Distinguió entre tanto galón al capitán Ochoa, quien se mantuvo discretamente al margen. Ese mismo día por la tarde partieron hacia Ramales. Fue la última vez que vio a su padre. Tres meses después falleció de un disparo en el monte. Nunca se supo quién fue el autor. Eran tiempos revueltos y peligrosos para desplazarse de caserío en caserío sin escolta, adujeron las autoridades competentes. Sin embargo, a ella le constaba que había sido asesinado por los carlistas, sorprendido, probablemente, en una actividad que no había sido de su agrado.

Unos meses después el conde fue hallado muerto en su despacho; un infarto, dictaminó el galeno del pueblo. Fue enterrado diligentemente en el panteón de la familia, pese a las protestas del párroco don Nicolás, quien requería la opinión de otro médico más competente y que se aguardara a las amistades militares de Vizcaya. Por ventura, fueron unos días especialmente calurosos, por lo que el boticario se unió al parecer del galeno y de la joven viuda, y se dio tierra al conde.

Si Begoña en algún momento se hizo ilusiones sobre su libertad, se lo dejaron muy claro los militares con medallas que acudieron a darle el pésame, acompañados por don Nicolás. El título y la posición de las tierras eran fundamentales para la causa y no podían quedar en manos de cualquiera. Ahora era ella quien llevaba las riendas y decidieron edulcorarle la situación: el capitán Ochoa sería el afortunado.

La bienhadada fue la propia Begoña por el luto de rigor que había que guardar, una espera que le proporcionó el tiempo suficiente para planificar el próximo movimiento.

Ahora que había dado ese paso, la agobiaba la ansiedad, la incertidumbre de las consecuencias que podía acarrear tan audaz decisión. Aunque en lo más íntimo estuviese convencida de que había actuado bien, siempre quedaba una sombra, no había plan perfecto, dependía de la agilidad mental de cada contendiente para jugar la mano una vez echadas las cartas.

Carmela había terminado con el peinado cuando entró Herminia, después de llamar suavemente a la puerta.

—Cosme, el tabernero, ha enviado a un muchacho para comunicarnos que la diligencia de la mañana ha dejado un equipaje para esta casa.

—¿Un equipaje? —preguntaron al unísono Begoña y Carmela.

—Eso ha dicho, excelencia —ratificó Herminia.

—Envía a Felipe a recogerlo y que procure enterarse de algo más —ordenó Begoña.

—¿Tendrá algo que ver con su nuevo marido? —elucubró Carmela.

—Lo lógico es que llegara con el equipaje —razonó Begoña.

—A no ser que sea mucho o que haya perdido la diligencia por alguna causa.

—Es igual, ya nos enteraremos. Mira, ya tenemos ocupación para esta mañana. Si es realmente el equipaje del indiano, podremos curiosear a nuestras anchas —concluyó satisfecha.

3

Día 7 de julio de 1871

Juan abarcó con la mirada la cordillera que se erguía ante él. Después de la boda por poderes, el secretario de Sagasta le entregó el nombre de una familia de Ramales en la que podía confiar si las cosas tomaban un cariz demasiado feo. Pasó dos días más en la villa de la Corte para solucionar papeleo y escribir a sus hermanos, comentándoles la nueva situación. En la última carta que había recibido, Francisco le informaba de que habían comprado pasajes para Londres y, una vez allí, buscarían una nave que los dejase en algún punto del litoral cantábrico.

Con ayuda del secretario de Sagasta, se enteró de cuándo llegaba el crucero de Nueva York a Londres y de qué barcos de pasajeros zarparían con destino a España. Encontraron un carguero que recalaba en Santander y, a través de la embajada londinense, le hizo llegar a Francisco una carta en la que le instaba a embarcarse y le facilitaba la dirección de la nueva residencia.

Luego se encargó de que los caballos fueran trasladados en barco a Santoña y de que los enseres y muebles de la casa de California, que estaban a punto de llegar a Vigo, fueran entregados en la misma villa marinera cántabra.

Después trazó un plan de actuación. Compró varios trajes en terciopelo y seda, envió el equipaje a través de un servicio específico de postas y adquirió dos caballos con los que se aventuró por la meseta castellana.

Había pasado noche en la villa de Espinosa de los Monteros y se disponía a remontar el Alto de los Tornos. Llevaba comida y lo necesario en el caballo de carga para acampar unos cuantos días al raso. Había decidido explorar los alrededores de Ramales de incógnito; una vez que se identificase como el nuevo señor de la comarca sería muy difícil pasar desapercibido. Al bajar los Tornos, se desvió hacia la izquierda, Veguilla, y exploró la Sierra de Hornijo. Desanduvo el camino y se internó a la derecha, por la loma del Mazo, acompañándole el buen tiempo en todo momento. Evitó a los pastores que cuidaban el ganado que se extendía por las cumbres, huyendo del calor de los valles. Por las mañanas, la niebla se quedaba anclada entre los montes hasta que el sol rompía los blancos celajes y calentaba la tierra.

Estaba acostumbrado a la vida a la intemperie. Desde niño había cuidado caballos y perseguido cuatreros. Los indios que trabajaban en la hacienda le enseñaron a seguir las huellas; según ellos, si sabías observar, la tierra te revelaba sus secretos. Reconoció los senderos más transitados y descubrió algunos refugios que habían sido empleados recientemente a juzgar por los restos de fogatas.

Se asomó al desfiladero del Carraza y contempló el Pico del Carlista frente a él. Iba a ser la última noche que dormiría al raso. Paseó la mano por la tupida barba, miró el cielo cargado de nubes bajas y decidió buscar refugio para no mojarse.

Se encontraba en el camino entre Riancho y Ramales. Era una loma con escaso arbolado y peñas demasiado redondeadas para ofrecer cobijo. Tentó la suerte y se acercó a las escasas cabañas que quedaban en Guardamino. La mayor parte estaban derruidas, a excepción de un par de ellas que habían recompuesto con una precaria techumbre, seguramente para que sirvieran de refugio a los viandantes entre las dos poblaciones. No le quedaba más remedio que arriesgarse.

No cometió la imprudencia de dejar cerca los caballos para que delatasen su presencia. Los escondió en otra cabaña de la que quedaban tres paredes en pie, acaldó el bagaje en una esquina bajo una lona encerada, cogió una manta y desenfundó el fusil. Ya estaba oscuro cuando se encaminó a la techada.

Al filo de la media noche, lo despertó un disparo, se incorporó de un salto y se asomó a la puerta que había dejado abierta para no delatar que había sido ocupada. Como estaba dormido no pudo discernir de dónde venía; además, la reverberación de las peñas lo dificultaba. Aguardó con el fusil preparado hasta que oyó el resuello de una montura que se aproximaba despacio. El jinete, vestido de oscuro, la llevaba de las riendas mirando a todos los lados, la esbeltez denunciaba la juventud. Buscaba el amparo de los escasos muros que quedaban en pie.

Juan vio bajar a un individuo de un árbol cercano a la espalda del jinete. La silueta levantó el arma y un disparo rasgó de nuevo el silencio de la noche. Juan retiró el fusil de la cara y la amenazante figura se desplomó sobre la hierba sin un quejido. El jinete se lo quedó mirando, paralizado por un segundo, luego reaccionó, montó con gran destreza y salió al galope.

Juan no estaba muy seguro de su intervención, pero le disgustaba la gente que disparaba a traición. Se acercó al herido, le dio una patada antes de acercarse, lo rodeó, se agachó junto a la cabeza, le buscó el pulso en el cuello y no lo halló. El tiro había sido mortal. Era un hombre de mediana edad, vestido de monte, con canana y cuchillo de caza, además del fusil que yacía a medio metro. Nada indicaba su afiliación; sin embargo, tanto el fusil como la mochila que llevaba eran reglamentarios. Había matado al carlista y había salvado al nuevo enlace del espía.

Un relámpago le advirtió de que la tormenta se aproximaba. Finalmente, no le quedaría más remedio que soportarla a la intemperie, pues no podía quedarse en el escenario de los hechos. Suspiró resignado.

Antes de que comenzase a llover rastreó las huellas de la montura del enlace, pero estaba demasiado oscuro para poder examinarlas, así que desistió, recogió la manta de la cabaña y se fue a buscar los caballos.

Estaban inquietos, olían la tormenta. Intentó apaciguarlos canturreando bajo, lo que le impidió prestar atención a los ruidos de la noche.

—No se mueva si no quiere recibir una descarga en el pecho —dijo una voz a su espalda. Juan maldijo su propia estupidez—. Dese la vuelta y no intente nada extraño, soy nervioso por naturaleza.

Juan obedeció. Sintió las gruesas gotas de lluvia que anunciaban el diluvio y decidió ganar tiempo para que se mojase el arma del adversario.

—Escuche, no sé qué está pasando. He oído disparos y hay un muerto a unos metros de aquí. Me disponía a abandonar el lugar para que no me culpasen de algo en lo que no he participado, a pesar de la tormenta que se avecina.

La oscuridad le impedía distinguir el rostro de su contrincante, pero el movimiento del fusil y el cambio de postura delataron la sorpresa del oyente.

—Su acento es el de un extranjero que conoce muy bien mi idioma.

—Soy español, aunque nacido en América —declaró Juan, mientras la lluvia arreciaba por momentos.

—¿No será el indiano que esperan en Ramales?

—He aprendido que «indiano» es una palabra un tanto despectiva, prefiero el nombre que mi nuevo título me otorga: conde de Nogales.

El anónimo interlocutor bajó el arma, aunque ya debía estar inservible. La cortina de agua se había vuelto impenetrable.

—Será mejor que nos refugiemos en la cabaña techada. Tengo lo necesario para encender un fuego.

Echó a andar hacia la cabaña y Juan lo siguió con la manta que recogió de nuevo. Al moverse, sintió el peso del revólver sobre el muslo, al que se ataba la cartuchera. Cuando no lo llevaba, la sensación de desnudez e indefensión eran muy grandes. Entraron en la cabaña y el nuevo compañero trancó la puerta. Conocía bien el recinto porque a tientas consiguió dar con la chimenea y prender algunas ramas secas que había en un rincón. Una vez conseguido el fuego, echó un buen leño para mantenerlo vivo.

Cuando la estancia se iluminó, apreció la avanzada edad del personaje que se sacudía la lluvia.

—Póngase cómodo, la noche va a ser larga —invitó el desconocido—. No se preocupe por el muerto. No lo echarán en falta hasta el amanecer; pensarán que se ha resguardado de la tormenta.

—Habla como si fuera habitual —comentó Juan, quitándose el sombrero húmedo y dejando caer la manta en un rincón seco.

—No lo es, pero últimamente los seguidores de don Carlos andan un poco revueltos. Nuestro gobierno es inestable.

—Perdone, pero ¿con quién tengo el placer de hablar?

—¡Oh! Discúlpeme, qué cabeza la mía. —Se sentó sobre un leño más grueso de lo usual y extendió las manos hacia el fuego—. Matías Arozamena, soy el boticario de Ramales.

Juan se sentó en el suelo, frente a don Matías, después de quitarse las espuelas.

—Extraño sitio para conocernos —comentó Juan,

precavido—, aunque me alegro de haberlo encontrado. Me sorprendió la noche y me he perdido.

—Una ruta un poco curiosa para un conde. ¿Cómo es que no emplea la diligencia?

—Llevaba demasiado tiempo en la ciudad, soy más de campo. Por otra parte, se me ocurrió que viajar de esta forma me permitiría tomar contacto con el país. Es muy diferente de California.

—¡Ah! De ahí el acento.

—Desde hace unos años se ha impuesto el inglés. ¿Y usted? ¿Qué se le ha perdido en este descampado una noche como esta? —Juan no deseaba entrar en los detalles de su vida ante un extraño, así que desvió la atención.

—La obligación. Además de boticario, ejerzo de médico cuando no está disponible el de Gibaja. Es una comarca muy abrupta y resulta difícil estar en varios sitios a la vez. La gente asocia mi profesión con la de la medicina. Me limito a aliviar con mis remedios hasta que acude don Robustiano.

—¿Ramales presenta la misma desolación que esta aldea?

—No, qué va. Ya se ha recuperado del drama que se desarrolló, allá en el treinta y nueve.

—Ya que voy a vivir aquí, me gustaría escuchar la historia de labios de un testigo, a deducir por su edad —lo animó Juan, dispuesto a deleitarse con un buen relato que llenara la noche y lo alejara de cuestiones incómodas—. No acostumbro a disfrutar de una historia de primera mano y la noche será larga.

—Fue en abril del treinta y nueve. —El boticario no

se hizo de rogar y perdió la mirada en sus recuerdos—. Yo había regresado durante un descanso en los estudios que realizaba en Madrid. Tenía veinte años, pero lo recuerdo como si hubiera sido ayer. Algo así se queda grabado en el alma. Reconstruí la casa de mis padres y vivo en ella, y en el lugar de la cuadra abrí la botica.

»Los hombres del general Maroto se atrincheraron en las casas fuertes de Ramales y Guardamino, e instalaron una batería, arriba, en el Camino Real, para resguardar el paso al valle. Espartero avanzaba decidido hacia el pico del Moro y la loma del Mazo. Aquello se ponía feo, por más que Maroto arengara a los seguidores carlistas. Algunos vecinos del valle se quedaron, confiando en las dificultades del terreno, los barrancos y las paredes abruptas de los desfiladeros de los ríos.

—Efectivamente, la orografía es espeluznante —convino Juan, subyugado por el relato.

—Mis padres, pese a mis ruegos, se quedaron. Así que yo me quedé también. Las tropas del gobierno llegaron a los altos del Moro y del Mazo. El cortado del Carranza los detuvo hacia el noreste y los cañonazos de los carlistas al suroeste, donde habían situado la batería al resguardo de una cueva, como dije antes. A Espartero y a O'Donnell, quien era por entonces general del Estado Mayor, les costó Dios y ayuda subir los cañones hasta allí. Los ingenieros y los zapadores trabajaron bajo el fuego enemigo para instalar nueve piezas; pero lo lograron y, durante siete horas, escupieron fuego sobre las posiciones carlistas hasta que estos enmudecieron. Era el día del cumpleaños de la reina gobernadora. La cueva inexpugnable fue ocupada y apre-

sada la guarnición; la pieza de artillería, que aseguraba el camino, quedó neutralizada. Al menos, ese fue el
parte oficial.

A Matías le brillaron los ojos a la luz de las llamas
y una sonrisa aviesa indicó a Juan que la versión del
testigo era otra.

—¿Qué sucedió realmente? —inquirió subyugado
por el relato.

—Espartero se servía de un guía sanrocano, Juan
Ruiz Gutiérrez, quien comandaba una partida de
ochenta hombres que llamaban «La franca de Pas» o
«La partida de Cobanes». Eran hombres duros, arries-
gados. Se convirtieron en el quebradero de cabeza de
los carlistas, a quienes azuzaban y nunca conseguían
atraparlos, nacidos en estos montes que conocían
como la palma de la mano, cada braña, cada escondrijo. La cueva mostraba un difícil acceso desde el camino, ya que la pendiente era abrupta y la estrechez de la
boca obligaba a entrar en menor número, facilitando
la muerte de los atacantes. Desde la cima era un despe-
ñadero. —Matías detuvo el relato con una sonrisa divertida—. El muy taimado era astuto —recordó con
admiración—. Dejaron caer desde la cima montones
de paja que se acumularon en una pequeña explanada
frente a la entrada y les prendieron fuego. El humo
encubrió la subida de la partida de Cobanes y, sin una
baja, apresaron a la guarnición que se ahogaba en el
interior, dejando el camino despejado a las tropas de
Espartero.

—Es curioso cómo el ingenio allana situaciones imposibles —alegó Juan, animado por la historia.

—Eso me lleva a plantear si existen las situaciones imposibles o son resultado de falta de imaginación para resolverlas. —No aguardó contestación y continuó—: Aquel fue el principio del fin. Maroto se mantuvo al abrigo de sus posiciones, en Ramales y en Guardamino. Fueron días inclementes. Las fuerzas de la naturaleza se aliaron con los carlistas y dificultaron el movimiento de las tropas reales. Durante una semana llovió torrencialmente y las operaciones de sitio se complicaron. El uno de mayo se les acabó la buena suerte a los carlistas. Unos cañones en mal estado reventaron aquí, en el fuerte de Guardamino: derrumbaron parte de las defensas y causaron numerosas bajas.

»Maroto envió refuerzos y una velada amenaza a aquellos que tuviesen intención de desertar. El día tres se supo que Diego León se había apoderado del fuerte de Belascoain.

»La constancia de Espartero fue encomiable. El séptimo día del mes, el general trajo de Lanestosa piezas de grueso calibre y, al día siguiente, bajo el fuego carlista, construyeron dos piezas con las que incendiaron Ramales. Destruyeron casas con vecinos dentro, entre ellos mis padres, así como la fortaleza que defendía la villa. Yo me encontraba aliviando a los heridos en la iglesia. Ante el avance de Espartero, los carlistas prendieron fuego al pueblo antes de abandonarlo. Los nuevos señores instalaron el cuartel general en una casa que quedaba en pie, la del conde de Nogales, quien había huido precipitadamente y vivió exiliado en Francia hasta su muerte.

—Tenía entendido que el conde era de mediana edad —interrumpió Juan.

—Era el padre. Perdió todos los derechos, pero el hijo consiguió conservar el título y el mayorazgo porque se proclamó liberal a voz en grito. Una falacia que en el valle nadie se creyó. Han sido bastantes las personalidades facciosas que han morado en esa casa. ¿No ha hablado de esto con su esposa?

—Del pasado, no. Fue un flechazo y nos centramos en nosotros mismos. —Matías asintió, indicando con el gesto que comprendía la pasión—. Pero continúe, sigo en vilo con su relato.

—Debo reconocer que los isabelinos tenían todo en contra: el temporal no cesaba, tampoco el fuego carlista, la orografía tan complicada... Nada de esto hizo desistir a Espartero. El general Castañeda llegó con tropas de refuerzo y Espartero obligó a avanzar a las columnas. Los carlistas no se arredraron ante el aumento del enemigo, sino que cargaron contra él en campo abierto. El encuentro fue sangriento, incluso varios ayudantes de Espartero cayeron. O'Donnell y la división de la Guardia Real rodearon el fuerte de Guardamino por el lado del Carranza, de manera que quedaron aislados de Maroto, quien se mantuvo a buen resguardo en el valle de Carranza. El día once de mayo envió una comunicación a Espartero en la que fijaba los términos de la rendición. Eran razonables y este aceptó. Tras el intercambio de prisioneros, los carlistas abandonaron el valle de Carranza, el fuerte de Molinar, puerta de las Encartaciones, y la fundición de Guriezo.

El silencio anegó la pequeña cabaña cuando la voz de Matías se apagó. Juan se quedó sobrecogido por el cruento relato de unos hechos que habían acaecido hacía treinta años en ese mismo lugar. Observó con respeto las paredes, otrora con vida, que lo rodeaban. Se hallaba en el continente viejo, allí las piedras acumulaban siglos, la tierra había sido hollada por miles de generaciones, cada rincón atesoraba un aliento del pasado.

4

Día 10 de julio de 1871

Una lluvia fina y pertinaz los recibió al amanecer. Entumecidos, recogieron las mantas y apagaron los rescoldos de la fogata. Al salir de la cabaña, Juan buscó con la mirada el cadáver empapado del carlista.

—Daré parte a la Guardia Civil —contestó don Matías a la pregunta no pronunciada—. Usted ocúpese de sus asuntos y no deje que lo envuelvan problemas que no son suyos.

Aunque en California llovía, Juan no estaba acostumbrado a tanta humedad. El día era de un gris plomizo que lo llevó a elucubrar cómo sería el invierno. Una vez ensillados los caballos, montaron y se dirigieron en silencio hacia Ramales. En cuanto distinguieron el caserío, el boticario se detuvo.

—La población recibe el nombre de Ramales a causa de la confluencia de varios ríos. Bajando de los puertos de montaña, el Calera y el Gándara se unen antes de llegar al pueblo. Ya en la villa, el Gándara desemboca en el Asón, que llega desde el oeste, después de rodear la sierra de Hornijo. Más allá, en Gibaja, se suma el Carranza, que fluye del este.

—El agua es abundante y el valle muy verde.

—Si lo que busca es agua, la ha encontrado. Todas estas montañas son de caliza y el agua horada simas y cuevas. La disfrutará en el exterior, como en este momento —y se sonrió de su propio chiste—, y en el interior en forma de ríos subterráneos y acuíferos.

—No parece muy grande Ramales —comentó Juan, apoyándose en el cuerno de la silla.

—La guerra se llevó la juventud. Los carlistas reclutaron a muchos mozos a punta de bayoneta y con amenazas a las familias. Con ellos formaron dos compañías que llamaron «Batallones Cántabros». Y, al final, incendiaron el pueblo. Cuando nos acerquemos se dará cuenta de que las casas son de nueva fábrica, aunque de aquello ya han transcurrido treinta años. Lo material se repone, las vidas cuestan un poco más. Tiene suerte. El palacio de Revillagigedo fue destruido, pero el suyo no. Se encuentra en las afueras, hacia Gibaja.

Juan observó la pequeña villa que se extendía frente a él. El Camino Real la dividía en dos: el este quedaba al pie de la loma por la que él llegaba, y el oeste limitaba con el curso del Asón, fortalecido el caudal por las incorporaciones de los otros ríos. El Asón corría parejo al Camino Real hacia Gibaja. Y hacia allí, en las afueras del pueblo, se encontraba su destino.

Había tomado una decisión precipitada y a ciegas. Una actuación impropia de él que, por lo general, era reflexivo, y mucho más cauto cuando de su criterio dependía el futuro de sus hermanos. Sin embargo, confió en Sagasta, un desconocido. Algo en su interior le compelió a aceptar, algo tan arraigado que formaba parte de él, tan antiguo como el instinto. Por su sangre corría la herencia del espíritu aventurero y colonizador de sus padres y de sus abuelos. Eran nómadas, descubridores que no se arrugaban ante el riesgo y para quienes lo desconocido representaba un reto. Esa vena familiar lo empujó a firmar. Ahora, ante ese paisaje, se convenció de que había acertado.

Iniciaron el descenso hacia Ramales y se internaron entre las casas. Se despidió de don Matías en la puerta de la botica, que se ubicaba en la plaza, y continuó el camino hacia Gibaja.

Enfiló el desvío que conducía a la casa solariega de los condes de Nogales. Ahora, el conde de Nogales era él, se recordó. A causa de la lluvia y de la temprana hora, no se tropezó con ningún aldeano. Se detuvo a contemplar la construcción alargada de dos alturas que constituía el cuerpo principal; este unía dos torres cuadradas de tres pisos, que sobresalían orgullosas del conjunto. Una doble arcada daba paso al zaguán sobre el que se situaba la solana, un balcón corrido de madera que se empotraba en la construcción y quedaba orientado hacia el sol, de ahí el nombre. La fábrica era de piedra, con grandes sillares de refuerzo en las esquinas y en los vanos. En seis meses la casa sería suya, aunque antes debería solventar el asunto carlista y enfrentarse a la extraña condesa que había ofrecido tan extravagante acuerdo a Sagasta.

Azuzó los caballos y se aproximó al portalón del muro que acotaba la finca: la casa solariega y una gran extensión de jardín con árboles. Lo encontró abierto y lo cruzó. Localizó el establo a su derecha, se dirigió allí y descabalgó. Con todavía un pie en el estribo sintió algo punzante en los riñones.

—¡Váyase por donde ha venido! —dijo una voz juvenil.

—Para dar una orden así, antes hay que averiguar quién es el forastero —contestó Juan, sacando el pie y bajándolo, pero sin darse la vuelta para que el muchacho no se pusiera nervioso.

—¿Quién es y qué busca aquí? —preguntó con brusquedad.

—Soy el nuevo conde de Nogales. ¿Y tú?

—¿Con esas pintas de mendigo? A otro perro con ese hueso.

—¿Por qué no dejas que la condesa decida quién soy?

—Lleva demasiada artillería encima para que le permita acercarse a la casa.

—Pues no pienso confiártela, así que tendrás que acompañarme si no te fías.

Juan se dio media vuelta despacio y el muchacho alejó la horquilla de la paja, pero sin bajarla. La duda y la irresolución se reflejaban en el rostro del joven, así que Juan decidió dar el primer paso.

—Vamos a entrar los caballos, están cansados. —Hizo caso omiso del arma del chico y tomó las riendas de las monturas—. No son muy grandes estas cuadras. Espero treinta yeguas y necesitarán espacio. Ayúdame a desensillarlos.

El muchacho dejó la horquilla contra la pared y se aprestó a obedecer la orden.

—¿Va a traer más caballos? —indagó ingenuamente.

—¿Te gustan?

—¡Caray! ¡Sí! —exclamó entusiasmado, sin el recelo con el que lo recibió—. Todavía no entiendo por qué viaja así, lo esperábamos en la diligencia.

—¿Cómo te llamas?

—Felipe, pero todos me dicen Lipe.

—Bien, Lipe, yo cargo con el equipaje hasta la casa y tú almohazas los animales y les das de comer.

—Sí, excelencia.

—¿Por qué me crees ahora?

—Me dijeron que era usted indiano y su extraño acento lo confirma.

Juan meneó la cabeza. Terminaría acostumbrándose a ese apelativo. Salió al exterior y cruzó la distancia que había hasta la casa. Las grandes espuelas californianas tintinearon al chocar sobre las enormes lajas de piedra que cubrían el zaguán. Cogió la aldaba y la dejó caer un par de veces.

Una mujer de treinta y tantos años, morena, de facciones correctas y vestida de oscuro, abrió la puerta. No parecía del servicio, así que preguntó de forma ambigua.

—¿La condesa de Nogales? —solicitó.

Al inclinar la cabeza para descubrirse, por el ala del sombrero vaquero escurrió un chorrito de agua que salpicó los pies de la señora. No pareció notarlo porque, con los ojos entrecerrados, lo examinaba descaradamente.

—No recibe. ¿Quién se interesa por ella?

—Su marido —respondió lacónicamente, sin perder detalle de la expresión de sorpresa.

Aguardó unos segundos a que la mujer reaccionara. Sin pronunciar una palabra, la mujer se hizo a un lado y lo dejó pasar. En ese momento, una criada cruzaba el amplio vestíbulo.

—Herminia, avisa a la condesa de que un hombre desea una entrevista.

Juan no contestó a la provocación que implicaban las palabras de la mujer. Comprendía que no iba vestido como era de esperar y que tanto la barba de días como el olor a monte no ayudaban mucho. Aguantó una vez más el escrutinio de la mujer, quien se mantenía a una distancia prudencial, mientras se formaba un charco a sus pies a causa del agua que escurría del capote encerado.

Unos pies ligeros que descendían por la escalera anunciaron la llegada de la condesa. Asomó al rellano que se divisaba desde el vestíbulo y el descenso adquirió un sonido más lento y compuesto.

Era una mujer alta, esbelta, con el pelo recogido en un recatado moño bajo. El vestido era sencillo, cerrado al cuello y de un color gris oscuro, lo que llamaban de alivio después del luto.

Cuando se aproximó, apreció sus facciones hermosas, excepto la nariz. No era la proporción, que era correcta, lo que atrajo su atención, sino la forma cortada a bisel de la punta, sin afectar las fosas nasales, estrictamente la punta, que se quedó mirando como un tonto hasta que se fijó en los ojos verdes que lo observaban incrédulos.

—¿Quién es? ¿Qué desea de mí?

—Dice que es su marido —intervino la mujer que lo había recibido.

La condesa acusó la información porque se le abrió la boca. Tras un instante de vacilación, se hizo cargo de la situación.

—Tendrá algún documento que lo acredite ¿verdad?

Juan no respondió, abrió el capote, rebuscó en el bolsillo interior de la chaqueta que llevaba y extrajo un papel que alargó. La condesa lo cogió ansiosa y lo desplegó delante de él sin ningún falso rubor.

—¡Oh, Dios mío! Es él —corroboró, bajando el pliego y repasando con la mirada, lentamente, la figura que se hallaba ante ella.

—Si ya ha comprobado mi identidad, me gustaría tomar un baño y adecentarme —sugirió Juan.

—Acompáñalo, Carmela. Cuando haya descansado, hablaremos.

Juan no discutió el tono autoritario de la condesa. No era el momento ni el lugar para establecer los límites del acuerdo. Además, estaba deseando el baño y quitarse las ropas mojadas.

Siguió los pasos de Carmela con el escaso equipaje, ascendieron al piso superior y la mujer se dirigió a una de las puertas orientadas al sur.

—La habitación está dispuesta —informó Carmela entrando delante de él, abrió las contraventanas y se iluminó la estancia—. El equipaje que llegó en la diligencia ya está a su disposición en el armario. La habitación del baño se encuentra al otro lado del pasillo, enfrente de esta puerta. En cuanto suban el agua, le avisaremos.

—Gracias. ¿Y usted es...?

—Carmela de la Nava, la señora de compañía de la condesa con funciones de ama de llaves.

—Gracias de nuevo.

Carmela se retiró con más prisa de lo que se podía considerar educado. Juan se imaginó el parloteo de las dos mujeres intercambiando opiniones respecto a él.

Dejó el equipaje en el suelo e inspeccionó la habitación. A su izquierda, en la misma pared que la puerta de entrada, se alzaba el armario ropero; en el fondo, una chimenea apagada presidía la estancia con dos sillones orejeros y un velador entre ambos. A un costado, junto a la ventana, un escritorio con su silla. Entre las dos ventanas que llegaban hasta el suelo destacaba el mueble con espejo y aguamanil; a su derecha, completaba la habitación una cama de madera de roble macizo con un banco tapizado a los pies para sentarse, un par de mesillas de noche y otra puerta que, por la situación, debía comunicar con la estancia contigua. Era amplia, luminosa pese al oscuro entelado y al zócalo de paños de madera hasta la cintura. El suelo de madera de calidad había sido bruñido con ceras y trapos. Por lo poco que había apreciado en el vestíbulo y en el ascenso por la escalera de piedra, la construcción era buena y sólida, aunque la decoración resultaba agobiante para una persona acostumbrada a la luz y al calor.

Se desvistió y dejó en el suelo las ropas sucias y

húmedas. Del armario sacó un batín y unas zapatillas. Después procedió a deshacer el equipaje que había llevado con él. Cuando acabó, oyó una suave llamada en la puerta y la voz de una de las criadas le anunció que el baño estaba dispuesto.

5

Día 10 de julio de 1871

Begoña aguardaba en el salón a que bajase Carmela. Todavía se encontraba bajo los efectos de la impresión y no razonaba con claridad. Nunca albergó ninguna esperanza sobre el indiano, pero lo que acababa de presenciar ni se le había pasado por la mente. ¡Un desarrapado! ¡Un mendigo! ¿En qué estaría pensando Sagasta? Había conocido indianos, indianos ricos, con mal gusto e incultos, pero que, al menos, se lavaban. ¿Cómo iba a justificar semejante matrimonio?

Begoña se movía sin control por la habitación, incapaz de serenarse ante el desastre que se avecinaba. Carmela entró como un ciclón e interrumpió sus pensamientos junto con las idas y venidas.

—¡Dios mío! ¡Qué desastre! —exclamó Begoña incontenible.

—Es pronto para arrojar la toalla. Démosle una

oportunidad. Veremos cómo queda después de un baño y un buen afeitado.

—Necesitaría un milagro. ¿Después del baño? ¿No recuerdas la ropa que envió? —Begoña retomó los paseos inquietos por el salón.

—Es joven y no ha abierto la boca. No sea derrotista. Igual nos sorprende —contemporizó Carmela.

—¿Más? Bastante sorprendida estoy ya.

—Sea como sea, tendremos que echar hacia delante. A estas alturas ¿qué le importa todo esto? Podría representar un bonito quebradero de cabeza para quien ya sabemos.

—Si no se lo merienda en un decir Jesús.

—Le aconsejo que se tome las cosas con un poco más de optimismo y que trate de sacar el mejor partido de las cartas que ocupan su mano. Usted lleva las riendas de esta baza, no deje que los imponderables se las arrebaten. Es inteligente, transforme la adversidad en un aliado.

—Sabio consejo, Carmela, me he dejado llevar por el disgusto —se avergonzó Begoña, deteniéndose en medio del salón—. Durante el almuerzo estudiaré al sujeto y veré qué se puede hacer con él. Enseguida correrá la voz de que ha llegado el nuevo conde y todos querrán conocerlo.

—Los que le deben preocupar son los únicos importantes. ¿Cómo reaccionará Ochoa?

—Es cierto. Ese pobre hombre tiene los días contados si no lo vigilamos.

—Si lo asesinan, no permitirán que se vuelva casar. Es impensable el fracaso.

—Estamos en un buen lío.

Begoña se encerró en el despacho que se ubicaba en la base de la torre contigua al salón. Era una estancia cuadrada de amplias dimensiones con una única puerta de acceso y dos ventanas cuadradas de medio metro de profundidad con sendas rejas en el exterior. Una mesa enorme de roble llenaba el centro junto a un sillón de brazos de aspecto bastante incómodo a pesar de los cojines. Altas estanterías tapizaban las paredes repletas de libros y legajos, y, en el muro libre de vanos, se abría el hueco de la chimenea, vacía y limpia, esperando el regreso del invierno. Tanto en la mesa como en el suelo se desparramaban los papeles. Desde hacía días, buscaba los partes del administrador para estudiar la situación monetaria y el rendimiento de las tierras antes de que llegase el nuevo conde. No había contado con la desidia de su anterior marido. Al menos, había encontrado las escrituras de la finca y de la casa de Ampuero.

El reloj del salón anunció la hora del almuerzo. Suspiró agradecida de dejar ese entuerto y preocupada por el hombre que iba a conocer en el comedor. Al salir, miró hacia la ventana: había dejado de llover, aunque el día permanecía gris.

Entró resueltamente y se fijó en la mesa dispuesta para dos. Carmela había desertado, bien porque había vuelto a cambiar su condición y se había casado de nuevo, bien porque quería dejarles un poco de intimidad para que resolvieran sus asuntos. Dirigió la vista hacia la ventana para cerciorarse de que habían descorrido los visillos y lo descubrió allí, de pie, observándola en silencio.

El cabello, moreno y abundante, caía, ondulado y húmedo, a ambos lados de la cara recién afeitada. Lo llevaba más largo de lo usual y le confería un aire más relajado que contrastaba con la seriedad de la expresión. Los ojos de color avellana la escrutaban implacables. La barbilla cuadrada estaba partida por un hoyuelo. La nariz recta conducía a unos labios carnosos que se curvaban en una sonrisa pensativa. Vestía mal, con una americana de terciopelo azul que llevaba desabrochada y dejaba entrever la blanca camisa. Un pañuelo, anudado al cuello, impedía que se le viera el pecho y daba un aire paleto al conjunto. Si se obviaba la vestimenta, no estaba mal el indiano, incluso resultaba turbador tanto por la altura y el cuerpo bien formado como por la mirada penetrante. Distaba mucho de cómo se lo había imaginado tras la breve presentación en el vestíbulo; aun así, habría que desenvolver el regalo.

—Señor —e inclinó la cabeza levemente como saludo—, debería haberme hecho notar su presencia —le reprochó.

—Creo que llamarnos por el nombre sería lo apropiado entre esposos —indicó cauto—. Mi nombre es Juan. Y es cierto, mi comportamiento es imperdonable; sin embargo, cuento como excusa que tu aparición me dejó sin palabras, aunque lo que me gusta, sobre todo, es la nariz.

—Vaya, dominas las artes de salón. Has convertido una disculpa en un halago —respondió Begoña, incómoda por el tuteo con un desconocido.

El hombre se movió hacia ella y la mesa sirvió de salvaguarda. Mejor así, pensó Begoña, había perdido la seguridad que la caracterizaba. Le agradó el cálido acento de la pronunciación, pero la desconcertaba la mirada inquisitiva y burlona.

—San Francisco se ha convertido en pocos años en una ciudad como pueda ser Madrid de grande. Seguramente, algunas de nuestras costumbres resulten chocantes aquí, pero la educación es universal, como he podido constatar en los lugares que he visitado.

—Lo siento, no he querido parecer descortés. Me he dejado llevar por los tópicos —se disculpó sonrojada.

—Bonita forma de llamar a los prejuicios —acusó Juan.

—¿Llevas mucho tiempo en España?

Begoña se sentó a la mesa según formulaba la pregunta, sin darle lugar a que la ayudara con la silla. No se explicaba el porqué, pero deseaba que se mantuviera lo más alejado de ella, bastante le costaba mantener el tuteo. Antes de responder, él la imitó y se sentó a la cabecera. Begoña intuyó que estaba acostumbrado a ocupar ese sitio. Toda su persona exudaba masculinidad y autoridad. La conversación la obligaba a mirarlo a la cara, así descubrió que se hallaba ante un hombre joven, a pesar de los labios agrietados y el color moreno de la piel a causa de los días que había vivido a la intemperie.

—Desembarqué en Cádiz hace dos meses, en abril. Sinceramente, han sucedido tantas cosas que me parece muy lejano ese día.

—Como casarse. ¿Quién se lo iba a decir? —Begoña cerró los ojos: lo había vuelto a hacer—. Lo siento.

Herminia llegó con la ensalada y la conversación

quedó interrumpida. Lara escanció el vino en las copas y se retiraron juntas.

—Antes mencionaste las costumbres chocantes. ¿Qué te resulta extraño de las nuestras? —retomó la conversación Begoña.

—La comida.

—Comprendo que no es mucho para un hombre, pero tu llegada nos ha cogido desprevenidas. Mañana te ofreceremos algo más apropiado.

—Hablaba en general. En California se come mucha carne a la brasa: conejo, vaca, cordero. Aquí todo es guisado o hervido con legumbres y verduras.

—¿Cómo es aquello? Me comentaste que San Francisco es una ciudad como Madrid —animó Begoña a que siguiera, de esta forma lo observaba discretamente.

—¿Te has asomado al mar? Así es el estado de California. Las praderas son inmensas, los montes altísimos, los desiertos inabarcables, bosques extraordinarios con árboles de muchos metros de circunferencia en sus troncos, los llaman secuoyas. Todo lo que imagines, hiperbolizado.

—¡Increíble! —exclamó Begoña, impresionada. Percibió que hablar de su tierra lo había relajado.

—Me recuerdas a mi hermana.

—¿Tienes una hermana?

—Tengo hermanos, a los que espero dentro de un mes o así.

Begoña se irguió alarmada.

—¿Van a vivir aquí? ¿Con nosotros?

—No lo había hablado, pero Sagasta conocía mis intenciones de asentarme con la familia.

—¡Sí, sí, claro! —corrigió precipitadamente Begoña.

—Lamento el malentendido, pero no puedo enviarlos de vuelta a Nueva York.

—¿Cuántos son?

—Tres: Francisco, de veintitrés años; Guadalupe de dieciocho y Diego de dieciséis —enumeró Juan.

—Habrá sitio para todos —decidió, aunque era un serio inconveniente con el que no contaba.

Begoña se centró en la comida para evitar la mirada de él. No había sonreído ni una sola vez y, sin dejar de ser amable, se había limitado a responder sin añadir nada personal. Un hombre extraño.

—Me alegro. Necesitaré las escrituras de la casa en las que se especifican las tierras, las medidas y dónde se encuentran situadas.

—¡Ajá! Se terminaron las cortesías y dejamos sitio a la codicia —atacó Begoña, entrecerrando los ojos.

—Confundes codicia con pragmatismo —sentenció el californiano, y se apoyó en la mesa—. Yo vine a España a instalarme con mi familia. Estaba dispuesto a comprar casa y tierras para dedicarnos a la cría de caballos. Sagasta se enteró y me ofreció una vía más rápida para lograr mis intereses. Fin de la historia. Por esta farsa de matrimonio, me pertenece todo esto y tengo derecho a saber exactamente lo que he adquirido.

—Rápido y directo. Son mucho mejores de lo que habrías podido adquirir con tus medios.

—Eso es una cuestión que no voy a discutir.

—He revuelto la biblioteca buscando las cuentas del anterior conde y ha sido imposible sacar algo en limpio.

Cuento con un administrador. Habrá que preguntarle a él.

—Tengo entendido que tu marido no falleció ayer.

Begoña frunció el ceño y se removió inquieta.

—¿Qué quieres decir con eso? ¿Que soy una despreocupada? Otros problemas más acuciantes han acaparado mi atención.

—Como por ejemplo planificar esta farsa y perder todos los derechos sobre el condado. Además, acabo de comprobar que no te entusiasma la palabra «marido».

Begoña se irguió todo lo que le permitieron el cuerpo y el corsé, levantó la cabeza orgullosa y contraatacó.

—No te atrevas a juzgarme por ser mujer. Juego una partida que otros comenzaron por mí. Me defiendo a mi manera.

—Al contrario que tú, yo no albergo prejuicios, me he limitado a constatar un hecho.

Begoña observó al californiano, que se mantenía impasible y relajado. Su cuerpo emanaba fuerza y su mirada, desconfianza. De cualquier forma, seguía siendo un desconocido. Aparte de que tenía hermanos y de que California era muy grande, no había obtenido mucha más información. Espiró agotada por los nervios y por el esfuerzo de mantener una fachada, pero, si pensaba que los problemas de ese día habían concluido, el anuncio de Carmela que llegaba con el café lo desmintió.

—El capitán Ochoa y dos asistentes están desmontando en el establo. ¿Debo traer más café?

—No, los recibiré en el vestíbulo.

—Sí, acompáñalos hasta aquí —contradijo Juan con

voz autoritaria—. Ahora soy yo quien lleva la iniciativa.

—No sabes a quién te enfrentas y desconoces los problemas políticos que acechan el valle —refutó airada Begoña.

Carmela se quedó indecisa.

—Los recibiremos aquí —repitió Juan; con la mirada y un movimiento de cabeza envió a Carmela a la cocina a cumplir con la orden—. Y si quieres resultar convincente, alegra esa cara de enfado. Se supone que nos encontramos en las mieles del matrimonio.

Begoña se apresuró a fingir una sonrisa en cuanto oyó la voz grave del capitán Ochoa que requería ser recibido por la condesa. Herminia se presentó en el umbral de la puerta y lo anunció. La voz de Begoña se quedó en su garganta, cuando la fuerte mano del californiano se apoyó en la suya y le tomó la delantera.

—Hazlo pasar, por favor, Herminia.

Entró un hombre uniformado, de mediana estatura y ancho de espaldas; era guapo y las mujeres se lo habían hecho saber por cómo se movía, con aire de seguridad y poder. Begoña captó la ausencia de una expresión de sorpresa, los partidarios del pueblo le habían informado de los cambios en la casa. El capitán apenas la miró y se dirigió al californiano.

—Caballero, nos sorprende en la sobremesa. Tenga la bondad de compartirla con nosotros —invitó el indiano—. Es la primera visita social que atendemos desde mi llegada. En realidad, todavía no es oficial.

—Soy el capitán Ochoa, mi compañía está acuartelada en Bilbao, aunque ahora se encuentra de maniobras en las Encartaciones. He aprovechado la proximidad para visitar a la condesa en el convencimiento de que se hallaba sola.

Cuando pronunció las últimas palabras, dirigió una mirada de reproche a Begoña.

—Le agradezco su preocupación por la comodidad de la condesa. —Juan se deshizo en una sonrisa y habló en un tono suave y laxo que dejó a Begoña extrañada ante el cambio que se había producido en el hombre con el que hasta ese instante había compartido la mesa—. Conocí a la condesa en Santander, donde coincidimos en el hotel. Su hermosura y su gracia me cautivaron en cuanto la vi.

Begoña sintió que los dedos fuertes se desplazaban de su mano a su barbilla y la obligaban a girar la cabeza hacia el supuesto enamorado. La sonrisa y los ojos avellana inundados de ternura la atraparon y la arrastraron hacia el hombre impenetrable con el que había almorzado.

El carraspeo de un contenido Ochoa los devolvió a la realidad de la que, por unos instantes, se habían evadido.

—Estará de acuerdo en que es imposible no enamorarse de una mujer así.

Begoña se asombró del aplomo del californiano, que ahondaba en la herida del pretendiente desdeñado. ¿No le había informado Sagasta de la situación?

—Efectivamente, es una mujer muy hermosa —corroboró Ochoa, concentrándose en el petimetre que se sentaba a la cabecera de la mesa.

Entró Herminia con un nuevo servicio de café.

Mientras lo desplegaba ante el capitán, el californiano se volvió más imprudente.

—Y dígame, capitán, ¿cuál es la situación política? Como recién llegado, estoy hecho un lío. Mis noticias eran que el carlismo había desaparecido, pero me han informado de que es un partido que está en alza.

—¿Cuáles son sus preferencias? —preguntó a su vez Ochoa.

—Aquellas que mantengan el orden. La guerra me produce escalofríos. He regresado a España para descansar y vivir en paz.

Ochoa sonrió sesgadamente.

—Eso dependerá del bando que escoja.

—El que tenga más posibilidades de ganar, obviamente; lo contrario sería ridículo —movió una mano indolentemente.

—Me complace que sea una persona abierta y sin prejuicios. —Se bebió el café de un trago—. Con esa filosofía vivirá más años.

Sin embargo, a Begoña, esas palabras le sonaron a toque fúnebre.

—Esa es la filosofía que me ha encumbrado —sonrió el californiano petulante.

Begoña se concentró en la taza de café que sostenía para que el capitán no advirtiera su vergüenza.

—Debo regresar antes de que caiga la noche. Les agradezco el recibimiento que me han dispensado y les expreso mis más sinceras felicitaciones por el enlace —dijo el capitán al mismo tiempo que se ponía de pie.

—Lo acompañamos hasta la puerta —se apresuró

Juan a levantarse y se dirigió a Begoña—. ¿O eso no es correcto en un hombre de mi posición, *honey*?

Begoña deseó que la tierra se la tragara. No podía ir peor la entrevista. La expresión seria de Ochoa se había transformado en divertida. No hacía falta ser adivina para conocer los pensamientos que albergaba. La cuestión era ¿cuánto tiempo concedía al indiano?

—No hace falta que le inquiete la etiqueta conmigo, excelencia —disculpó enfatizando el tratamiento—, soy un simple militar.

En cuanto escuchó que el capitán Ochoa dejaba la casa, Begoña se volvió lívida hacia su recién estrenado marido.

—¿Así que con el bando ganador? ¿Te gusta jugar con fuego? Porque eso es lo que llevaba en la mente ese hombre.

—Exageras. Sin embargo, tú necesitas unas clases de interpretación. Eres demasiado transparente. ¿Crees que el capitán se ha creído tu incondicional rendición a mis encantos?

Begoña entrecerró los ojos y observó el semblante serio de Juan. No, no bromeaba. La desconcertaban esos cambios de actitud. Ese hombre tenía más pliegues que un acordeón.

6

Día 12 de julio de 1871

El día anterior lo pasó encerrado en la biblioteca solucionando el desaguisado causado por la condesa, aunque no fue tan significativo como el del propio conde, quien no había llevado control sobre la producción y gasto del patrimonio. Al final, no le había quedado más remedio que acudir al administrador, quien le proporcionó unas cuentas bien maquilladas. Aun así, había sido muy chapucero.

Se vistió de la forma llamativa con que acostumbraba a hacerlo últimamente, aunque su instinto le decía que no engañaría a nadie, y dedicó un rato a reconocer la casa. Era amplia, cuatro habitaciones en el cuerpo principal y dos más en cada torre: ocho en total. En la planta baja, el comedor con la sala de sobremesa anexa en la base de la torre y el salón principal y la biblioteca en la base de la otra torre. En la zona trasera se ubicaban la cocina, la despensa, el lavadero y dos cuartos para el servicio que ocupaban la cocinera y Carmela. Los defectos que encontraba eran la oscuridad, la seriedad de los entelados de las paredes y los horribles e inquietantes retratos de la escalera que conferían un aire lóbrego al interior.

Lucía el sol y había decidido recorrer el pueblo para confraternizar con los vecinos. Salió muy ufano a enfrentarse con el mundo exterior, pues el interior andaba muy revuelto desde la visita del capitán Ochoa. A juzgar por la postura desairada de la condesa, la mujer había dado por perdida su posición de ventaja. Los engranajes de su cerebro podía oírlos: otra vez viuda y en la palestra, aguardando al mejor postor. Pero él no había aceptado para dejarse matar. Por el momento no representaba un problema para los carlistas, que, confiados en su estupidez, aguardarían tiempos propicios. La condesa había dejado al descubierto su juego y ellos le dejarían creer que había ganado. Siempre y cuando el capitán Ochoa, al margen del partido y de los ideales, no ansiara el título y el hermoso cuerpo de la condesa, como le había parecido advertir.

Distaba mucho de ser la mujer que se había imaginado; por el contrario, de belleza singular, no ocultaba un carácter autoritario e independiente, aunque las cuentas no eran su fuerte, tal y como había comprobado. ¿Qué sabía hacer la condesa? La pregunta fue respondida cuando entró en el establo y descubrió la ausencia de un caballo.

—La condesa sale a cabalgar siempre que el tiempo lo permite y no regresa hasta entrada la mañana —respondió Lipe mientras ensillaba el suyo—. Es una incansable amazona.

—Le propondré salir juntos la próxima vez. Hoy quiero conocer el pueblo.

—No hay mucho que ver —informó solícito el mozo—, aparte de la posada de Cosme.

—Cuando he dicho el pueblo, me refería a sus habitantes. ¿Qué me puedes decir de la gente de por aquí? ¿Alguna recomendación?

—Yo de eso no sé nada, excelencia —eludió Lipe—. Me dedico a los caballos.

Juan se dirigió hacia la villa, que se extendía al pie del pico San Vicente, siguiendo la ribera del Asón. A los cinco minutos de marcha quedó a la vista. Las casas se alineaban a ambos lados del Camino Real que comunicaba la villa de Laredo en la costa con la meseta burgalesa. El núcleo urbano se reducía a una pequeña plaza delante de la iglesia, en la que se ubicaban la Casa Consistorial con la oficina de correos y telégrafos, la botica y un almacén en el que se vendía de todo. Al otro lado del Camino se hallaba la amplia posada de Cosme, en la que se alquilaban habitaciones. Era la última posibilidad de pernoctar bajo techo antes de subir el alto de los Tornos; la siguiente venta se hallaba en Espinosa de los Monteros.

Desmontó en la plaza y pasó la brida por una argolla de hierro que había a ese propósito en la fachada de la botica. Cruzó la explanada y se internó en el Ayuntamiento. Lo recibió un joven escribano, se identificó y solicitó una entrevista con el alcalde. No había terminado de hablar cuando se abrió la puerta de la habitación contigua y asomó el alcalde en persona.

—Entre, excelencia. Siempre dispongo de tiempo para conocer a los nuevos vecinos.

Era un hombre recio, de mediana edad, expresión seria y moreno. Los rasgos eran comunes y ninguno característico, excepto un ligero tic en un ojo. Juan enfatizó el acento y el movimiento de las manos y le expuso sus problemas con los mojones de las lindes de los terrenos.

—¿Quién es su administrador?

—López.

—¡Humm! Es un hombre sin iniciativa. Será alguno de los clientes y vecino vuestro quien haya querido aprovecharse de la inexperiencia de la condesa viuda.

—Viene de lejos —refutó Juan.

—El anterior conde no destacaba por cumplir con sus obligaciones. No está en mi ánimo la crítica, solo constato un hecho —matizó prudentemente Evaristo.

—Usted es muy joven para recordar la guerra que se desarrolló aquí.

—Había cumplido ya los trece años, pero mi familia es de San Roque. Al terminar la guerra, hizo falta repoblar esta zona. Muchos de nosotros somos de valles vecinos. ¿Qué interés le suscita la guerra?

—Curiosidad. Pasé la noche en Guardamino con el boticario.

—Eso tengo entendido. No es saludable perderse en el monte; a pesar de la Guardia Civil, no son seguras las alturas. Me puso al corriente del asesinato. ¿No vio algo sospechoso o se cruzó con alguien?

—No, aunque lo cierto es que iba preocupado buscando dónde refugiarme de la tormenta. Los disparos me cogieron por sorpresa, pero lo primero que me vino a la mente fue un cazador. No imaginé un asesinato. San Roque fue una población muy castigada por los carlistas, por lo que me relató don Matías. Me cautivó la historia de Juan Ruiz Gutiérrez. ¿Llegó a conocerlo?

El alcalde entrecerró los ojos y lo miró fijamente. Tras reflexionar un instante, respondió:

—Es usted de fuera, pero yo le recomendaría que, si quiere vivir en paz y armonía con los vecinos del pueblo, se abstuviera de mencionar una guerra que todos deseamos olvidar.

—Discúlpeme, no era mi intención remover dolorosos recuerdos. Como don Matías se mostró tan solícito en ilustrarme sobre la historia de la villa...

—Don Matías cada vez está más viejo y más hablador.

A partir de ahí, el alcalde abandonó el tema y se ciñó a los problemas de cambio de titularidad de la finca y a la inscripción de un nuevo vecino. Juan mantuvo la postura de nuevo rentista hasta el umbral de la Casa Consistorial. En la misma puerta le abordó un hombre con el uniforme de la Guardia Civil: azul con abotonadura a los lados, cuello y puños rojos, espada colgando a un costado y tricornio algo levantado por detrás. Ese mismo año, por lo que había sabido Juan a través de Sagasta, una reforma orgánica había distribuido los efectivos del cuerpo, creado por el duque de Ahumada en 1844, de una forma más eficaz por el país.

—Excelencia, se presenta el teniente de la Guardia Civil, Eusebio Rodríguez, del cuartel de Gibaja.

—Teniente. —Juan inclinó la cabeza a modo de saludo—. Imagino que querrá interrogarme sobre el incidente del monte.

—No es necesario. Don Matías fue prolijo en los detalles. —Mientras hablaba, el teniente echó una mirada en derredor para asegurarse de que no había nadie al alcance de lo que decían—. Esto creo que es suyo. —Dejó un cartucho de latón en su mano—. No está fabricado en España. La próxima vez sea más cuidadoso, ya me he deshecho de la bala alojada en el cuerpo. No es conveniente dejar pistas a los militares, aunque nadie ha reclamado el cuerpo por el momento.

—No tuve tiempo, casi me sorprende don Matías. No me pareció militar.

—Visten de pastores o cazadores. ¿Le amenazó el muerto?

—No. Casi se carga al espía.

—¿Lo vio? —El teniente respiró con ansiedad.

—No, demasiado oscuro. Espero que tampoco me haya reconocido.

—Poco probable. Don Matías tampoco andaba muy convencido de su identidad. ¿Acostumbra a vestir así? —Juan sonrió torcido y no contestó—. Será difícil que lo asocien con la figura del vagabundo de Guardamino.

—No estoy muy seguro, las noticias corren por estos parajes. Creo que ya está en boca de todos que me perdí por el monte. Ya he recibido la visita del capitán Ochoa y al alcalde no le caigo bien.

—Si ha llegado a sus oídos que Ochoa ha estado en su casa, es natural. Su padre es el famoso licenciado don Manuel Abascal, perteneció a la partida de Cobanes. Su cabeza será una de las primeras que rueden si se acercan por aquí los carlistas. El mensaje de la otra noche era vital: Rada y Amador se hallan en Laredo y Santoña para anunciar el levantamiento del general Elio el diecinueve de julio. La Guardia Civil se encuentra en estado de alerta.

—¿Por qué arriesga tanto don Evaristo?

—Tiene un hijo y no quiere que caiga en manos de los facciosos. San Roque de Riomiera sufrió sus levas forzosas. No debemos permitir que se repita la situación de los años treinta. Si seguimos hablando en público más tiempo de lo necesario para conocernos, llamaremos la atención. Le recomiendo la posada como fuente de información.

Se despidió del teniente, echó un vistazo a la montura que se encontraba rodeada de algunos vecinos y se encaminó hacia la posada. La mañana estaba resultando provechosa, aunque todavía no había localizado el apellido que le había indicado el secretario de Sagasta. No quería preguntar por él ni siquiera al teniente, pues ignoraba hasta qué punto conocería los antecedentes de los vecinos. Así que estaban al borde del abismo, a punto para la sublevación. No era de extrañar que la pasada noche intentasen interceptar al espía.

La Posada del Asón era una venta con dos entradas: una independiente para los que se alojaban en ella y otra de acceso directo a la taberna. A la derecha, hacia la salida del pueblo en dirección a los Tornos, se levantaba un amplio establo con corral que contaba con caballos de refresco para los carreteros y la diligencia.

Entró en la taberna y se hizo el silencio. Tardó en

habituar la vista a la oscuridad de la estancia. Era el mediodía y el lugar estaba abarrotado de lugareños y viajeros que se disponían a almorzar. Se acercó a la barra y pidió un vino. En un tono más bajo, se restablecieron las charlas paulatinamente.

Cosme era un hombre joven, corpulento, moreno, de grandes manos y sonrisa amable. Atendía la barra y las mesas incansable, pero sin agobio. Era un negocio próspero, siempre y cuando no hubiera guerra.

Juan aguardó con el vino en la mano a que se concediera al posadero un pequeño respiro. Mientras tanto observó a la clientela. En una mesa comían dos hombres junto a una mujer que, por las trazas, eran los pasajeros de la diligencia que se encontraba fuera. En otra mesa, tres hombres almorzaban con fruición y escasas palabras, uno de ellos descollaba por ser rubio y de ojos claros entre la marea de morenos del valle.

Apoyados en la barra, había otros dos hombres que lo escrutaban disimuladamente. Uno, vestido con ropas de monte y un morral al hombro; el otro, un labriego de posición a juzgar por la calidad del paño. No cruzaron una palabra entre ellos.

—Disculpe, excelencia —lo abordó Cosme un poco cohibido—, el encargado del establo que trabaja para la línea de diligencias está interesado en su silla de montar. Dice que es un gran trabajo.

Juan sonrió al comprobar que esa había sido la causa del revuelo alrededor del caballo.

—Mi hermano pequeño es un artista del repujado sobre cuero.

—Y los remaches de plata lo realzan —aprobó Cosme, sin ocultar su complacencia de que el conde se dignara a conversar con él—, pero las bridas son extrañas.

En ese momento entró un hombre que se dirigió directamente hacia el labriego acomodado de la barra.

—¿Qué hay, padre?

—Nel —llamó Cosme—, hablábamos de las bridas del caballo con su excelencia. —Y dirigiéndose a Juan—: Es el encargado de las recuas de la diligencia. Ha terminado, así que los viajeros partirán enseguida para llegar al anochecer a Espinosa.

A Juan le resultaron familiares los rasgos del hombre, a pesar de que estaba seguro de que no se había tropezado con él. Era alto para la zona, en la que la media no superaba el metro setenta, con el pelo de color castaño claro, a juego con los ojos, de facciones correctas y mirada franca, directa. Nel se aproximó sin recatar el largo vistazo que le echó. Juan calculó la edad: unos veintisiete años, como él.

—Son bridas californianas —explicó Juan—. El trenzado de finas tiras de cuero crudo se considera un arte. Según los cabos que se empleen, son más finas o gruesas y también más complejas.

—¡California! —exclamó Cosme y lanzó un silbido admirativo que captó la atención de los parroquianos, sobre todo del rubio y los dos jóvenes que se sentaban con él—. Pensamos que venía de México o de Cuba.

—Las suyas son gruesas —constató Nel.

—De doce cabos. El entrelazado es complejo —aseveró Juan, marcando el acento y cierto amaneramiento.

—¿Y el cabezal? Lipe me contó que es más sencillo de poner y quitar que los nuestros.

—Os une la pasión por los caballos. —Juan sonrió tratando caer simpático.

—Los caballos y la sangre —corrigió Nel—; es mi hermano.

Ahora Juan comprendió por qué le había resultado familiar. Mientras les hablaba sobre el cabezal de oreja, se fijó en el padre de los chicos, erguido y bien plantado, como los hijos, y en cómo el pastor se mantenía con el oído alerta pero sin relacionarse con nadie. Los hombres de la mesa se acercaron para pagar la cuenta y remolonearon mientras escuchaban sus explicaciones. Ponderó que había una buena audiencia para soltar la noticia.

—Me alegro de que el tema de los equinos suscite tanto interés. Mi intención es dedicarme a la cría de caballos para montar. A finales de mes llegará una yeguada que he adquirido en Cádiz, potras andaluzas, jóvenes de largas crines y esbeltas patas. Y seis purasangres para cubrirlas.

Hubo silbidos y risas.

—Parece que va a haber movimiento en el valle. No será de esos nobles acomodaticios que se dedican a percibir las rentas —se atrevió a comentar Cosme.

—No. Por cierto, necesitaré construir un establo. ¿Sabrían indicarme quién realiza labores de ese tipo?

—Lo tiene delante. Le presento a Tomás —respondió Cosme, señalando con la cabeza al hombre rubio—. Es un hombre emprendedor y serio, con una buena reputación en el valle.

El mentado Tomás irguió la cabeza al ser nombrado. Era un hombre alto y de complexión ancha, los

brazos, que dejaban al descubierto las mangas remanga-
das, eran fuertes y morenos, y se contradecían con el
cabello rubio y los ojos azules. De la edad de su hermano Francisco, calculó Juan. Miraba de frente, consciente de que había trabajo de por medio si llegaban a un
acuerdo.

—Tomás Madariaga, excelencia —se presentó con
una inclinación de cabeza.

—Juan Martín. Eres demasiado joven para acome-
ter la construcción de un gran establo. ¿Trabajas solo?
Me urge que esté terminado para final de mes.

—Soy de Santoña. Mi familia lleva a la espalda una
larga tradición como carpinteros de ribera. Aprendí el
oficio, pero prefiero la construcción de casas. He reunido un equipo a mi cargo: dos canteros, un fundidor
y varios carpinteros. Nos unen lazos familiares. En la
costa no hay trabajo para todos y decidimos probar
fortuna de esta otra forma. Vivo en Gibaja la mayor
parte del año. Es increíble la cantidad de trabajo que
nos ocupa. Además de la construcción, los fuertes vientos invernales obligan a constantes reparaciones de los
tejados y a desatascar las chimeneas.

Durante un rato estuvieron inmersos en los detalles del trabajo, la adquisición de los materiales y los
plazos. Finalmente, se estrecharon las manos y cerra-
ron el trato.

—Cobra, charlatán —dijo Tomás a Cosme, dejando
unas monedas sobre la barra—. Mañana por la mañana
me paso por su casa, excelencia. Ahora llevo prisa, estamos a punto de concluir una obra que lleva retraso a
causa de la lluvia que nos ha tenido parados.

Juan asintió y la taberna se fue despejando con la partida de los viajeros y de Tomás con sus hombres. Cuando quedó todo tranquilo, se percató de que el pastor había desaparecido. Quedaron el labrador y él mano a mano, pues Cosme se perdió en la cocina con la vajilla sucia que había recogido.

—Nos hemos quedado solos de pronto —rompió el hielo Juan.

—Nunca he hablado con un conde —dijo el labriego, tieso y digno.

—Entonces, ya compartimos algo: yo tampoco he hablado con un conde —respondió Juan, serio.

El labriego, de cabellos grises y unas facciones que habían heredado Lipe y Nel, no se inmutó, aunque sus ojos se achinaron con el destello de una sonrisa. Dejó un real junto a su vaso y se retiró con una inclinación de cabeza.

Cosme regresó con una bandeja de vasos limpios.

—Mi compañero de barra, ¿quién era?

—Mazorra, buena gente, honrado y trabajador. Cuando encontraron al hijo mayor asesinado en el Pico del Carlista, los ramaliegos nos volcamos con ellos.

Juan pagó y salió de la taberna con una sonrisa: había localizado la familia que le habían recomendado. La montura aguardaba sola. Había pasado la hora de descanso y todos habían regresado a sus quehaceres. Del atrio de la iglesia surgió una sotana negra como el ala de un cuervo. El párroco alzó un brazo y Juan se detuvo.

—¿No piensa conocer la parroquia? Sin embargo, ha tenido tiempo para pasarse por la taberna. —Las palabras del obeso sacerdote destilaban reproche.

—No se ofenda, padre. Necesitaba contactar con la gente de la villa. —Juan se mostró conciliador y le dedicó una sonrisa de bienvenida.

—¿Y quién mejor que el pastor para informarle de su rebaño? —insistió el cura.

—Prefiero juzgar a las personas por mí mismo —replicó Juan, escocido.

—Lo que yo sospechaba: del otro lado del mar solo pueden llegar rebeldes y ateos.

—Me parece muy bien que Jesús predique la sinceridad, pero ¿nadie le ha hablado de la diplomacia, padre? ¿Es así como consigue aumentar su rebaño?

—En el correo que ha traído la diligencia ha llegado su certificado de matrimonio, celebrado en una iglesia de Santander, para que quede registrado en la iglesia parroquial de Ramales. De esta forma, podrán acceder a los demás sacramentos sin necesidad de papeleo con la capital.

—Muy eficiente, padre. Le agradezco su entusiasmo por nuestro bienestar.

7

Día 12 de julio, por la noche

Begoña había pasado la mayor parte de la mañana cabalgando. Se había acercado a Gibaja, donde se tropezó con la Guardia Civil que bajaba de Guardamino con el muerto. Había comprado un par de tonterías en el mercado de la plaza y había compartido chismorreos de la comarca con la esposa del alcalde, una mujer que estaba al tanto de todo lo que sucedía. Incluso se atrevió a preguntar por su nuevo marido. Con una sonrisa cómplice y los ojos en blanco aseguró que le habían susurrado que el conde era un joven muy bien parecido, a pesar de la peculiar forma de hablar.

—Pronuncia correctamente —lo defendió Begoña—. Es el acento de alguien con costumbre de conversar en otro idioma.

—¿Otro idioma? ¿No es indiano?

—De California. Allí ahora hablan el inglés.

Begoña abandonó Gibaja sulfurada. El dichoso indiano le iba a causar más de un quebradero de cabeza. En sus planes se figuró que todo resultaría más sencillo. Había conocido indianos y eran gente dicharachera, muy de contar su vida al otro lado del Atlántico, de dar órdenes y de sentirse superiores a los demás mortales por el hecho de regresar podridos de dinero.

Su indiano no se parecía en nada a esos. Llevaba tres días en Ramales y, aparte del nombre, no sabía mucho más de él. Intuía algo extraño y se preguntaba qué ocultaba. Cada vez tenía más claro que el hombre que se había presentado ante Ochoa no era el hombre que se mostraba a ella. Si hubiera sido un peninsular, podría pensar que Sagasta se la había jugado, pero eran demasiadas cosas las que lo denunciaban como colonial. Tampoco rezumaba dinero, ni siquiera lo había nombrado.

—Hoy ha sido un día caluroso, ¿preparo el baño? —Carmela la abordó al principio de la escalera de piedra.

—Sí, será una forma relajante de terminar el día. Me han calentado la cabeza. Solo se habla del muerto de Guardamino y del nuevo conde.

—El nuevo conde lleva ausente todo el día, aunque no anda muy lejos. ¿No debería acompañarlo para que no lo maten tan pronto? —apuntó sarcástica.

—Son capaces de hacerlo delante de mí para restregármelo por la cara. ¡Ay, Carmela! ¿Sabes lo que más siento? Que tenga hermanos, una familia. No había previsto eso.

—Es tarde para arrepentirse. Después del baño, se encontrará mejor.

Begoña pasó un rato estupendo en el agua y recuperó el buen humor. Herminia había recogido las ropas, así que se envolvió en uno de los lienzos de lino que empleaba para secarse. Escurrió y desenredó el pelo con brío. Era una delicia bañarse con calor, no como en invierno, bajo una fuerte tiritona y con las uñas azules, con el placer añadido de estar desnuda y recorrer descalza la distancia hasta la habitación. Abrió la puerta y salió al corredor justo en el momento en que asomaba su flamante marido en lo alto de la escalera.

Se quedó paralizada por la sorpresa; sus ojos se encontraron con la mirada avellana de Juan, quien la recorrió de arriba abajo sin consideración. Instintivamente, retorció la esquina del lienzo para asegurarse de que no se le caía y lo único que consiguió fue que se ciñera más al cuerpo y no dejase nada a la imaginación, acentuando la silueta de las curvas. Cuando logró reponerse, el primer impulso fue el de echar a correr; sin embargo, el orgullo se lo impidió. Con paso lento y comedido se encaminó al cuarto y cerró la puerta, como si se hallara sola. Una vez al resguardo de su escrutinio, se apresuró a tomar asiento, pues sentía las piernas flojas. Nunca olvidaría la mirada del californiano: admirativa, divertida, hambrienta. ¿Hambrienta?

Los indianos presumían de las mujeres melosas y voluptuosas de las colonias. Hablaban de sus deleites y ardientes amores en voz baja, con éxtasis. ¿No había retozado con esas hembras apasionadas?

Le oyó trastear en la habitación de al lado. Luego, las voces de Herminia y Lara que acondicionaban el baño para el caballero. Después, nada. Suspiró y emprendió la tarea de vestirse. Decidió dejar de lado el color de alivio, había vuelto a casarse y no estaría bien visto que guardase respeto al anterior marido. Se asomó a la ventana que daba a la solana: el valle se había entregado a las sombras que proyectaban las altas montañas que lo rodeaban, mientras que las cumbres resplandecían con el brillo de los postreros rayos de sol. Los ganaderos habían asegurado una semana de calor. Eligió el vestido de acuerdo con el estado de ánimo; en ese instante, soleado y alegre: uno en tonos crema.

Solía vestirse sin ayuda desde el día en que discutió con Carmela a causa del apretado corsé. Ahora lo hacía ella misma y el corsé quedaba más suelto y menos agobiante. Se ató el polisón en la cintura y abrochó la falda. Carmela la reprendía porque eso requería emplear una talla mayor de blusa, pero a ella no le preocupaba. Necesitaba sentirse cómoda y libre. Suficiente tortura era ya soportar aquella carga de telas y perifollos que le impedían libertad de movimientos y que convertían a las mujeres en víctimas fáciles y frágiles de las persecuciones de los hombres. Si por cualquier avatar del destino necesitara correr para salvar la vida, con esa indumentaria podía darse por muerta. Esa idea se le antojó premonitoria y un escalofrío recorrió su cuerpo.

Se sentó ante la mesa del espejo y probó varios recogidos. Carmela llamó a la puerta y entró.

—Llego a tiempo. El conde se está vistiendo. ¿Qué recogido prefiere hoy?

—¿Qué horrible chaqueta se pondrá esta noche?

—Es cierto que no destaca por el buen gusto en el vestir, pero es bien parecido.

Begoña suspiró. Recordó el encuentro en el pasillo

y se ruborizó. No se sentía con ánimo para hacerle frente, pero no le quedaba más remedio; en caso contrario, le dejaría ganar terreno sobre ella.

—Usted también se ha percatado de su planta. Ha puesto mayor empeño en arreglarse que otras veces.

—No digas tonterías. Estoy cansada de colores tristes; me ha inspirado el día.

Bajó directamente al comedor, donde Juan la aguardaba de pie, junto a la ventana, como el día en que lo conoció. Había dejado las chaquetas de terciopelo de colores brillantes y había optado por un traje de lino en color beis que marcaba el cuerpo bien formado. La camisa blanca y la corbata de lazo del mismo color realzaban el color tostado de la piel. El cabello largo, casi seco, se ondulaba sedoso enmarcando el rostro. Los ojos avellana la examinaron con la misma intensidad que ella lo había hecho a su vez, solo que no necesitaba su aprobación.

—No hace falta que me mires así. Es la primera vez que vistes con cierto estilo. —Detuvo con un gesto de la mano un amago de respuesta de parte del californiano—. No lo digo por mí, es algo que no me incumbe ni me incomoda. Si quieres moverte en sociedad en un futuro, tendrás que aprender las costumbres y la moda de aquí.

—Gracias por el interés tan desinteresado que muestras —contestó Juan, serio, mientras retiraba la silla para que tomase asiento. El gesto le permitió situarse a la espalda de Begoña y acercarse lo suficiente para que le llegara a ella el olor penetrante del sándalo, una especia muy cara que se empleaba en perfumería—. Para mí es imposible ignorarte, cuando persiste en mi retina la visión de una Venus recién salida de las aguas. Lástima que Botticelli no se encuentre ya en este mundo para plasmarte en un lienzo.

Embriagada por el perfume, con el aliento de él sobre el cuello y la sugerencia de sus palabras, sintió cómo respondía el cuerpo. Tomó asiento para disimular la lasitud que la envolvió en un segundo y se ocupó con la servilleta para encubrir lo mucho que la había afectado.

—¿Botticelli? Nunca lo hubiera sospechado en tus labios. —La alusión a su desnudez la dejaba inerme y la necesidad de hacerle daño se volvió inevitable.

Sin contestarle, se recostó en la silla y se dedicó a contemplarla mientras esperaban a que los sirvieran.

—¿Nadie te dijo que es de mala educación mirar tan fijamente?

—Estás mucho mejor sin esos colores tan tristes. Rebosas juventud, salud.

—También es una falta de cortesía hacer referencia a un momento comprometido.

—El pelo suelto o arreglado de una forma más natural trastornaría a cualquier caballero. Nunca he comprendido por qué las mujeres se castigan de ese modo con esos peinados tan retorcidos.

—¿Has escuchado algo de lo que he dicho? —Begoña elevó la voz, ya que comenzaba a perder la paciencia.

Por fortuna, entraron Lara y Herminia con el vino y la fuente de la comida. Intercalaron las palabras justas y apropiadas al servicio de la mesa y, durante esa tregua, Begoña recompuso los nervios que la habían traicionado.

El californiano permaneció impasible, no manifestó ni júbilo ni sarcasmo. Comenzó a comer lentamente, como lo hacía todo: las maneras eran suaves, los pasos precisos pero sin prisas, la forma de hablar. Se tomaba tiempo, aunque eso no era sinónimo de pereza. Había comprobado que el californiano madrugaba, había organizado la biblioteca y los papeles en una mañana. Carmela le había comentado que se había entrevistado con las personalidades de la villa y había puesto al corriente su situación como nuevo vecino en la Casa Consistorial. No, la pereza no era uno de sus defectos. En realidad, desconocía cuáles eran, porque seguía sin saber más de él que el primer día.

—¿A qué te dedicabas en California? —contemporizó.

—Regentábamos un gran almacén en San Francisco que abastecía toda la ciudad y los alrededores. ¿A qué se dedicaba tu padre?

El hombre establecía sus reglas en el interrogatorio, dedujo Begoña.

—Era médico. Tal y como lo explicas, debiste de ganar mucho dinero.

—Humm, sí, aunque Francisco y yo preferimos la cría de caballos. ¿Cómo permitió que su hija contrajera matrimonio con un hombre que le triplicaba la edad?

A Begoña se le encogió el estómago al rememorar aquel año; lívida, se volvió al californiano.

—Mi padre dio la vida por mí —susurró entre dientes.

Le invadieron de pronto unas ganas incontenibles de llorar, pero no quería dar esa satisfacción a un desconocido, así que se levantó violentamente y salió del comedor sin volver la vista atrás. Se cruzó en el vestíbulo con Carmela y, con la mirada fija en la escalera, comenzó a ascenderla. Ansiaba refugiarse en el cuarto, llorar su dolor a solas, hundirse en la autocompasión, en la culpabilidad.

Allí, echada sobre la cama, lloró desconsoladamente hasta que el cansancio la venció. El abrir y cerrar de puertas en la habitación de al lado la espabiló. Ignoraba cuánto tiempo había transcurrido. El cuarto se encontraba en la penumbra, iluminado tan solo por la luz de la luna que entraba por la puerta de la solana que permanecía abierta.

Se sobresaltó al oír unos ruidos estridentes, parecían notas desafinadas. Todavía se encontraba alterada. Las maderas de la solana crujieron al recibir el peso de un cuerpo. Se incorporó y se tensó, aguardando a que el californiano se asomase a la puerta.

Ahora las oyó con claridad: eran las notas de un violín. Se acercó a la puerta y salió al exterior. Juan se encontraba de espaldas, en mangas de camisa y con el chaleco del traje. La impresionó con el instrumento instalado en el cuello, al que arrancaba una melodía con el arco que manejaba delicadamente con las grandes manos. Se volvió y la inundó de su pasión sin dejar de tocar, la acariciaba con los ojos avellana, con las notas, con la suavidad de movimientos de las manos rudas y acostumbradas al caballo y que ahora bailaban al compás de la exigencia de la música. La camisa abierta ofrecía la visión del pecho oscurecido por una suave mata de vello. La melodía era pegadiza, llena de sentimiento. Begoña se sumergió en el placer, cerró los ojos, notó cómo le calaban las notas y su cuerpo se meció lentamente, casi podía tararearla, le hacía olvidar y a la vez despertaba algo dormido en lo profundo del alma. Los aromas dulzones de las plantas en verano saturaban el aire cálido. Que no acabase nunca, deseó, pero terminó. Y unos labios, cálidos y tiernos, rozaron los suyos y la trajeron al presente de golpe.

—No he podido evitarlo —se disculpó él—. Estabas preciosa con los ojos cerrados y la felicidad instalada en tu cara. Me alegro de que disfrutes con la música. Al menos, compartimos algo más que un matrimonio ficticio.

—No necesitamos nada en común, excepto el acuerdo —le recordó, frustrada porque había regresado a la realidad, porque había arrastrado a un inocente a su particular guerra, porque nada salía como había planeado y allí tenía, delante de ella, al causante de todos sus males.

—Acuerdo que consiste en no consumar el matrimonio, pero no leí nada acerca de besos y abrazos —sonrió con descaro.

—Se sobreentiende —explicó recelosa.

—No. En eso te equivocas. Yo beso y abrazo a mi hermana y no lo considero consumar nada. Se llama muestra de cariño.

—Pues no quiero muestras de cariño entre nosotros.

—No sé si podré hacer algo al respecto. Soy muy cariñoso y acostumbro a demostrarlo. —Begoña iba a replicar, pero Juan no se lo permitió—. Me escucharás tocar muchas cosas. Si quieres volver a oír la pieza de esta noche solo tienes que pedirme la *Serenata* de Schubert.

Se dio media vuelta y entró en su aposento silbando la pegadiza melodía. Begoña se quedó de pie, con la mirada colgada en los montes, aunque sin apreciar las formas oscuras que se recortaban contra el cielo del anochecer. Los labios palpitaban con vida propia, con el recuerdo del calor de unos labios masculinos, sedosos y tiernos. Los rozó con las yemas de los dedos para asegurarse de que había sido real. Solo habían conocido el dolor y la exigencia de otros más torpes y secos. Notó humedad en ellos y reparó en que eran lágrimas que habían brotado de nuevo sin ser solicitadas. Se las limpió con el dorso de la mano y entró en la habitación. Todavía oía a su vecino que tarareaba la *Serenata*. No la olvidaría nunca, ni el momento vivido en la solana. Lo guardaría como un tesoro en la memoria.

Juan había mantenido una pequeña charla con la renuente Carmela cuando Begoña había abandonado el comedor. La condesa era una mujer imponente: inteligente, hermosa, de carácter. Acostumbraba a acompañar a su padre por los montes de las Encartaciones, atendiendo a los enfermos y las parturientas, hasta que un día lo reclamaron para atender a un noble de Ramales, herido durante una cacería. A partir de entonces, la vida se convirtió en un infierno y los carlistas amenazaron al padre con la vida de la hija y a la hija con la vida del padre para complacer el capricho de un noble que poseía las llaves de la comarca. Habían quebrado su espíritu, la habían humillado y el padre fue asesinado a los tres meses en pleno monte, sin testigos. Él conocía en primera persona lo que era la impotencia y también lo que generaba: el resentimiento, el odio, la venganza. No eran pasiones que recomendase a nadie. Llevaba muchos días sin ensayar, así que abrió el armario y sacó el estuche de un violín.

Siendo un niño, conoció a un violinista irlandés que alegraba las reuniones de los colonos tocando bailes y baladas. Quedó prendado de la magia que salía del instrumento y se empecinó en aprender a tocar. Él también quería hacer magia y sus padres se lo permitieron. En la misión de San Rafael, donde había estudiado desde niño, aprendió el solfeo y dio los primeros pasos. Después, un viajero polaco le enseñó durante un invierno para pagarse la manutención. No era un virtuoso, pero sí lo suficientemente diestro como para disfrutar con el instrumento. Había adquirido en Madrid las últimas composiciones de Liszt y de Schubert que habían llegado de Centroeuropa, recién estrenadas según el librero. Eran unas composiciones muy bellas y muy acordes con el estado de su ánimo. Lo afinó, abrió la puerta que daba a la solana y comprobó si estaba abierta la puerta de la habitación de Begoña. Volvió a entrar, se quitó la chaqueta y el pañuelo para estar cómodo, cogió el violín y regresó a la solana.

Lo que sucedió después ya era historia. No pudo sustraerse a la belleza que se le ofrecía. Juan se metió desnudo en la cama con la pistola debajo de la almohada, un hábito que no había abandonado. Se quedó contemplando la puerta abierta del balcón. Una vez que se acostumbró a la penumbra, apreció la escasa luz de una luna creciente. Había dormido frecuentemente al raso, allá en California, y le gustaba sentir el aire fresco. No conseguía borrar de la mente el beso que había dado a Begoña. Había sido un impulso que le podría haber costado caro, pero, por primera vez, la había sorprendido con la guardia baja. Estaba relajada, confiada, entregada a la música. No pudo resistirse. Demasiado tiempo sin una mujer entre los brazos. Desde el fallecimiento de sus padres no había descansado ni un minuto. Las decisiones, la responsabilidad al convertirse en el cabeza de familia, la venganza y la venta de las posesiones habían absorbido toda su vitalidad. Luego el viaje, los negocios y la búsqueda de un nuevo hogar. Después de todo, no había tanta diferencia entre San Francisco y España; al final, los asuntos se resolvían a tiro limpio.

8

Día 19 de julio de 1871

El cielo despejado anunciaba un día de calor como los anteriores. Llevaban así casi una semana. Las relaciones con el californiano se habían mantenido dentro de lo cordial. Había pasado los días con Tomás, diseñando el establo y recorriendo las tierras. La planta baja y la escalera estaban tomadas por la cuadrilla que retiraba las telas de las paredes y las pintaba de blanco. Juan había decidido iluminar el interior de la casa en lo que fuera posible. Begoña no tenía nada que objetar a semejante intrusión; al final, todo sería suyo.

Llamaron a la puerta y concedió el permiso.

—Su excelencia la reclama a su lado —informó Carmela—. Ha llegado el administrador.

Begoña asintió, se puso de pie y se dirigió a su encuentro.

Entró en la biblioteca que servía de despacho a la

vez. Las paredes estaban recubiertas por estanterías repletas de libros y legajos. Junto a una de las ventanas había un globo terráqueo y algunos mapas enrollados dentro de una olla de cobre. Olía a polvo y a cerrado. El administrador era un hombrecillo delgado, de mirada aguda y gesto despectivo. A ella nunca le había caído en gracia. Le desagradaban las palabras lábiles y los ademanes serviles, por lo que lo había ignorado durante el breve período de su señorío como viuda. Además, había estado volcada en la planificación del nuevo matrimonio y en el acercamiento a Sagasta.

—¡Ah! *Honey*, siéntate junto a mí —ordenó cariñoso Juan. Le señaló la butaca que había dispuesto para ella de antemano. Aceptó la extraña palabra, consciente de que había fluido de sus labios sin ninguna intención subyacente, se encontraban ante público. El administrador, el señor López, quedó frente a ellos, al otro lado de la mesa.

—Hay un pequeño desacuerdo con las vacas. Aquí figuran cincuenta y tres; sin embargo, solo contamos con treinta y siete.

—La señora condesa trasladó la diferencia a un campo de Ampuero —informó el señor López.

—¡Hum! No —contradijo Begoña, tras un rápido cálculo mental—. Di orden de trasladar doce.

—Se ha debido confundir.

—¿No hay una orden escrita? —terció Juan, y su voz restalló como un látigo.

—No. La di verbalmente —reconoció, azorada ante la evidencia de que había actuado mal.

—Todos conocemos las tristes circunstancias por

las que atravesaba y no lo recordará puntualmente —alegó el administrador solícito.

—Lo recuerdo perfectamente, señor López; y no fueron tristes, sino todo lo contrario, liberadoras más bien.

Begoña se regocijó con el gesto de escándalo que afloró en el rostro del administrador.

—Lo cierto es que no me interesa, por el momento, el destino de cuatro vacas —cortó Juan, restando importancia al asunto—. He consultado las escrituras y las medidas del campo en el que vamos a construir el establo: parece que ha mermado visiblemente. Dígame, señor López, ¿los campos encogen cuando llueve? —preguntó Juan con sorna y Begoña esbozó una sonrisa.

—¡Por supuesto que no! —negó enérgicamente López—. Seguramente alguien ha removido los mojones de las lindes. Sucede con frecuencia.

—No me cabe la menor duda. He comprobado quiénes son los dueños de los campos colindantes y he descubierto que usted es el administrador del señor Vega, nuestro principal sospechoso.

—¿No estará insinuando...?

—Yo no insinúo, señor López, expongo hechos. ¿Acaso no administra las tierras de este señor?

—El anterior conde nunca se quejó de mi trabajo —se defendió, acalorado, López—. Todo el mundo me conoce y soy el administrador de varios señores de la zona.

—Sencillamente porque mi predecesor nunca se molestó en revisar las cuentas o recorrer las tierras. Y me alegra saber que, aunque yo lo despida, no se quedará sin trabajo.

—¡¿Me despide?! —exclamó el señor López, incrédulo—. No encontrará otro administrador por la zona.

—¿Y quién le ha dicho que yo necesite uno?

López se quedó mirándolos aturdido.

—Entregará los libros de contabilidad y la documentación que posea de la hacienda. Se ocupará de que los mojones recuperen su posición original; en caso contrario, me molestaré en buscar cuatro vacas y en denunciar ciertas irregularidades que he detectado en las cuentas. No creo que sea muy conveniente para usted si desea conservar a los demás clientes.

El señor López se levantó pálido y, sin abrir la boca, dio media vuelta y abandonó la habitación.

Begoña permaneció en silencio hasta que el administrador desapareció.

—Esas vacas que trasladé...

—Estoy seguro de que fueron doce, no hace falta que te justifiques —atajó Juan—. El anterior conde no hizo su trabajo y dejó el patrimonio en manos de un ladrón.

—La nobleza no se ocupa de esos menesteres —explicó Begoña—. Gracias por confiar en mí.

—Entonces seré el primer conde que rompa con la tradición. No me gusta que otros manejen mi dinero. No tienes que agradecerme nada. ¿Por qué no iba a confiar en ti?

—Los hombres consideráis que las mujeres somos una nulidad.

—No sé cómo serán los demás hombres. Tú eres mi esposa, ¿por qué no habría de confiar en ti? —insistió.

Begoña detectó el chispazo de diversión que asomó a las pupilas de Juan.

—Me he llevado algunos muebles, además de las vacas, a la casa de Ampuero —declaró sin bajar la mirada.

—Lo dices como si los hubieras robado. Estás en tu derecho —declaró con seriedad Juan—. Considero que los términos del acuerdo son más que generosos y reconozco que me preocupa la situación en la que quedarás. Si quieres llevarte todas las vacas o más muebles, me parecerá bien.

—No, no —se apresuró a responder Begoña, sorprendida ante la actitud generosa del californiano—. Con esas es suficiente. ¿No te preocupan las cuatro vacas que faltan?

—Me preocupa más la usurpación de tierras. Cuando lleguen mis hermanos, marcaremos las vacas que queden y se terminarán los «despistes».

—¿Puedo hacerte una pregunta que no es educada? —Ante la mirada interrogativa del hombre, continuó adelante—. ¿Eres muy rico?

Juan se recostó en el asiento, apoyó los codos en los brazos de la silla y juntó los dedos ante él, sin dejar de observarla en ningún momento.

—Si no fueras una mujer tan generosa con el título y el patrimonio, no contestaría esa pregunta. ¡Vaya si es maleducada! —La sonrisa de su boca desmintió su incomodidad—. Desde que desembarqué me ha inquietado que se me acerquen todos los menesterosos del país y las mujeres que buscan mejorar su condición económica, pero nunca soñé con una mujer tan peculiar como tú.

Begoña lo observaba asombrada ante la sinceridad con la que admitía sus temores. A pesar de que era una desconocida, confiaba en ella sin reservas porque lo había rechazado sin exigirle nada a cambio; por el contrario, era él quien sacaba partido de la jugada, aunque seguía temiendo por su vida.

—Mis padres se dirigieron a México y de allí pasaron a California, ayudados por las misiones franciscanas que se extendían a lo largo del Camino Real. Llegaron a un pequeño y tranquilo poblado costero, San Francisco, y decidieron establecerse allí. En poco tiempo abrieron un almacén con todo tipo de productos: desde una pala para cavar a un saco de avena. Vivieron la guerra con México en 1845 y luego, por el Tratado de Guadalupe-Hidalgo, California pasó a formar parte de Estados Unidos. Todo fue bien hasta que en 1848 se encontró oro. Nadie pudo predecir las consecuencias de tal descubrimiento; por el contrario, se mostraron muy ufanos de su suerte. Mi padre se asoció a un inglés y, con un cedazo bajo el brazo, marcharon a buscar fortuna. Y la encontraron. En los primeros años fue fácil recoger el oro del río Americano. Se encontraba en los aluviones en forma de pepitas y se podían coger con las manos, pero duró poco. Luego hubo que cribar la arena y algunos complicaron la búsqueda con extracciones más complejas. Cuando el asunto se desbordó por la llegada masiva de buscadores, regresaron a casa. La fortuna en oro se guardó y se volcaron en cubrir las necesidades de una población que pasó de unos tres mil a unos cien mil habitantes en corto tiempo. Los mineros masacraron las tribus indígenas. Tanto el hacinamiento de la gente como el oro que corría por las calles atrajeron a todo tipo de delincuentes y mujeres de vida licenciosa. San Francisco se transformó en una ciudad de vicio, extorsión y abusos. Los asesinatos y robos se convirtieron en sucesos habituales. La familia se mantuvo apartada de todo aquello y trabajó duro para obtener el mayor rendimiento del negocio. Francisco era muy chico y Guadalupe venía de camino. El amigo inglés de mi padre había invertido una parte de su fortuna en la cría de caballos. Era muy entendido y, siempre que podíamos, Francisco y yo nos escapábamos a su rancho para montar y aprender todo sobre el cruce. Te estoy haciendo el cuento muy largo —se disculpó.

—¡Oh! ¡No! Continúa, por favor —rogó Begoña, embelesada.

—Terminamos explotando nuestro propio rancho. Mis padres compraron tierras cuando descubrieron que no podían separarnos de las cuadras del inglés ni con aceite hirviendo.

Begoña sonrió. Reconocía que una pasión podía resultar obsesiva, como le había sucedido a su padre.

—En 1850, California se convirtió en estado americano. Las nuevas autoridades favorecieron el asentamiento de gentes de la costa Este en detrimento de los pobladores de habla castellana. Gradualmente, fuimos perdiendo derechos de forma solapada. Nos habíamos asentado primero que ellos y ocupábamos las mejores tierras, poseíamos las mejores casas, los ranchos más extensos y productivos. Mi padre perdió la vida en un oscuro altercado y mi madre se fue consumiendo por la pena. —Juan se llevó las manos a la cara y las desplazó por las mejillas hacia el cogote—. Falleció el invierno pasado.

—Lo siento mucho —se condolió Begoña al verlo tan afectado.

—Las cosas se pusieron feas y nos planteamos seriamente afincarnos en España. El inglés amigo de mi padre nos ayudó mucho, era como de la familia. Vendimos el colmado, los caballos, las tierras y la casa. Solo quedan las tumbas de mis padres como testimonio de nuestro paso por allí. Soy la avanzadilla. Mis hermanos aguardaban noticias mías en Nueva York. He enviado aviso, imagino que ya se encontrarán en camino.

—Los quieres mucho.

No era una pregunta, sino una afirmación; aun así, Juan contestó.

—Sí; a pesar de la diferencia de edad, nos llevamos muy bien.

—¿Por qué os dedicáis a la cría de caballos si tenéis el futuro asegurado?

—Tu anterior marido ha vivido dilapidando la herencia y las rentas de las tierras y no lo ha contrarrestado con alguna actividad productiva. ¿De qué hubieran vivido tus hijos, si los hubieras tenido?

—De lo mismo —contestó Begoña, sin evitar un gesto de repugnancia. La posibilidad de quedar embarazada del conde le había preocupado profundamente.

—Este caserón no produce dinero, más bien lo consume en reparaciones, le estaban robando las vacas porque no se preocupó de contarlas y...

—Es cierto. —Begoña comprendió la sensatez de las palabras de Juan y se sintió avergonzada—. No sé en qué concepto me tendrás. Mi educación ha sido muy pobre en ciertos aspectos.

—Eres muy valiente. Cuentas con mi admiración a una mujer que es capaz de desprenderse de todo para conseguir su libertad. Ahora realizarás lo que te estaba vedado —animó Juan.

Se había relajado y había perdido la seriedad que lo caracterizaba. Por fin, la persona con la que compartía el techo se había transformado en alguien tangible, aunque no cantaba victoria. Sobre él, particularmente, no había dicho nada; aparte de la pasión por los caballos, que ya había manifestado reiteradamente.

9

Día 22 de julio de 1871

Ya habían concluido con la pintura de la casa. Era cierto que había más luz en el interior, a pesar del zócalo de madera oscura y los artesonados. Los suelos de la planta baja eran de mosaicos hidráulicos, un invento francés que mandó instalar el anterior conde. Llamaba la atención de los visitantes y no se cansaba de explicar cómo lo descubrió en uno de los viajes para visitar a su padre, que se había instalado en Bayona en su exilio.

Esa mañana había decidido acercarse al campo sobre el que estaban levantando el enorme establo y el picadero para albergar las yeguas. El día anterior, el californiano desapareció de madrugada y regresó al caer el sol. Según el informe de Carmela durante el desayuno, repetía la rutina esa mañana.

Se vistió el atuendo de amazona y se trenzó el pelo, como lo hacían las mujeres de los indianos cuando no estaban en sociedad. Reconocía que era mucho más sencillo y cómodo para cabalgar. Era muy difícil mantener cualquier recogido en su sitio, pues había que afianzarlo con múltiples horquillas.

Bajó despacio la escalera, recreándose en la amplitud que proporcionaba el color blanco y la ausencia de horribles retratos de gente que no le importaba. Al pie, la aguardaba Carmela con una bolsa.

—Necesitará esto, si quiere resultar convincente a los ojos de los vecinos. —Ante la mirada interrogativa de Begoña, se explicó—: Queso, cecina, pan y fruta. Se supone que están enamorados.

—Gracias, Carmela, siempre con los detalles.

—Son los detalles los que nos pierden —sentenció Carmela.

Lipe había enjaezado el caballo de paseo. Colgó la bolsa con el almuerzo, arrastró el animal, cogido por las riendas, al exterior y Lipe la ayudó a montar.

Los prados no eran muy buenos para cultivar, pero sí para el ganado. Se situaban en la margen izquierda del Asón según bajaba de la montaña, en un meandro que dibujaba el río al confluir con el Gándara. Cruzó por el puente antes de entrar en el pueblo.

El ruido de las sierras y de los martillos repiqueteaba en el valle. Las enhiestas peñas que lo rodeaban intensificaban el sonido y lo devolvían multiplicado. Ni siquiera se oía el escandaloso caudal del Asón. Las órdenes de Tomás a los trabajadores llegaron antes que la visión. Las ansiadas carretas con el material acababan de detenerse delante del campo y acudían los hombres para descargarlas. Sudorosos y sucios, formaron dos hileras, una de ida y otra de vuelta, como si fueran hormigas. Los observó mientras se acercaba, más interesada en la organización que en otra cosa. Resultaba fascinante la rapidez y la destreza con la que manejaban las maderas, cómo las apilaban según las formas y los largos. Para los bloques de piedra emplearon carretillas, amontonaron cuerdas, clavos de todos los tamaños... De pronto, abrió desmesuradamente los ojos cuando descubrió entre aquellos hombres al californiano, trabajando como uno más. Se encontraba en el mismo estado lamentable y acataba las indicaciones de Tomás sin rechistar.

Respiró hondo ante la sorpresa y la incomprensión de la conducta tan impropia de una persona de su posición. Desmontó y se quedó allí, con las riendas en la mano, bajo la fascinación de lo que veía. Destacaba por la altura junto a los muchachos, con el sombrero vaquero calado sobre los ojos, la camisa sucia y mojada, tanto por el sudor como por el agua que se echaban por encima para paliar el calor veraniego. No se había afeitado y la sombra de la incipiente barba le endurecía las facciones y lo volvía más atractivo, si cabía. Se demoró en la observación, aprovechando que se hallaba enfrascado en una explicación. Era un hombre que recreaba la vista, como quien disfruta con la visión de un buen caballo, se dijo, y al momento esbozó una sonrisa por lo atrevido de la comparación.

—¿Qué te hace tanta gracia?

Se sobresaltó al descubrirlo tan cerca. Se había distraído y no se había percatado de su llegada. Se sonrojó como una niña pillada en una falta y no encontró qué contestar sin desvelar la verdad. Los ojos de Juan brillaron divertidos bajo el ala del sombrero, como si compartieran el secreto de sus divagaciones. Ladeó la cabeza y se apoderó de su boca. Se puso rígida ante el contacto y apretó los labios, el brazo enlazado en la cintura le impedía alejarse. Con la lengua, Juan perfiló cada labio pacientemente y desató una sensibilidad que la estremeció y la enfureció porque fue consciente de su vulnerabilidad. Intentó abofetearlo, pero con la mano libre retuvo el ademán. Se produjo un forcejeo entre ambos brazos, Begoña aguantó la presión que ejercía Juan: ni loca iba a dejar que se saliera con la suya. Él, aparentemente ajeno al pulso entre los brazos, continuó mordisqueándole los labios como si fueran un manjar y ella sentía cómo la tensión del cuerpo cedía a las cosquillas que le producían las atenciones del hombre.

—Será mejor que te comportes como una esposa —recomendó Juan a la vez que se separaba con cuidado de ella—, nos están mirando.

—Eres... eres... —susurró, tan indignada que no hallaba la palabra—. Esto no ha tenido nada que ver con ser cariñoso, ha sido un abuso.

—Si vas a mencionar el trato, te recordaré que debemos convencer a todos de que el matrimonio es real —atajó Juan, satisfecho. Begoña resopló ante la evidencia de que había perdido esa mano.

Se había expuesto a una situación embarazosa y ahora no sabía cómo salir del aprieto. Aunque no lo pareciera, los hombres estaban pendientes de sus evoluciones y lo que allí sucediera sería del dominio público a mediodía, durante el descanso de media jornada.

Confundida y arrebolada, se apartó de su abrazo, pero, antes de que ella llegase a decir nada, él se adelantó.

—Ha sido un detalle de tu parte interesarte por las mejoras que estamos introduciendo en nuestras posesiones.

Tomás se acercaba a grandes trancos para presentar sus respetos, así que Begoña siguió la pantomima.

—Explícame cómo va a quedar esto.

—El establo lo hemos situado en la zona más alta y alejada del río —comenzó Juan.

—Será un establo impresionante por las dimensiones que me ha facilitado su excelencia —corroboró Tomás incorporándose a la conversación, pero los aspavientos de uno de los hombres le advirtieron de que lo llamaban y los dejó otra vez solos.

—¿Qué has hecho con la vaquería? —indagó Begoña.

—La vaquería ha sido trasladada a un prado que poseemos cerca del Salto del Oso —informó Juan solícito—. Parece que al viejo vaquero no le ha hecho mucha gracia el cambio. Procuraré compensarlo.

—No te molestes. —Begoña obligó al caballo a seguirla, pues habían iniciado un paseo hacia el río con la intención de apartarse de los oídos de los trabajadores—. No se adapta; Jandro estaba muy apegado al viejo conde. —La voz sonó desfallecida—. Tendrás problemas con él, aunque la edad no lo descarta como peligroso.

Era la primera vez que Begoña demostraba flaqueza.

—No te preocupes, *honey*.

No pudo evitar que el californiano alargara la mano y le acariciase suavemente la mejilla. La ternura del gesto la conmovió como a una adolescente, solo que ya no lo era. Nadie le había mostrado ternura, aparte de Carmela, desde que su padre había muerto. Se recobró en seguida, ningún hombre volvería a arrebatarle su libertad.

—Cumpliré con mi parte, pero yo no soy eso: «jonei».

El hombre esbozó una sonrisa ladeada que lo hizo más atractivo a pesar de la suciedad.

—Significa «miel». Es un apelativo cariñoso entre los americanos.

—Pues eso, que no soy tu miel.

—Ni yo he pretendido que lo seas —replicó Juan, con la mirada acerada—. Era meramente una cortesía, cualquiera puede apreciar el regusto del limón en tu trato.

La inseguridad se estaba convirtiendo en algo habitual en Begoña desde que había conocido al californiano. Esa mezcla de familiaridad y cortesía innatas en él, a ella, la desconcertaban, desdibujaban los límites de la relación entre ellos y temía mostrarse remilgada en lugar de una mujer de mundo con posición y educación. Prefería el reproche. Juan se movía con confianza y exponía unas ideas muy claras sobre lo que pretendía. No hacía ni un mes que había llegado y ya había puesto patas arriba una explotación agraria que llevaba años funcionando sola, sin apenas esfuerzo. Y ahora se atrevía a ponerla en su sitio.

Sonó un cencerro y las voces y risas de los hombres llegaron hasta ellos.

—Hora del almuerzo —señaló Juan.

—He traído algo para compartir —recordó Begoña—. Se giró y descolgó la bolsa.

—Voy a asearme en el río.

Con la bolsa en la mano buscó un sitio propicio; descubrió un amplio tocón cerca de la orilla. Se dirigió allí mientras no quitaba ojo al californiano, quien se sacó la camisa por la cabeza y dejó un torso musculado al aire. Se agachó sobre una piedra y se echó agua por el pecho y la espalda, frotándose para retirar el polvo. La proximidad de voces la sacó de la contemplación y apresuró el paso hasta el tocón. Abrió la bolsa y extrajo un paño que extendió a modo de mantel sobre la madera cuarteada y verdosa. Sentía que se le había arrebolado la cara y procuraba distraerse ocupándose de algo; el corazón todavía le latía desacompasado ante el recuerdo del beso.

—¿Has traído un cuchillo? —preguntó Juan a su espalda.

Begoña rebuscó en la bolsa sin volverse, pero él siguió andando hasta situarse enfrente de ella, al otro lado del tocón. Levantó la cabeza y solo distinguió el torso desnudo y moreno, fuerte y atractivo.

—Pues no. Se lo ha debido de olvidar la cocinera —respondió desviando la mirada.

Juan se sentó sobre la hierba y sacó un cuchillo de una de las botas que calzaba. Begoña no disimuló su extrañeza.

—Nunca voy desarmado —contestó a la muda pregunta—. Es difícil trabajar con el revólver sobre el muslo.

—Ahora que lo mencionas, te diré que no es correcto ir armado. Es como si amenazases a la gente.

—Es una costumbre que me ha mantenido con vida y no voy a cambiar ahora —concluyó sin dejar margen para la discusión. Le pasó un trozo de queso tierno que había cortado junto con una rebanada de pan.

Comieron en silencio, disfrutando del sol y de la tranquilidad del campo. Algunos hombres se sentaron a la orilla del río, un poco más alejados, para comer lo que les habían preparado en casa. Los ojos de Begoña se rebelaron contra la orden de su dueña y escapaban furtivos para resbalar sobre el desnudo cuerpo del californiano. La piel ofrecía una apariencia cálida y se preguntaba cómo sería el tacto. La respiración le daba vida y el vello rizado brillaba con algunas gotas de agua prendidas. Apartó renuente la mirada y suspiró. Un movimiento brusco por parte de él captó su atención.

—Tenemos visita —anunció Juan.

Distinguió al teniente de la Guardia Civil que se aproximaba. Juan se levantó y acudió a su encuentro. No le llegó lo que hablaban, así que se entretuvo con el paisaje. Distinguió a Toño y a Pepe que dormitaban a la sombra de un arbusto, cerca del lugar donde charlaban Juan y el teniente. No le dio ninguna importancia, ya que se trataba de una conversación social, aunque no le gustaban esos dos. Los dos hombres se despidieron y Juan regresó a su lado.

—Nada importante, ¿verdad?

—No. Curiosidad, como todos.

—No me gustan los dos muchachos que teníais cerca.

—¿Qué hombres? —El californiano frunció el ceño al tiempo que echaba la vista atrás y distinguía a los jóvenes sobre la hierba—. ¿Quiénes son?

—Toño es hijo de Jandro, el vaquero con el que quieres congraciarte por trasladar la vaquería de lugar, y, a su vez, primo de los terribles Cobo, que asolaron la región. Te dije que estaba muy apegado al anterior conde.

—Cierto —asintió Juan, incómodo y preocupado—. ¿Y el otro?

—Pepe Martínez; no se sabe mucho de él, excepto que es un buen trabajador para que Tomás lo mantenga en la cuadrilla. Ha despedido a varios que no daban la talla; es muy exigente, por eso tiene buena fama.

—¿Por qué no es de fiar?

—Porque es la sombra de Toño. Siempre se mueven en solitario.

El cencerro repicó y movilizó a los hombres tendidos a lo largo de la ribera. Begoña se apresuró a recoger los restos del almuerzo. Juan le quitó la bolsa de la mano y la colgó de la silla, se volvió y le pasó un brazo por la cintura y con la otra mano le sujetó la cabeza por la nuca. De esta forma no pudo evitar el beso, tierno y suave sobre sus labios; luego más apremiante y exigente, que la obligó a abrir la boca para recibirlo juguetón y seductor. Begoña había interpuesto las manos entre ellos, pero el tacto del torso que la había embelesado durante la comida la distrajo, cálido y sedoso, como había imaginado.

Juan se apartó con la mirada brillante. Begoña tardó unos segundos en recuperar el resuello y en decidir si debía abofetearlo; pero se quedó en una idea frustrada cuando oyó los silbidos y las risas de los trabajadores alrededor de ellos. El californiano intuyó la indecisión y en el rostro se manifestó una sonrisa burlona.

—Al público le ha gustado, *honey*. Relájate y disfruta de lo que has deseado durante la comida.

Begoña, sofocada, aceptó la ayuda que le ofreció para montar y espoleó la montura para alejarse de allí y del hombre que la había sorprendido en algo tan íntimo. Sin embargo, durante el camino no consiguió normalizar el ritmo del corazón, el sabor de los besos persistía, y en la retina llevaba grabado el cuerpo del californiano, de manera que se encontró frente a la casa sin recordar el camino. Dejó el caballo en manos de Lipe y entró en el edificio. Se cruzó con Carmela en la escalera, quien se interesó por la obra.

—¿La obra? Bien —respondió Begoña despistada.

—Le recuerdo que rectificar es de sabios —lanzó Carmela.

—¿Rectificar?

—Es un hombre de los pies a la cabeza. Yo me lo pensaría dos veces antes de hacer las maletas para trasladarme a Ampuero.

—Carmela, sabes tan bien como yo que no puede ser —dijo Begoña, apretando los labios y endureciendo la expresión. No permitiría que sueños estúpidos la alteraran. Había tomado una decisión y debía ser consecuente con ella; demasiada gente dependía de su resolución.

10

Día 22 de julio, por la noche

Juan regresó temprano. Deseaba bañarse y descansar un rato antes de la cena. A juzgar por las palabras del teniente, esa noche esperaban movimiento en el monte. El levantamiento carlista, convocado para el día diecinueve, no se había producido, así que se aguardaban noticias del espía que les informaran sobre lo que estaba sucediendo entre sus filas.

Mientras tomaba el baño, rememoró el beso de la condesa. Su cuerpo reaccionó antes de que se impusiese la razón y el impulso de alejarlo. Se quedó con las ganas de mordisquear la curiosa nariz; ella de abofetearlo. Estaban en público y debían representar sus papeles. ¿Qué habría sucedido si hubieran estado solos? Era hermosa, pero lo atraía algo más sutil, todavía indefinido. Alguna vez había intentado imaginarse cómo sería la mujer de la que se enamoraría y no había llegado a una conclusión, excepto de que no fuera una arpía.

La condesa era un enigma: sí, sabía besar, pero no fue dulce, sino tenso, aunque se abochornó cuando mencionó que, además del queso y la fruta, se lo había comido a él con la mirada. Sonrió ante el recuerdo. En el fondo, igual sí que era una mujer apasionada. Entonces ¿qué la contenía? Vivía sobre un volcán que podía entrar en erupción en cualquier momento, pero eso no tendría que interferir en los sentimientos. No debía precipitarse en su juicio.

Se echó un sueño antes de vestirse para cenar. Aún hacía calor, aunque las sombras comenzaban a adueñarse del valle. Decidió prescindir de la chaqueta y quedarse en mangas de camisa, solo con el chaleco. Se anudó la corbata, que prendió con un alfiler de oro en forma de herradura, y ocultó el cuchillo en la bota. No esperaba visitas, pero convenía ser precavido.

Por primera vez, la condesa se le había adelantado y lo aguardaba sentada a la mesa.

—Lo siento, me he quedado dormido —se disculpó tomando asiento.

—No es de extrañar. ¿Por qué trabajas con ellos?

—Son mis asuntos, mis intereses. Me gusta estar al tanto, no desentenderme de ellos. Aunque Tomás es un hombre muy capaz y los muchachos lo respetan.

—Llegó al valle unos meses antes que yo. Su seriedad, su capacidad de trabajo y su discreción ganaron a la buena gente que, en un principio, receló de él, tanto por el origen como por no ser vecino.

—¿De dónde es? Me dijo que venía de Santoña.

—Su madre era de allí; falleció a causa del parto. Era madre soltera; se rumoreaba que se había encaprichado de un capitán holandés que recalaba con cierta asidui-dad en el puerto. Quedó embarazada, pero el capitán no regresó. La familia de ella se hizo cargo del niño con la esperanza de que el capitán apareciera, pero no fue así. Finalmente, creció entre tíos y primos, quienes lo aceptaron como uno más y le dieron el apellido.

—Y, en cuanto pudo, se instaló por su cuenta.

—No por la familia, como pareces sugerir. He sido testigo de cómo lo reciben, con los brazos abiertos cada vez que va por allí. Y las mujeres, no digamos. Langui-decen a su paso.

—¿No tiene novia?

—Conocida, no. Se le arriman, se deja querer, pero nunca con la misma.

Cenaron en silencio tras la conversación intras-cendental. Juan agradeció el mutismo que le permitía concentrarse en los planes nocturnos. Ella no pareció notarlo sumergida en sus pensamientos. Como dos ex-traños que eran, compartieron la mesa. Cuando termi-naron, la condesa se excusó y Juan se apresuró a re-tirarle la silla. Le ofreció la mano para acompañarla has-ta la escalera y, en cuanto entraron en contacto, sus ojos se buscaron. Eran de un verde brillante, intenso, mo-teados de marrón. Apretó la delicada mano entre sus dedos fuertes y ásperos por el trabajo. En ese instante Juan se preguntó cómo habría sido compartir el lecho con un hombre que podía ser su padre. Giró la cabeza y rompió el hechizo verdemar. La condujo a través del vestíbulo y ascendió con ella la escalera. Arriba, en el último escalón, tropezó con el vestido y él la sostuvo, aguantando el tirón.

Le rodeó el talle con un brazo y la atrajo hacia sí sin dejar de sostenerle la mirada con una pregunta implícita. Al no obtener respuesta, se abatió como un halcón sobre sus labios, primero suavemente y después más atrevido, exigiendo la boca, que se abrió como una granada madura. Se colgó de él con un gemido y, al sentir que le confiaba su peso, la levantó en brazos y la llevó hasta la puerta de la habitación, pero no llegó a traspasar el umbral, algo se lo impedía. Levantó la cabeza de la maravillosa criatura y percibió que, con los pies, entorpecía el paso.

—Hay un acuerdo que respetar si no quieres perderlo todo.

—Hace un momento no parecía importarte el acuerdo —reprochó Juan en voz baja y contenida por la frustración. Todavía la sostenía en brazos y notó el estremecimiento. Se apresuró a dejarla con los pies en el suelo—. Ignoro cómo habrá sido tu matrimonio, tampoco me explicaste por qué accediste a casarte, pero recuerda que no todos los hombres somos iguales.

Juan se retiró a su habitación con el entrecejo fruncido y el deseo insatisfecho. Se cambió la ropa por una más adecuada para montar, repasó el Colt, se ciñó la cartuchera, que ató a medio muslo, sacó el rifle que había escondido encima del armario y apagó el quinqué del escritorio. La oscuridad era completa, la luna se hallaba en creciente, pero no disipaba las tinieblas porque se hallaba baja. El silencio era absoluto en el cuarto de la condesa. Suspiró; no debía distraerse, bastante turbia estaba la situación de por sí sola. Con el rifle en una mano y las espuelas en otra, abandonó la habitación y descendió las escaleras sigilosamente. Salió al exterior sin dificultad, pues ya se había cerciorado de que no echaban la tranca por la noche. El servicio dormía en el pueblo con sus familias, solo Carmela y Lipe se quedaban. Evitó las lastras de piedra para no hacer ruido y llegó al establo. Lipe dormía en un altillo, pero no asomó la cabeza. Juan ensilló el caballo y, al cabo de un rato, le extrañó que Lipe no se hubiera despertado con el ruido. Advirtió que faltaba un caballo, un potro joven, con nervio. Llamó a Lipe, pero no obtuvo respuesta. En otro momento averiguaría dónde se metía el chico durante la noche, ahora apremiaba el compromiso con el teniente y con Sagasta.

Sacó el caballo de las riendas y, hasta que no salió por el portón de la finca, no montó. Recorrió el camino hacia Ramales y tomó el desvío hacia el alto de Guardamino. Según ascendía la luna y su vista se habituaba, el camino era más visible. Se preguntó por dónde llegaría el enlace. Las dos únicas vías posibles eran la garganta del Carranza o las lomas del Mazo y del Moro. La alternativa era el Alto de los Tornos, pero le sorprendería el día. El desfiladero del Carranza era una trampa mortal; sin embargo, las brañas ofrecían una posibilidad de escape. Se dirigió hacia allí. A mitad del ascenso, descubrió unos arbustos grandes que podían encubrir el caballo. Lo dejó atado y siguió a pie, de esa forma reducía el blanco y pasaría más desapercibida su llegada.

Agotado, se dejó caer junto a un peñasco que le serviría de parapeto en caso de necesidad. Comprobó el rifle que había cargado y se arrellanó sobre la hierba, dispuesto a pasar una fría e incómoda vigilia.

Comenzaba a palidecer la luna y Juan a desesperar, cuando oyó el ruido metálico de una herradura contra una piedra. Arrebujado en el chaquetón grueso de piel de borrego, pues por la noche refrescaba en las alturas, se espabiló y aguzó la vista y el oído. A unos metros de distancia asomó por la pendiente irregular una figura oscura con las riendas de la montura en la mano y concentrada en el suelo, escogiendo el terreno por el que pisaba el caballo. Juan observó al hombre, esta vez sin prisa: era menudo, ágil, se movía con resolución y apaciguando al animal, para que no alertara a los enemigos.

Pasó frente a él sin percatarse de su presencia y se detuvo al principio del descenso hacia Guardamino. Dudaba sobre la ruta a escoger o trataba de averiguar dónde lo aguardaban. Surgieron a su espalda. Esta vez no era uno, sino varios. Juan se echó a la cara el rifle y apuntó. Algo atrajo la atención del espía, que levantó la cabeza. Sonó el disparo y uno de ellos cayó, casi simultáneamente sonó otro y otro. Reverberaron en la noche y entre las peñas, como si se hubiera desatado el infierno. El enlace montó sobre el caballo con una soltura pasmosa. Juan abandonó el escondite consciente de que el enlace se despeñaría por la ladera si pretendía bajarla a caballo. Una bala rebotó cerca de él, respondió sobre el lugar de donde partió el fuego, pero ese segundo de distracción le impidió llegar hasta el intrépido jinete, que emprendió la huida ladera abajo.

Agachado, presenció el descenso, guiaba la montura con temple, echado sobre el lomo para no destacar, aferrado a la silla y a las crines del bruto, que obedecía sin desmandarse. Hasta que no llegó abajo, Juan no fue consciente de la angustia que había pasado. Se volvió hacia los enemigos, pero el silencio era lo único que lo esperaba. No había persecución, se habían retirado. Oyó voces y comprendió la razón de la huida. No le convenía que lo encontraran allí. Buscó desesperadamente un lugar en el que cobijarse y se lo ofreció el suelo. Entre unas rocas se abría una sima por la que se introdujo con precaución. La noche le impedía ver la profundidad y un saliente le ofreció un punto de apoyo seguro.

No supo que los tenía encima hasta que escuchó el resuello de uno de ellos.

—¡Evaristo! —llamó en un susurro una de las voces—. Aquí hay un muerto. Estamos en el lugar del tiroteo.

—¡Mal rayo le parta! Es Ramón, el pastor de los condes —maldijo el alcalde—. Se va a montar un revuelo en Ramales en cuanto se sepa.

—Ojo por ojo —sentenció una voz grave que no pudo reconocer Juan.

—No sabemos si fue él —replicó la voz más joven.

—Del chivatazo, estoy seguro; de quién apretó el gatillo, nunca lo sabremos —sentenció la voz grave.

—Con esta muerte, considero que mi hermano está vengado —informó la voz juvenil.

—Eres joven, la venganza no es una buena compañera en la vida. Déjasela a los mayores.

—Espero que el espía haya llegado con bien. Esto se está complicando. ¡Vámonos! No podemos hacer nada aquí —apremió Nel.

Juan aguardó a que desaparecieran. Cogió una piedra del tamaño de un melocotón y la dejó caer. Golpeó repetidas veces durante la caída y un sonido sordo marcó el final del trayecto. Era profunda. Salió del escondrijo y buscó al muerto. No sabía cuántas balas habían impactado en el cuerpo, pero la advertencia del teniente había sido clara. El cielo comenzaba a clarear con la luz del amanecer. Se acercó al muerto y reconoció al hombre de la barra, el que estaba a continuación del padre de Nel y de Lipe. Así que ese hombre trabajaba para él. Poner orden entre sus trabajadores sería su primera obligación durante el día. Lo cogió de los sobacos y lo arrastró hasta la sima, le dio un empujón con el pie y cayó por la brecha. El cuerpo arrastró algunas piedras en la caída y luego se hizo el silencio. Se dirigió al sitio desde el que disparó el rifle y recogió los casquillos. Los contó, pero otro de los asaltantes se había llevado lo suyo y, cuando le extrajeran la bala, conocerían la procedencia.

Llegó al establo con luz del día, aunque era temprano para que los vecinos se incorporaran a los campos. Ordeñarían y atenderían los establos antes de salir, así que no se encontró con nadie. Descubrió el caballo que faltaba y se acercó a él. Lo habían atendido recientemente, estaba caliente y el morro húmedo de haber bebido. Se quitó las espuelas y se acercó a la escalera del altillo, subió algunos peldaños y asomó la cabeza: Lipe dormía con el pelo revuelto. ¿Sería el muchacho, el enlace? ¿Habría ocupado el puesto del hermano? ¿Por eso la familia del muchacho era de fiar para Sagasta? Le pareció cruel que un padre, después de perder a un hijo, expusiera a otro al mismo peligro. Sería dos años mayor que su hermano Diego. Algo no le cuadraba. Nel era uno de los acompañantes del alcalde, luego estaba en el ajo. ¿Por qué no era él el enlace?

Desensilló el caballo y, despertado por el ruido, Lipe asomó somnoliento.

—Sigue durmiendo —recomendó Juan—. Acaba de amanecer. No podía dormir y salí temprano —justificó su ausencia.

Entró en la casa y subió a la habitación, se quitó las ropas húmedas del rocío de la noche, se descalzó, se lavó en la palangana, abrió la cama y se echó con la intención de deshacerla un poco, pero se quedó dormido hasta que el ajetreo del servicio por la casa lo despertó. Se levantó más animado, se estiró y salió a la solana. El sol brillaba en lo alto, aunque no era mediodía todavía. El rumor de las aguas del río refrescaba la visión verde de los prados y de las laderas bajas de los montes que rodeaban el valle. Comenzaba a identificarse con el paisaje agreste y ceñudo del alto Asón. Se apoyó sobre la veranda de madera y dejó que el sol le acariciase la piel desnuda. Se permitió unos minutos de holgazanería mientras trazaba el plan del día. Lo primero era acercarse a la posada y escuchar qué se decía allí sobre los acontecimientos nocturnos; después había que resolver lo de los trabajadores. No podía pasarse la vida mirando sobre el hombro, temiendo una traición, necesitaba estar seguro de la gente que le servía. Volvió la cabeza hacia la puerta de la habitación de Begoña, que se hallaba entreabierta. El sol penetraba un trecho, iluminando el suelo y dejando lo demás en la penumbra. No se sentía culpable, el beso fue aceptado y compartido, eran adultos; pero había vislumbrado el temor en sus ojos, por esa razón no insistió y dejó que se saliese con la suya. El acuerdo, en un principio normal entre dos desconocidos, ahora se volvía más intrigante. Un acuerdo era una forma de resguardarse en caso de que las cosas no salieran como se habían planeado, pero siempre podía modificarse si las partes así lo decidían. Sin embargo, ella se había atrincherado detrás de él, era su salvoconducto.

Entró y se vistió. El ruido del estómago le recordó que estaba hambriento, se aproximaba la hora del almuerzo. Decidió tomar un tentempié rápido mientras bajaba la escalera. Carmela le salió al paso.

—Se le han pegado las sábanas esta mañana. ¿Va a desayunar?

—Solo un café. ¿La condesa se encuentra en casa?

—Sí, todavía no se ha levantado. Ha pasado mala noche. —Juan hizo un gesto de preocupación—. Nada que no sea propio de mujeres —matizó Carmela sonrojada.

—¡Ah! Bien —contestó Juan. Había asuntos sobre los que no se podía hablar abiertamente en la península—. Estaré en el despacho. Que Lipe me ensille un caballo.

En la biblioteca buscó la relación de trabajadores contratados. Necesitaba conocer los nombres para indagar sobre ellos. Le sorprendió encontrar el nombre de Mazorra dos veces: Felipe y Herminia. Así que había una hermana. Encontró el de Ramón; se apellidaba Solana y tenía treinta y cinco años, era el pastor del rebaño de ovejas. El encargado de la vaquería era Alejandro

Cobo, el padre del chico que trabajaba para Tomás y que disgustaba a la condesa.

Carmela interrumpió sus reflexiones cuando entró con una bandeja en la que, además del café, habían añadido un zumo y un plato de setas con jamón.

—¿Quién trabaja dentro de la casa?

—Aparte de mí, Lara y Herminia como criadas, Benita, la cocinera, y Jacinta es la lavandera que viene tres días a la semana. Herminia es la encargada de la planta de arriba. Es la única con permiso. Los demás lo tienen prohibido desde que murió el anterior conde, don Miguel.

Juan arqueó una ceja.

—La gente es muy chismosa —concluyó Carmela; sin embargo, algo le dijo a Juan que había una razón más relacionada con la seguridad, pero no quiso profundizar en ello mientras no estuviera seguro del terreno que pisaba.

Se tomó el plato de setas y se bebió el café. Se levantó de la silla y se encaminó en busca del caballo. En diez minutos se encontró en el centro del pueblo. Ató la montura a la arandela de la botica y se dirigió a la posada. El teniente de la Guardia Civil le salió al paso desde la Casa Consistorial donde charlaba con Evaristo, el alcalde. ¿Quién se encontraba con él anoche? Era evidente que estaban al tanto del asunto.

—Buenos días, excelencia. ¿Qué le parece la comarca? —preguntó en alto para que lo oyeran los de alrededor. Una vez a su lado, murmuró entre dientes—: ¿Qué pasó anoche? Se oyeron tiros, pero nadie sabe nada. Sin embargo, al alcalde le ha cogido de sorpresa que le haya comunicado que arriba no hemos encontrado ningún cuerpo.

—La primera vez se quejó de que había dejado demasiadas pistas. Eché el muerto a una sima. Trabajaba para mí: Ramón Solana.

Juan comenzó a sentirse mal.

—¡Vaya! Lo tenía en la lista, pero no había certeza. Está muy pálido, ¿se encuentra bien?

—Buenos días, excelencia —saludó Evaristo, que se había acercado para sumarse a la tertulia; sin embargo, Juan fue incapaz de articular palabra. Un dolor agudo le atravesó el vientre y se nubló el día.

11

Día 23 de julio de 1871

Begoña se despertó sudando. De nuevo había sufrido una pesadilla en la que la perseguía una silueta oscura. Un rayo de sol, que irrumpía a través de la puerta de la solana que había quedado entreabierta, le anunciaba el avance de la mañana. Se incorporó, pero no llegó a salir de la cama. El crujir de los tablones del suelo de la solana la detuvo.

El californiano se asomó vestido con un calzoncillo blanco que le llegaba hasta la rodilla. Estaba descalzo, por eso no lo había oído, y con el torso desnudo. Se apoyó en el balcón a contemplar el valle y regaló a Begoña una visión de la fortaleza de su espalda y de un redondeado y prieto trasero. Se irguió, levantó un brazo y se peinó con los dedos la cabellera, ofreciendo un exquisito espectáculo de su cuerpo bien formado.

Begoña, inconscientemente, tiró de la sábana para cubrirse mejor, como si él pudiese verla. Recordó cómo esos brazos la levantaron del suelo y la mantuvieron en vilo y se estremeció de placer. Se sentía como una adolescente que hubiera recibido su primer beso, y es que, en realidad, así había sido. El primer beso de verdad, consentido y no arrancado contra su voluntad por una boca odiosa.

Juan estaba en lo cierto, no todos los hombres eran iguales, pero ella no los había conocido. Los muchachos del pueblo la evitaban por liberal y el marido le fue impuesto. Se sobrecogió cuando el californiano volvió la cabeza hacia su puerta. Por un instante creyó que había sido descubierta fisgando, pero un instante después comprendió que era imposible que él la percibiera, deslumbrado por la luz exterior. Se relajó y contempló el rostro pensativo del hombre. Era muy atractivo y cuando la miraba se le hacía un nudo en el estómago y le costaba respirar. Tan silenciosamente como había aparecido, se retiró.

Durante un rato lo oyó trastear y, finalmente, abandonó la estancia. Sus pasos fueron presurosos por el pasillo y dejaron atrás el sonido acompasado al descender por la escalera. Retiró la ropa de la cama, se puso de pie y se asomó a la puerta de la solana para rendir su particular homenaje al nuevo día; luego se quitó el camisón y procedió a llenar la palangana con agua del jarro.

Había terminado de vestirse, cuando oyó al californiano partir a caballo. Se recogió el pelo en una cola alta y bajó a desayunar. Como era muy tarde, se dirigió directamente a la cocina. Siempre que podía, evitaba entrar donde se encontrara Benita. Cuando falleció el anterior conde, se planteó echarla a la calle, pero el temor a las consecuencias y a que estropease sus planes lo impidieron. Se asomó al recinto de la cocina y lo encontró vacío; sin duda, estaba en el huerto. Le llamó la atención un tipo de seta sobre la mesa de la cocina: la conocía muy bien; era venenosa. Un escalofrío recorrió su cuerpo.

—La reconoce ¿verdad? —Benita había accedido por la puerta del jardín—. Al igual que usted mató a mi conde, yo quitaré de en medio al suyo.

Begoña la miró con los ojos como platos y la respiración agitada.

—¿De qué hablas?

—Sé lo que hizo, aunque no la denunciase. Ochoa me lo prohibió, pero ahora hemos decidido emplear el mismo método. En breve, el indiano morirá.

Carmela entró con la bandeja del desayuno del conde.

—¡¿A dónde fue?! —gritó desesperada.

—Al pueblo —contestó Carmela, sorprendida.

—¡Esa bruja lo ha envenenado!

Salió como alma que lleva el diablo hacia el establo. Corrió, con el corazón en la boca, lo que le permitieron las malditas faldas.

—¡Lipe! ¡Lipe! —llamó a gritos. El muchacho apareció detrás de un caballo—. ¡Las tijeras de esquilar!

Se apresuró a buscarlas sin preguntar mientras Begoña sacaba el caballo de la cuadra y regresó con ellas en la mano.

—Corta el lateral de la falda. —La miró como si se hubiera vuelto loca, así que se las quitó de las manos y ella misma la rasgó.

Con solo el cabezal puesto, montó de un impulso, agarrada a las crines, a pelo, y salió al galope. Azuzó al animal hasta la plaza del pueblo, donde estaban reunidos los vecinos formando corrillos. Al verla llegar, se apartaron para que no los atropellase y la observaron consternados con la falda desgarrada. El teniente de la Guardia Civil se aproximó y retuvo la montura, mientras ella se deslizaba abajo.

—Su marido se ha desmayado —le informó—. Se encuentra en la botica.

Sin dar las gracias ni volver la vista atrás, se internó en el dispensario seguida por el teniente.

—¡Matías! —gritó cuando descubrió que no se encontraba en la tienda—. ¡Lo han envenenado!

Subió corriendo los escalones estrechos hasta el piso superior, donde residían don Matías y su mujer, que se encontraba de visita en casa de una hermana. Juan estaba tendido sobre una cama y con una palangana a un lado.

—Lo sé. Le he dado un purgante muy fuerte —susurró el boticario, exigiendo contención con la mirada. El teniente asomó por la escalera.

—¿Cómo que lo han envenenado? —inquirió intranquilo.

—Benita, nuestra cocinera, con una seta. Me lo ha confesado —soltó de un tirón al borde de la histeria.

—Voy a detenerla antes de que escape. —El teniente salió sin perder un instante.

Begoña, angustiada, no apartaba la mirada del californiano: pálido, desmadejado, tan diferente del hombre lleno de vida que se había mostrado esa mañana bajo los rayos del sol. Sintió el peso de la culpabilidad como un mazazo y se dio cuenta de que, si moría, no podría cargar con semejante episodio sobre la conciencia.

—Serénate —recomendó don Matías, al mismo tiempo que la empujaba hacia fuera y entornaba la puerta—. Creo que está fuera de peligro. El purgante era poderoso y ha vomitado bastante; lo que le haya quedado en el cuerpo no es suficiente para matarlo. He actuado rápido.

Juan sentía todavía los pinchazos en el estómago. El brebaje de don Matías le había vuelto del revés y creyó que hasta las entrañas le saldrían por la boca. Se encontraba laso, frío, dolorido. Se incorporó un poco y descubrió que le habían quitado las botas para tumbarlo en la cama. Oyó voces en la estancia de al lado, se levantó y se acercó descalzo a la puerta, pero no llegó a abrirla.

—¿Cómo lo supiste? —preguntaba la condesa en ese momento.

—Los síntomas eran inequívocos, pero no pregoné a los cuatro vientos que lo habían envenenado. —La voz del boticario, aunque en tono bajo, sonaba enfadada.

—Benita lo sabe —alegó Begoña.

—¿Y qué? Es agua pasada. Nadie la creerá.

—Ochoa la ha creído. Me dijo que no me delataron para beneficiarse también de la muerte del conde. Ahora lo veo claro. Ese Ochoa es maquiavélico y yo, estúpida de mí, le he hecho la mitad del trabajo.

—¿Creen que has sido tú? ¿Y Benita qué saca de todo esto?

—Es una ramera; se acostaba con el conde y no me extrañaría que lo hiciera con Ochoa. A saber qué negocio han entretejido entre los dos.

—Sea cual sea, Benita lleva las de perder. Resumiendo, Ochoa ha sido informado por Benita de que tu marido ha sido envenenado y le habrá prometido parte del condado cuando se case contigo. Te quitan de en medio cuando ya es titular del condado y se casa con Benita.

—Es absurdo. ¿Ochoa con Benita? —rechazó Begoña.

—Puede ser, pero, si ella lo ha creído, basta. Hace tiempo que no intento comprender el funcionamiento de las mentes femeninas. Lo importante ahora es que Ochoa está desesperado. No imaginó este casorio tuyo. Tendrás que hacer limpieza en casa y rodearte de gente fiel. ¡Ah! Y vigilar más de cerca a tu marido. Me parece un buen hombre.

—Lo es. Si supieras cómo me arrepiento de todo esto. —La voz de Begoña sonó al borde del llanto.

—¡Vamos, vamos! No flaquees ahora, mi valiente amazona. Sabíamos que no sería tan sencillo.

El ruido de movimiento espabiló a Juan, quien regresó sigilosamente al lecho, se echó y cerró los ojos. Entraron en silencio; el revuelo de las faldas de la condesa le avisó de que se aproximaba y sintió la mano pequeña y fina que se apoyaba en su frente y le retiraba el cabello. Abrió los ojos y se enfrentó a la verde mirada cargada de preocupación.

—¿Cómo te encuentras?

—Como si me hubiera arrollado una manada de búfalos.

—¿Búfalos? ¿Qué son? —preguntó, sorprendida.

—Es un dicho de allá. Unos animales de las praderas americanas.

—¡Ah! Bueno, lo que de verdad me interesa es si estás lo suficientemente fuerte para regresar a casa. Te trasladaremos en una carreta.

—Creo que sí.

Ella se incorporó y respiró aliviada.

—Avisaré a Nel —intervino don Matías—. Dispone del carro de la posada.

Se quedaron solos y Juan se incorporó.

—¿Me puedes explicar qué ha ocurrido?

Begoña lo miró angustiada.

—Benita, nuestra cocinera, ha intentado envenenarte. Si en algún momento yo hubiera imaginado algo semejante, no habría dejado que esto ocurriera.

—No tienes que disculparte. Ambos pensamos en algún tipo de ataque, aunque ninguno tan bajo como este.

Juan observó cómo Begoña se mordía el labio inferior y la expresión se tornaba apesadumbrada. Le costaba creer que la mujer que se encontraba a su lado fuera capaz de asesinar y de que tuviera conocimiento de ello el boticario. El pueblo era un polvorín de secretos, venganzas y rencores.

—Pasaremos revista a los empleados —propuso Juan.

—Está todo en orden, excepto Jandro, el vaquero, que es un Cobo. Lo despediré.

—No, sería una imprudencia. Lo prefiero vigilado. Si lo despedimos —repitió enfatizando el plural—, se quedará en el monte. Además, su hijo trabaja para Tomás. Habría que despedir a medio valle. No, solo la casa. ¿Qué sabes de Lara?

—Es huérfana. La criaron las monjas del convento de La Canal, en los valles pasiegos. La traje al mes de llegar aquí por esa razón: necesitaba gente de mi confianza. Duerme en casa de una anciana viuda.

—¿Cuántos son los Mazorra?

Begoña frunció el ceño.

—Son gente de confianza, pondría la mano en el fuego por ellos.

—No he dicho yo lo contrario —contestó Juan cansado.

—Remigio se trasladó a San Roque de Riomiera, cuando su familia fue asesinada por los carlistas. El hermano mayor, Nel, fue secuestrado por los carlistas y obligado a luchar en sus filas, pero escapó, buscó a Remigio y se unió a la partida de los Francos del Pas que defendían el pueblo.

Juan comenzó a unir cabos: el hermano mayor de Remigio y el padre del alcalde lucharon codo con codo en la partida de Cobanes. Era muy probable que la tercera voz de por la noche fuera el propio Remigio. ¿Qué hacían en el monte? Evidentemente patrullar, proteger al enlace, como él. Pero ellos conocían la identidad del enlace. ¿Por qué no llegaron a tiempo?

—Allí contrajo matrimonio —continuaba Begoña, ajena a las deducciones de Juan—. Cuando terminó la guerra, Remigio y Lucía reclamaron las tierras de su familia y reconstruyeron la casa. Al poco, nació Remi, el hijo mayor, el que ascsinaron en el Pico del Carlista. Una tragedia. Herminia y Lipe trabajan en la casa desde que enviudé, hace un año. Nel ayuda a su padre y trabaja para la empresa de diligencias.

—Me ha parecido que no les va mal. Realmente, Herminia y Lipe no necesitan el trabajo.

Era más una reflexión en voz alta que una pregunta; no obstante, Begoña respondió.

—No, no lo necesitan; es más, Lipe debería estar con las vacas de su padre. En cuanto enviudé, me convertí en una pieza de ajedrez.

Las voces y el crujir de los escalones bajo el peso de los cuerpos interrumpieron el rato de las confesiones. Asomaron Nel y don Matías.

12

Día 25 de julio de 1871

Begoña se despertó con el alboroto de un par de gorriones en la solana. Por el color de la luz dedujo que era temprano. Se estiró y comenzó a planificar el día.

Habían pasado dos días desde que el californiano fuera envenenado, dos días durante los cuales no había dejado de atenderlo en persona, ya que el trabajo de la casa se había multiplicado con la ausencia de Benita. Si quería una buena cocinera no le quedaría más remedio que buscarla en una población más grande, las mujeres del valle solo guisaban cocidos.

Se levantó, se lavó en la palangana y se vistió. Sin la ayuda de Carmela para peinarse, no le quedó otra alternativa que una sencilla coleta. Los rizos cada vez estaban más deshechos.

Con el ánimo reflejado en la cara, se encaminó a la habitación de Juan para interesarse por su salud. Llamó y accedió a la voz de permiso. Su vista se clavó en un lecho vacío y recorrió la habitación hasta que lo encontró frente al espejo del palanganero, en calzoncillo y desnudo de cintura para arriba.

—¿Podrías conseguir agua caliente para afeitarme? Hay que solucionar el asunto de la cocinera —propuso a la vez que se giraba.

Begoña contempló el pecho escultural y los rizos de vello. La barba de esos dos días le sombreaba el rostro y le confería un aspecto más rudo, más atractivo, más peligroso y acentuaba el color claro de los ojos. Una sonrisa se insinuó en la boca del hombre y cayó en la cuenta de que la suya estaba abierta y de que lo contemplaba descaradamente. La cerró de golpe, notó el sofocón, contestó afirmativamente y salió corriendo.

Carmela andaba liada con el desayuno, Lara recogía verdura y fruta en la huerta para ese día y Herminia se encargaba de las habitaciones, así que ella misma abrió el cajón del carbón, lo removió para avivar la brasa, lo cerró y puso un puchero a hervir sobre la chapa de la cocina, ya caliente por el uso continuado de Carmela para preparar el café. Cuando el agua empezó a humear, entró Herminia en la cocina para su alivio, así no tendría que enfrentarse al californiano de nuevo.

—Sube agua caliente al señor.

—Sí, excelencia. Ha venido el teniente de la Guardia Civil. ¿A dónde lo paso?

—Tú lleva el agua, yo me ocupo de la visita.

Begoña encontró al teniente en el vestíbulo.

—Lamento este recibimiento tan poco apropiado —se disculpó.

—No son horas de visita —reconoció Eusebio—. Pasaba por aquí con otra diligencia y he aprovechado para interesarme por la salud del conde.

—Se ha levantado dispuesto a afeitarse, de lo que deduzco que ya ha recuperado fuerzas.

—En ese caso, ¿puedo entrevistarme con él? No me parece que sea hombre de convencionalismos.

Begoña sonrió.

—No, no lo es. Suba, por favor.

Begoña lo siguió con la mirada, intrigada acerca de qué le urgía hablar.

A Juan no le extrañó que Herminia trajese el agua, después de la cara de asombro de la condesa. Todavía saboreaba ese momento de gloria masculina. Durante la convalecencia consiguió que Begoña le relatase las circunstancias que rodearon el matrimonio con el conde, aunque no dejó claro por qué estaba tan segura de que los carlistas habían sido los asesinos de su padre. Se encerró en sus trece sin aportar razones. Seguía ocultando algo, de ella o de su padre. Probablemente de este último. Ella había cumplido con el viejo y caprichoso aristócrata. Pensar en ello lo alteraba, lo ponía furioso. Su hermana era de la misma edad que Begoña y no la veía en esa tesitura. Sacudió la cabeza para borrar la imagen de Begoña en brazos de un viejo y regresó a sus reflexiones: ¿Qué podía hacer un hombre para que los otros rompiesen la palabra dada?

Una discreta llamada en la puerta interrumpió sus reflexiones.

—Me alegro de verlo tan recuperado —dijo Eusebio a modo de saludo.

—Todavía me flojean los músculos. Don Matías me explicó que era una manifestación leve de los efectos del veneno.

—Gracias a Dios, todo quedó en un susto. ¿ iba a imaginar un atentado de esa naturaleza? Antes de que me lo pregunte, le diré que no la hemos encontrado; sin embargo, estamos seguros de que no ha llegado a Vizcaya, no ha tenido tiempo y las rutas están controladas. Sospecho que alguien del valle la esconde o la ayuda de alguna manera.

—Es cuestión de tiempo.

—Según se mire. Yo creo que su vida peligra; sabe demasiado y puede inculpar a muchos, aunque no la creerían. Se interpretaría como una salida para llevarse a alguien que odia por delante.

Juan se quedó mirando fijamente al teniente. Este le sostuvo la mirada, carraspeó y continuó.

—Mi misión aquí es mantener el valle tranquilo cueste lo que cueste, dentro de la legalidad. Y fundamentalmente, cortar todos los enlaces y simpatías carlistas. Así que, si es un carlista el finado, yo lo entierro sin hacer preguntas.

Juan sonrió y meneó la cabeza incrédulo: el teniente estaba al cabo de la causa de la muerte del anterior conde.

—Oficialmente, relleno todo el papeleo que sea necesario para enterrar el caso. ¿Le parece mal?

—Una forma de trabajar muy limpia. No se mancha el uniforme.

—No me censure ni me tache de cobarde. Represento el orden y, cuando esto termine, debo mantener mi imagen impoluta para que los vecinos me respeten. Usted mismo ha comprobado qué armas se emplean para conseguir los fines. Las muertes en los montes son un pequeño tributo a los tiempos revueltos si conseguimos detener una guerra fratricida. Y hablando de guerra, venía a comentarle el mensaje de Brezal que pasó el enlace la otra noche.

—¿Le llega a usted puntualmente?

—No siempre. Solo si consideran necesario mantenerme alerta. El levantamiento ni siquiera estaba preparado a pesar de que se estableció una fecha. Ahora han enviado avisos para que se realice un recuento de armas, dinero y hombres que siguen la causa, es decir, de los efectivos de que disponen. En Madrid se ha interpretado como una pequeña tregua que les viene muy bien. Ayer, Ruiz Zorrilla sustituyó al general Serrano en el gobierno. Vamos a la deriva. Ellos tampoco están mejor: no avanzan las conversaciones con la reina depuesta.

—Ignoraba que estuvieran en buenos términos tío y sobrina. Don Carlos siempre quiso arrebatarle el trono.

—En el exilio, toda compañía es buena. Pero Isabel no minará las posibilidades de su hijo al trono. Sería coronado como Alfonso XII si este experimento con Amadeo de Saboya se va al traste, como así parece.

Entretanto, Juan concluyó el afeitado.

—Si no hay más que hablar, debo reincorporarme a mi trabajo —dijo el teniente.

—Gracias por mantenerme informado.

—Espero justa correspondencia, a ser posible que no sea en forma de cadáver. Y no me refiero al suyo, sino al reguero que va dejando en los montes.

—Eso me recuerda que es posible que hayan averiguado quién es el francotirador. —Ante la mirada interrogativa, continuó—: Herí a uno de ellos.

—¡Vaya! Me informaron de que usted era letal.

Juan se irguió como si hubiera recibido un latigazo.

—Su secreto está a salvo; es más, lo desconozco. Solo me dijeron que el nuevo conde era un hombre de temple al que no le temblaría el pulso a la hora de disparar. Pero, sea cuál fuere su pasado, no espere que Sagasta desconozca los pormenores de la persona a quien confía una situación tan delicada.

Juan asintió sombrío. El teniente saludó con un leve movimiento de cabeza y abandonó la estancia. Arrojó el lienzo con el que se había secado sobre el palanganero con gesto desabrido y apoyó las manos sobre las jambas de la puerta de la solana por encima de su cabeza.

Así lo encontró Begoña cuando entró con nuevas noticias. Se volvió a tiempo de ver cómo su expresión, tímida ante el recuerdo de la mañana, se transformaba en otra más reflexiva al fruncir el entrecejo. Recordó que su propia expresión no debía resultar muy tranquilizadora.

—¿De qué habéis hablado para que estés así?

—No encuentran a Benita —eludió.

Leyó en sus ojos la duda.

—¿Qué querías? —preguntó para alejar la atención.

—Han traído el correo. Por lo abultado creyeron que

sería importante y no han esperado a que nos acerquemos.

Juan, todavía a medio vestir, se acercó a cogerlo y se detuvo junto a ella para leer los remites. Uno de ellos fue como un bálsamo que sacudió su cuerpo. Nervioso, arrojó las misivas sobre el escritorio y tomó el abrecartas. Begoña aguardaba en silencio.

—Es de Francisco —informó con una alegría incontenible. Pasó la vista rápidamente sobre la conocida letra de su hermano—. Recibieron mi carta. Están en Londres. Gracias a Dios que llegaron bien. —Miró el matasellos—. A juzgar por la fecha, deben de estar a punto de llegar a España. No dicen más.

—Enhorabuena. Me alegro de que sean buenas noticias y de que te encuentren vivo.

Observó el semblante pálido de Begoña. Le extrañó que una mujer fuerte, capaz de asesinar a su marido o de participar en el complot, algo que no le había quedado claro, temblara ante la posibilidad de su muerte. Recordó los remordimientos que mostró ante el boticario cuando él yacía postrado.

—Lo sucedido era un riesgo que yo había asumido cuando acepté el trato de Sagasta. El cebo era suculento, no soy ningún ingenuo.

Los ojos verdes lo miraron con agradecimiento y no pudo reprimir el impulso de besarla. Begoña no lo rechazó, sino que se apretó a él, saboreando y disfrutando de su boca. Le enardeció la rendición y resbaló por el cuello provocando el jadeo propio del placer, del deseo.

Un carraspeo lo obligó a levantar la vista sin dejar a

su presa. Herminia se miraba la punta de los pies en el umbral de la puerta que Begoña había dejado abierta. Con un suspiro, liberó a Begoña del abrazo.

—Tomás aguarda para comentarle los trabajos del establo, excelencia.

—Hoy es día de visitas inoportunas. Dile que suba.

—¿Y el resto de la correspondencia? —indagó Begoña.

Juan abrió otra carta.

—¡Humm! Es de Santoña. Me informan de que la yeguada ha llegado a puerto y de que el veterinario de la villa se ha hecho cargo de ella. En esta otra me avisan de que un carguero de Vigo ha pedido permiso para desembarcar unos enormes cajones. Es el mobiliario de la hacienda de California.

Levantó la cabeza de los pliegos y descubrió a Tomás, que aguardaba en el pasillo.

—No he podido evitar escuchar que los caballos ya han llegado. La estructura de piedra casi está. La cantería nos ha llevado más trabajo del que pensamos. Las vigas de madera para el techo están cortadas y lijadas, a la espera de que comencemos con él.

—Pasa, Tomás. Sé que ha sido mucho más de lo que hablamos al principio, pero quería un establo en condiciones y ya que la piedra es un bien que no escasea... Será más seguro y recogido para las yeguas en invierno. Necesitaré carretas para traer muebles de Santoña. Igual con tus conocimientos me puedes echar una mano.

Durante el resto del día, Juan anduvo muy ocupado con los preparativos del viaje a Santoña, incluso comió un tentempié en la habitación entre papeles y cálculos. Hacían falta carretas y carreteros, jinetes para custodiar la yeguada y Begoña apuntó la necesidad de una cocinera y de algunos artículos que no se podían adquirir en el pueblo. Tomás regresó por la tarde y quedaron en salir al día siguiente de Santa Ana.

Cuando llegó la hora de la cena, se encontraba exhausto pero contento. La carta de Francisco y el conocimiento de que se hallaban tan cerca lo habían animado. Bajó al comedor, donde Begoña conversaba con Carmela.

—Me preguntaba si sería posible que te acompañara. Carmela me ha facilitado una lista de provisiones también, aunque no sé si habrá dinero para todo después del desastre de la administración del anterior conde.

Juan se acercó a la silla de Begoña y le indicó que se sentase. Carmela, al comprobar que se disponían a cenar y que su señora no recibiría la contestación delante de ella, se retiró. Begoña tomó asiento y Juan aspiró la fragancia a jabón que desprendía. Se había recogido el pelo en alto y una cascada de bucles caía sobre el níveo cuello. Juan la imitó, situándose en la cabecera. Le gustaba el sitio porque le permitía recrearse con la belleza de la condesa cada vez que levantaba la cabeza del plato. Y de su nariz.

—Confeccionad la lista que creáis oportuna, no te preocupes por el dinero.

—Claro que me preocupo. No quiero dejarte en una posición delicada, y menos ahora que llega tu familia. No me has contestado: ¿podría acompañarte? El camino es largo y habrá que partirlo. Pasaríamos las noches en mi casa de Ampuero.

—Es fácil que estemos ausentes una semana —advirtió Juan—. ¿Eres buena amazona?

—No seré un engorro —asintió ella con una sonrisa. Daba por hecho su consentimiento.

Entendía que el viaje era un acontecimiento para una mujer que se pasaba el año encerrada entre montes y él no iba a negarle ese placer. Bien mirado, incluso le hacía ilusión que lo acompañase, aunque se preguntaba si esa petición no escondía una intención protectora, tal y como escuchó en casa del boticario.

La observó con cara de felicidad y perdida en los planes inmediatos. Se mostraba más infantil, más relajada ante la perspectiva de la excursión. Levantó la verde mirada y lo sorprendió en su contemplación.

—¿Te preocupa algo más? Estás muy serio —inquirió Begoña. Se limpió los labios carnosos y se acercó la copa para beber. Durante unos segundos, el rojo del vino compitió con el de los labios sedientos.

Juan apartó la vista. Los pensamientos corrían desbocados en imágenes que no le convenían en ese momento. Intentó distraerse comentando detalles de la expedición, pero el tono amigable, la confianza y la distensión de Begoña no contribuyeron a lograrlo. Cuanto más lo analizaba, más lo atraía. En California se había encontrado con mujeres jóvenes envejecidas prematuramente; eran tierras duras que exigían mujeres fuertes, valientes, constantes. Pioneras que no se arredraban ante lo desconocido, que no cedían ante el peligro o la dificultad. Su madre había sido una de ellas.

Desde que había llegado a España, se había cruzado con muchas mujeres, en los hoteles, en las calles. Eran mujeres pálidas, de aspecto enfermizo, con una forma de moverse y de hablar educada, pero falsa, halagadora, interesada. Como había dicho en otra ocasión a la condesa, las mujeres mostraban una desmedida preocupación por el bolsillo de los caballeros o por los nombres ilustres.

Pero no su condesa. Muy joven y por capricho de un viejo, se convirtió en una pieza fundamental de un juego mortal al que hacía frente con su ingenio. ¿No le había temblado el pulso para envenenar a su enemigo? Debía aclarar ese punto. Tampoco había dudado en perder la posición social en beneficio de su independencia.

—¿Por qué me miras así? —interrumpió el ensueño.

—¿Así, cómo?

Ella denegó con la cabeza y los rizos se movieron graciosamente al compás.

—Déjalo. Imagino que estarás cansado. Ha sido un día largo para ti. ¿Qué tal te encuentras?

—Fatigado, pero mucho mejor, con ganas. Ya no me duelen los músculos.

—Es mejor que nos acostemos pronto —propuso Begoña—. Mañana será un día lleno de preparativos.

Juan se apresuró a retirar la silla a la vez que ella se levantaba. Begoña murmuró una disculpa y se apresuró hacia la puerta, pero Juan fue más rápido, la cogió del brazo y la arrinconó contra la pared. Las aletas de la nariz, que lo tenían trastornado, se abrieron ante la expectación; los ojos verdes, llenos de ansiedad, se clavaron en sus labios. Juan se inclinó y llevó a cabo lo que su mente había perseguido durante la cena. Repasó con la punta de la lengua la comisura, los dibujó, los trazó para saborearlos a continuación. Las manos se perdieron en un talle falso, con tacto de seda y rigidez de corsé. Añoró la visión de Begoña envuelta en un lienzo recién salida del baño.

El ruido de la vajilla a la espalda le recordó dónde se encontraban. Se retiró justo a tiempo para ver cómo salían Herminia y Lara con los restos de la cena.

—Creo que ha sido una buena interpretación —evaluó Begoña, sonrojada y jadeante—. El pueblo ya se habrá enterado de lo mucho que nos queremos.

—Buenas noches, *honey* —le deseó Juan—. No voy a permitir que se abandonen las buenas costumbres.

Begoña se tensó, levantó la nariz desafiante, aguardó a que se apartara y salió sin replicar. La mujer era orgullosa, pero eso ya lo sabía. Lo que le sorprendía era el pudor que mostraba, ese afán por no dejar aflorar los sentimientos. Sí, había un acuerdo, pero comprendía que se había establecido cuando no se conocían; era una forma de protegerse. La combinación de candor y fortaleza le subyugaba más allá de lo que estaba dispuesto a reconocer. Él lo consideraba curiosidad. Begoña era como una cebolla y él se había propuesto liberarla de tantas capas y llegar al corazón del misterio.

13

Día 27 de julio de 1871

La bruma se asentaba baja, sobre el lecho del río. El cielo comenzaba a clarear por el este, aunque el sol tardaría en presentarse a causa de la altura de los riscos que lo impedían. A pesar del tiempo veraniego, la humedad entraba hasta el hueso. El clima de California era más seco y a Juan le costaba acostumbrarse. Si así era el verano, no concebía el invierno. Había imaginado España con un clima templado y amable, pero había escogido la zona septentrional y la vertiente atlántica, es decir, lo más alejado a su idea. Confiaba en que sus hermanos no se lo tuviesen en cuenta. Rebasaron Gibaja, con el sol rompiendo el celaje y secando el ambiente, y continuaron hacia Rasines.

Se había vestido al modo californiano, que era como más cómodo se encontraba: pantalón de algodón grueso, camisa blanca holgada, chaleco de piel bien curtida y chaquetón de piel de borrego. Colgado del cuello llevaba el consabido pañuelo para cubrirse la cara en caso de exceso de polvo en el camino; el sombrero de fieltro negro, con una banda adornada de remaches de plata, le caía sobre el rostro para protegerlo del sol, y la canana con la cartuchera y el Colt se ceñía a la cadera.

Además de Tomás, los acompañaban Nel y Lipe. La tarde anterior se había acercado a la posada en busca de ayuda. Necesitaba gente que entendiera de caballos y supiera montar para que le ayudaran a traer la yeguada. Lipe era muy voluntarioso, pero demasiado joven. Así se lo explicó a Nel y convinieron en un pago por el servicio. De esta forma, se le presentaba la oportunidad de conocer al mayor de los Mazorra.

Begoña se desenvolvía sin esfuerzo sobre la montura. Era evidente que acostumbraba a montar y que disfrutaba con ello. Ella también había optado por un traje cómodo que le permitía montar a horcajadas y había prescindido del corsé. Esa idea permitió a su mente febril recrearse en cómo sería sentir su cuerpo sin tanta tela de por medio. Llevaba un sombrerito negro con un velo que le resguardaba el rostro de los rayos solares y que le impedía su contemplación.

Se trataba de un viaje, no de una excursión, por lo que hablaron poco por el camino, más pendientes del caballo que de mantener una conversación. Llegaron a media tarde a Ampuero y, con ayuda de Begoña, alquilaron un prado por el que discurría un pequeño arroyo, ideal para el descanso de los animales. Lo apalabraron para el viaje de regreso y especificaron que habría más caballos y alguna carreta. Cada uno cargó con su silla de montar y la bolsa con la muda y se encaminaron a la casa, donde Begoña viviría dentro de cinco meses. Tomás, Nel y Lipe decidieron entrar en un bar a refrescarse y, de paso, encargarían algo para comer mientras Begoña y él abrían la casa.

Era mucho más modesta que la de Ramales, pero acogedora y abrigada para el invierno. Construida en medio de la villa, contaba con tres alturas; la primera se correspondía con la de la entrada, a la que se accedía por unos peldaños flanqueados por dos columnas que sujetaban el mirador de la segunda planta; la tercera, la más cercana al tejado, era más baja. Un modesto jardín rodeaba la edificación y la aislaba del bullicio de la población.

Traspasaron la verja abierta y Begoña le explicó que había contratado un jardinero al que había confiado las llaves.

—Seguramente estará trabajando detrás de la casa. Voy a buscarlo.

Dejó en el suelo la silla y la bolsa y marchó con paso decidido. Juan, mientras tanto, probó a abrir la puerta principal y esta cedió. La entrada era estrecha y a ambas manos había habitaciones; enfrente, una escalera conducía a los pisos superiores y un estrecho pasillo llevaba a la cocina en la parte posterior. En un par de pasos se situó en el umbral de una de las estancias y descubrió a una mujer madura, ricamente vestida y arreglada, que leía una hoja de *La Esperanza*, un periódico reconocidamente carlista. La mujer levantó la vista de la lectura y lo observó con el ceño fruncido.

—¿Qué haces aquí, gandul? Di orden de que no se me molestase. Informa a quien tengas que informar de mi presencia; mientras tanto, tu sitio está en el jardín.

—Los señores no aguardan visitas —respondió Juan, preguntándose quién sería, pero sin moverse del umbral. Begoña no había mencionado nada al respecto.

—No me repliques, mequetrefe —se volvió airada la señora—. Esa dichosa Internacional os ha vuelto arrogantes y provocativos a los jornaleros, pero ya veremos cuando cambien los tiempos. Sal de mi presencia.

—Desconozco su nombre.

La mujer entrecerró los ojos y apretó los finos labios.

—Soy la marquesa de Santurce —anunció con un gesto altivo.

—Encantado —respondió al saludo—. Soy Juan Martín y...

—¡¿Cómo te atreves?! —gritó furiosa.

—¿Qué ocurre? —preguntó Begoña, que acababa de entrar y el alarido de la mujer la había asustado.

Juan no le dio ocasión de preguntar nada más, la enlazó por la cintura, la atrajo hacia él y la besó con el mayor descaro. Se jugó mucho; aparte de los besos nocturnos, desconocía cómo andaban las cosas entre ellos y, por tanto, cómo se tomaría Begoña esa intromisión, pero la presencia de una marquesa requería dejar bien claro cuál era el puesto de cada uno.

A Begoña la cogió desprevenida tanto el beso de Juan como la llegada de su ex cuñada. ¿Qué hacía ella allí? No pudo enfadarse con Juan porque dio media vuelta y se retiró para dejarla pasar, aunque vislumbró la sonrisa guasona que transformó su rostro antes de desaparecer escalera arriba. Por otro lado, el exabrupto de Berta reclamó su atención.

—¡¿Cómo se atreve?! —repitió casi sin voz la marquesa, ahogada en el enojo—. ¡¿Cómo te permites tales licencias delante de todos?! ¿Y tu marido?

—¿Mi marido? —Begoña se encogió de hombros. No comprendía el escándalo de la tonta de Berta—. Evidentemente es el que más disfruta.

El pasmo de la marquesa no tuvo límites. Abrió y cerró la boca como un pez varias veces, hasta que recuperó la voz.

—¿Pero qué clase de pervertido es?

—Perdona, querida —replicó Begoña con sarcasmo—, el pervertido y libidinoso era tu hermano.

Begoña no iba a consentir que insultasen a Juan de esa forma. Ella conservaba sus prevenciones respecto a él, pero hasta el presente había demostrado que era un hombre íntegro y considerado.

—¡Esto es peor de lo que me temía! ¿Con qué clase de hombre te has casado?

—Lo elegí yo y estoy muy orgullosa de él. Además de insultarme, ¿puedo conocer el motivo por el que te has alojado aquí?

—¡Oh! He venido a verte, querida. Me dirigía a Ramales y decidí descansar para continuar mañana con el viaje. —Sonrió afectuosa—. Estoy sorprendida de que hayamos coincidido en Ampuero.

—¿Y quién te ha invitado? —bufó Begoña indignada.

—¿Acaso hace falta invitación entre parientes?

Begoña representó la pantomima de hacer memoria.

—¿Parientes? Con la muerte de tu hermano creo que se terminó el parentesco.

—¡Oh, Begoña! No seas absurda. Aunque por ley te pertenezca la casa solariega, yo he nacido allí. ¿No irás a negarme una habitación cuando sienta nostalgia de mis raíces?

—No recuerdo que la echaras de menos durante la vida de Miguel. Tampoco después de su muerte.

—Vamos, Begoña, no seas rencorosa. Me he enterado de tu matrimonio y sentí curiosidad.

—*Honey,* no seas maleducada. —La voz de Juan a su espalda la pilló desprevenida—. Una doncella muy guapa le está acondicionando una habitación.

Begoña se envaró, temiendo que fuese a besarla de nuevo. Se había lavado y cambiado de ropa. Al pasar junto a Begoña, le guiñó un ojo con una sonrisa ladeada, señal inequívoca de que estaba disfrutando con la confusión que había creado. Su cuñada Berta lo miraba con los ojos desorbitados.

—Creo que ya has tenido el placer de conocer al pervertido de mi marido —se despachó a gusto.

—¿Este es el nuevo conde? Nadie me comentó que fuera tan joven.

El marido de Berta era dieciséis años mayor. Fue ella una de las que la animaron durante la ceremonia y aseguró que no era tan duro estar casada con un hombre mayor; al contrario, eran hombres hechos y derechos, con más experiencia, y no recordaba cuántas tonterías más salieron de aquella cabeza hueca.

—¿Nadie? ¿Quién te habló sobre mi marido? —inquirió Begoña, intrigada.

—¡Oh! Pues ahora no recuerdo. Estoy tan cansada... —eludió con mala fortuna.

Begoña, enfadada ante el abuso de la situación y la mentira, se volvió hacia Juan.

—Estoy siendo grosera adrede, no le debo nada y desconfío de sus intenciones —susurró.

Subió las escaleras sin mirar atrás, sin cruzar una palabra más con su querida ex cuñada.

—Buenas tardes, excelencia —deseó Juan a la marquesa y siguió a Begoña en el ascenso.

—¡Por fin alguien amable! —oyó exclamar a Berta con tono ofendido.

—No comprendo cómo esperabas que te recibiera, vieja arpía —murmuró entre dientes Begoña.

Se asomó a la habitación en la que una doncella deshacía el equipaje de Berta. Juan la agarró de un brazo y la condujo a otra donde tropezó con las sillas de montar en el suelo. Las bolsas de viaje habían sido arrojadas sobre la única cama.

—¿Qué haces? —inquirió enojada, mientras él cerraba la puerta tras de sí.

—Se aloja una espía muy especial en la casa. Husmeará por todos los rincones y en nuestra vida marital para relatárselo a quien la haya enviado. El matrimonio debe ser más que una apariencia. ¿A qué deducción llegaría si descubriera que no dormimos juntos? No tiene muchas luces, pero tampoco hacen falta para atar cabos ante lo obvio.

Juan hablaba a la vez que mezclaba los objetos personales y alguna ropa de las bolsas por el cuarto.

Begoña cerró la boca y se cruzó de brazos, mostrando así su frustración. Era de ella misma de la que no se fiaba. El beso de la entrada le había revuelto el cuerpo, lo había echado de menos, aunque se negaba a reconocerlo. Era brusco cuando la retenía para que no se escapase, pero suave y dulce cuando sus labios se unían. Se los lamió y se sonrojó sin darse cuenta hasta que se percató de que Juan estaba parado enfrente de ella y la miraba con sorna.

—Si cambias de opinión en algo, ponme al corriente.

—De eso nada —negó enfadada, porque la había sorprendido en un momento de debilidad—. Quiero mi libertad.

—De acuerdo —aceptó Juan—, pero no olvides que se puede amar y ser libre.

La molesta visitante irritó a Juan, que estaba ideando un plan para deshacerse de ella. Bajó justo en el momento en que entraban Tomás, Nel y Lipe.

—Traemos un guiso de conejo —informó Tomás.

—Perfecto. Déjalo en la cocina y ocupad las habitaciones que encontréis libres en la última planta. Tenemos visita, pero vosotros actuad como si fuera vuestra casa. —Les indicó que se acercasen y en voz baja les confió—: Habrá recompensa para el que consiga echarla. Por de pronto, seguidme la corriente durante la cena.

Begoña se entretuvo hablando con el jardinero sobre los preparativos para el invierno, quería la leñera llena para cuando se trasladase definitivamente, entre otras cosas. Dispusieron la cena en la mesa de la cocina, porque resultaba más cómodo para todos, ya que no había servicio. Dejaron una silla para la marquesa a la izquierda de Juan, que, prácticamente, ya había decidido cómo hacer frente a la intrusa.

A Begoña le costaba disimular su mal humor. Bajó a cenar resignada a soportar una tirante conversación con su excuñada. Juan se encontraba en el salón amenizando a Berta con relatos sobre California. Los observó desde la puerta. Se había esmerado en arreglarse, pese a que no llevaba traje, y estaba realmente atractivo; parecía relajado con la sonrisa social en los labios. Sintió un resquemor interior al constatar que desplegaba todas las artes de seducción con una traidora.

—*Honey*, estás preciosa —halagó meloso el californiano en cuanto la vio. Se adelantó hacia ella con el brazo extendido y Begoña adelantó a su vez la mano con la creencia de que se agarraría a él. Sin embargo, Juan volvió a atraparla, algo que ya se estaba convirtiendo en una costumbre, y la atrajo hasta sus labios.

El beso fue más largo de lo habitual; ella abrió la boca para protestar, pues estaban en público, y él aprovechó para introducirse y saborearla a placer. Se tensó, nerviosa, pero el sabor al vino dulce que Juan estaba compartiendo con la marquesa ganó la partida. Esa imagen fue suficiente para que se abandonara. La idiota de Berta no se merecía la atención del californiano. Un sentido de propiedad la invadió, levantó el brazo libre y le acarició la nuca al mismo tiempo que le exigía más. Descubrió que el beso, que había asociado al asco en su anterior marido, podía ser sumamente dulce y tierno. En algún momento algo cambió; el californiano besaba sus labios delicadamente, degustándolos, despacio, como si estuvieran solos. Fue él quien terminó la mágica unión, retiró la cabeza y la miró con sorpresa y admiración. Ella sintió que se sonrojaba. En otra ocasión le bajaría los humos, pensó. Que la volviera a abrazar y le diera un casto beso en la frente, la dejó estupefacta. En esta ocasión no vislumbró la expresión de él, puesto que se volvió rápidamente hacia la marquesa, quien, asombrada, los miraba con gesto de desaprobación.

—Es de un gusto pésimo dejarse arrastrar por las bajas pasiones.

—¿A qué llama baja pasión? ¿A estar enamorado de mi mujer? ¿No es preciosa? —preguntó Juan, volviéndose a Begoña.

Lejos de sentirse avergonzada por semejante comportamiento, se irguió y adelantó la nariz desafiante hacia su ex cuñada. En realidad, le hubiera encantado que las palabras del californiano fueran sinceras y no parte de una representación. A medida que pasaba el tiempo junto a él, los sentimientos se volvían más confusos.

La cena resultó un desastre y la situación, incomprensible para Begoña. Juan se mostró falto de modales en la mesa cuando le constaba que era muy educado. De los otros tres hombres no le extrañaba, pues no los conocía. De no ser por el hambre que tenía, no lo hubiera soportado. Quien se levantó sin terminar de cenar fue la marquesa, que se retiró encarnada, ruborizada sería decir poco, a dormir. Nada más desaparecer la envarada dama por la puerta, los modales retornaron a lo habitual en gente educada.

—¿Me podéis explicar qué ha ocurrido aquí? ¿Desde cuándo comes con los dedos y eructas escandalosamente? —preguntó a Juan con el entrecejo fruncido—. No me extraña que haya salido colorada. ¡Qué vergüenza!

—Bueno, el color grana no creo que haya sido por nuestros modales —contradijo Juan, con un brillo divertido en los ojos—. Como lleva viuda unos cuantos años, intenté proporcionarle un poco de alegría bajo la mesa.

Begoña abrió los ojos de sopetón, notó el golpe de calor en el rostro y se le quedó boca de pez por el asombro. Advirtió cómo se movían los hombros de Tomás y de Nel, que, sin levantar la vista de los platos, contenían la risa a duras penas, mientras que el pobre Lipe no comprendía lo que había sucedido.

—¿Pero qué os habéis propuesto? Va a salir corriendo aterrorizada.

—*Honey*, esa es la idea —corroboró Juan sonriendo.

Terminaron de cenar y recogieron la cocina entre Tomás, Juan y ella, mientras que los dos hermanos devolvían la olla a la posadera. Begoña subió a la habitación mientras los hombres realizaban una ronda y cerraban la casa. Puso una silla junto a la puerta para que la avisara de la llegada de Juan y se quitó el traje de montar, lo sacudió con ayuda de un cepillo, se lavó en el palanganero y rebuscó en la bolsa un camisón. No lo encontró. Ella misma había hecho el equipaje para no molestar a Carmela y ahora pagaba la falta de previsión.

Se mordió el labio inferior desolada, pues la camisola que llevaba debajo del traje era de verano, escotada y sin mangas. Hurgó en la bolsa de Juan y encontró varias camisas, además de calzoncillos. Era un hombre preparado. Sin dudarlo se puso una y se metió en la cama.

Al cabo de un rato, el ruido de la silla al desplazarse por el suelo la despertó. Juan asomó la cabeza y un hombro. Una vez localizado el obstáculo, alargó la mano y lo apartó.

—¿Me tienes miedo? —preguntó inseguro.

—No. Se me olvidó retirarla después de cambiarme. ¿Cómo has tardado tanto?

—Hemos preparado la estrategia.

—¿Qué estrategia?

—Shhh, preguntas demasiado, *honey* —respondió mientras se desnudaba.

—¿Dónde vas a dormir?

Juan la miró extrañado, luego suspiró y señaló la silla.

—Espero que no sea por mucho tiempo. Duérmete ya.

Begoña soñó que se hundía, que se caía. Se despertó de golpe. No era un sueño, era real. El colchón cedía ante el peso de otra persona. Alarmada, se giró dispuesta a gritar. Una mano le tapó la boca y ella se debatió con el corazón desbocado.

—¡Shhh! Soy yo. Estate quieta. La marquesa viene de visita. Finge que duermes.

La calidez del extraño acento del californiano la reconfortó, aunque el cuerpo no perdió el envaramiento que le causaba saberlo dentro de la cama. Sentía el calor de otro cuerpo en contacto con la espalda. La respiración ajena junto a la oreja no le permitía oír nada más. La figura de Berta entró en el campo visual, vio cómo se acercaba a las bolsas y rebuscaba a tientas. El brazo de Juan pasó por encima de la cabeza y la cegó. Oyó un chasquido y se hizo la luz del quinqué de la mesita junto a la cama.

—¡Oh!

—¡Vaya! Imaginé que había entrado un ladrón.

Begoña parpadeó hasta que consiguió habituarse a la luz. Juan apuntaba a Berta con un arma que bajó en cuanto la identificó. Era tan buen comediante como desastrosa lo era Berta.

—Buscaba un remedio de Begoña, no podía dormir —se excusó, pálida como el pliego que aferraba entre sus manos. Cuando se dio cuenta, lo dejó sobre la bolsa.

—¿Un remedio? —indagó Juan desorientado.

—¿Ya no llevas las hierbas contigo? —preguntó Berta a Begoña.

—No sé cómo te atreves a pedirme remedios cuando me acusaste de envenenar a tu hermano —replicó, mordaz, la interpelada.

—Bueno, bueno, una charla nocturna entre viejas amigas. Por mí no hay inconveniente —aprobó Juan. A Begoña le extrañó que no exigiera una explicación más convincente—. *Honey*, os dejo el campo libre.

Apartó las sábanas y salió de la cama completamente desnudo. El grito de Berta la llevó a fijarse en lo que tanto horror causaba a su ex cuñada. Se quedó sin habla en cuanto localizó el culo firme y redondo del californiano. Lejos de avergonzarse, Juan echó a andar sin prisa, como algo natural, hacia la marquesa que obstruía el paso. No llegó a dar dos pasos cuando la mujer abandonó el cuarto como una exhalación, con la expresión desencajada y congestionada.

—Creí que la visión de un cuerpo joven le alegraría la vida, pero está claro que los prefiere más vetustos —bromeó Juan, mirándola con picardía.

Begoña se escondió bajo la sábana avergonzada. Lo había repasado de todas las formas posibles mientras Berta captaba su atención. Ahora no quería que la sorprendiera fisgando como una cualquiera. Sin embargo, no pudo evitar una sonrisa, que pasó a ser una risa que desembocó en carcajada. El sentido del humor del californiano era fantástico. La carcajada se le cortó cuando sintió que el colchón cedía nuevamente. Se bajó el embozo hasta la nariz para echar un vistazo y se quedó prendida de unos ojos avellana que la escrutaban desenfadados.

—Es agradable oírte reír. Normalmente estás muy seria y tensa. En la cena tus ojos despedían fuego verde.

—¿Tuviste tiempo de fijarte en mis ojos? —le reprochó al recordar que había intentado meter mano a Berta.

—Siempre encuentro tiempo para ti.

—Me da igual lo que hagas con tu tiempo, no es asunto mío —aseveró molesta.

—Ya vuelve la seriedad. ¡Qué poco dura la risa en tus labios!

—Deja la seducción para la tonta de Berta. Yo quiero dormir —dijo, y tiró de la sábana para echarlo. Se sonrojó de nuevo ante la visión del cuerpo desnudo sobre la colcha. Se acomodó para dormir, fingiendo que no la afectaba cómo estuviera él. No quería proporcionarle la ocasión de reírse de ella también.

—Debes distinguir entre una broma y una seducción. Yo no emplearía ninguna de las dos contigo. Te respeto demasiado para permitírmelo.

Un nuevo grito de Berta la sentó en la cama; Juan permaneció impasible.

—¿Y ahora qué pasa?

Oyeron voces y portazos. Berta llamaba a su doncella entre insultos e improperios. Ante el silencio de Juan, Begoña se levantó de la cama para salir a averiguarlo, pero no llegó muy lejos. El brazo desnudo y fuerte del californiano rodeó su cintura y la sentó de nuevo en la cama.

—Cuando te desperté, te asustaste. Los latidos del corazón me revelaron tu miedo. Me disgusta la violencia. Si me dejas llegar a ti, te haré sentir mucho más de lo que hayas alcanzado a imaginar durante el beso del salón y no hará falta que duermas con mi ropa, me tendrás a mí —le susurró al oído, y se estremeció al notar su cuerpo pegado a la espalda, y el saberlo desnudo le produjo un hormigueo muy placentero y el estómago se le contrajo de deseo.

En ese momento olvidó los gritos de la marquesa que retumbaban por la casa y todos los sentidos se centraron en la persona con la que compartía el colchón.

—No sabes nada sobre mí. ¿Qué he hecho para merecer tu respeto? Te he arrastrado a un peligro cierto. —Algo en su interior se sobrecogió—. Tus hermanos dependen de ti. Mi capricho se ha convertido en letal. Reconozco que lo he iniciado yo, pero no imaginé el alcance ni las consecuencias que desencadenaría para las personas de mi alrededor. Todo por una venganza y por un sueño. ¿Podré disfrutarlos con el peso de los muertos sobre la conciencia?

—Tú no comenzaste nada. Te limitas a defenderte. Eres fuerte, decidida, valiente, como las pioneras americanas. No te arredras ante las dificultades y tampoco lo harás por mí. No soy un ingenuo, todo tiene un precio. Les debo a mis hermanos un sitio en el que echar raíces y se me ha ofrecido una oportunidad. Allá, en California, no podía ser. Aunque no lo creas, somos más parecidos de lo que piensas.

La humedad de los labios de Juan en el hueco del cuello con el hombro le arrancó un gemido. Las manos fuertes acariciaron leves los pechos erguidos bajo la camisa. Se apoyó en el pecho masculino entregada a las caricias, a sus besos. ¿Cuándo la habían querido así? Un portazo le devolvió la cordura y se separó bruscamente. Y, de pronto, comprendió lo que era la soledad cuando dejó de sentir el calor que le transmitía Juan.

Una llamada suave a la puerta obligó a Juan a levantarse de la cama; aguardó a que ella se cubriera y abrió la puerta.

—Ya se ha marchado —informó Nel—. Tomás fue a buscar al cochero.

—¿Dónde conseguisteis las ratas? —preguntó Juan con una sonrisa.

—¡¿Qué?! —gritó Begoña escandalizada—. ¡Sois unos degenerados!

—Bueno, creo que eso fue lo más suave que le oí decir a la marquesa. Pero salió de la casa, que era de lo que se trataba. Lipe localizó una pequeña familia en la leñera —dijo Nel, satisfecho.

—Por supuesto, y no importaban los medios —aseguró Juan—. Tratemos de dormir un poco.

Cerró la puerta y se volvió. Begoña estaba sentada en medio de la cama, abrazándose las piernas, perdida dentro de la camisa. Había tenido ese cuerpo esbelto y cálido entre sus manos, con tan solo una tela entremedias, y deseaba más.

—Ha quedado una cama libre en la habitación de al lado. Será más cómoda que la silla.

—Si lo dices por el acuerdo, no se lo contamos a Sagasta y ya está.

—El acuerdo lo impuse yo y estoy segura de que me enteraría si paso la noche con un hombre.

—Si es una cuestión de momento del día, puedo esperar al amanecer.

La mirada de Begoña declaraba la falta de humor y el cansancio, así que recogió el calzoncillo del suelo y se retiró tras murmurar un «buenas noches», sin dejar de ofrecer adrede una visión completa por delante y por detrás de sus atributos.

En el cuarto de la marquesa había de todo esparcido por el suelo, a causa de la precipitada fuga de la inquilina. Se tiró sobre la cama tratando de no pensar en las razones de Begoña para rechazarlo, cuando su cuerpo, manifiestamente, mendigaba cariño y se prendía a la menor caricia. El ruido de unas patitas sobre la madera le recordó que había un par de roedores que expulsar antes de que se afincasen en el interior de la casa, así que se dejó caer de la cama y comenzó la cacería.

14

Día 28 de julio de 1871

A pesar de la noche movidita, Nel madrugó. Sacó el cajetín de hierro de la cocina, lo llenó de carbón y lo prendió. Todavía tardaría un rato en calentarse la plancha. Abrió la puerta del lavadero y en la pila se lavó el cuerpo con ayuda de un lienzo y jabón que encontró.

Le gustaban los caballos, pero había sido otra la razón por la que había aceptado ese trabajo. El asesinato de su hermano Remi le cambió la vida. En la familia siempre habían estado claras las tendencias, pero de ahí a ejercer como espía había un trecho. Su padre y Evaristo, el alcalde, comenzaron a vigilar el monte en busca de los asesinos. Al principio los acompañó, pensando que eran dos maduros tontos que recreaban tiempos pasados. Pronto se convenció de que algo grave se estaba gestando en torno a Ramales y el valle. Prestó atención a las historias de los mayores, de los que vivieron la primera guerra carlista. Se le pusieron los pelos de punta. Su padre había conseguido librarlos, a Lipe y a él, de partir a la guerra de Cuba, no para que cayesen en otra peor, una civil.

La muerte del conde de Nogales fue festejada a puertas cerradas en su casa. La aparición del capitán Ochoa y el entrometido párroco don Nicolás pusieron nerviosos a los liberales del valle. La impresión fue de que habían salido de la olla para caer en las brasas. La inesperada noticia de la boda de la condesa viuda con un indiano cayó como un jarro de agua fría sobre los carlistas.

La primera aparición en público del indiano en la posada dejó a todos en suspenso: era demasiado joven para ser tan rico, y un petimetre para hacer frente a los problemas políticos y de la explotación de la finca. Pero aquello fue la primera impresión. La bomba estalló después, aunque en privado, en casa de su padre.

Una noche Herminia compartió su extrañeza sobre los acontecimientos de la casa. Los condes no compartían la habitación y casi podría asegurar que no se acostaban; además, el indiano trabajaba bajo las órdenes de Tomás como un peón cualquiera. Luego corrió la voz de que se había extraviado por el monte el día de su llegada, la misma noche que cayó muerto un carlista que perseguía al espía.

Su padre lo animó a aceptar el trabajo, así habría ocasión de estudiar más de cerca al extraño y enigmático conde, quien de conde tenía poco, como dejó constancia la noche anterior con la actuación ante la marquesa. Se sonrió al recordarla. La había conocido de pequeño, estirada, despótica. Solo por el placer de asustarla había valido la pena el viaje, aunque no resolviera sus dudas. La historia correría como la yesca por el valle, de lumbre en lumbre durante las largas noches invernales.

Llenó la cafetera y apareció Tomás. Arriba oyó ruido.

—Habrá que conseguir pan —dijo al rubiales—. Voy arriba, a ver qué órdenes nos reservan hoy.

—Cualquier cosa que no sea con roedores: encontré los cadáveres en los escalones de la entrada. Se le da bien la caza —bromeó Tomás.

Nel subió con la sonrisa en la boca. Llegó en el momento en que el indiano salía de la habitación que había ocupado la marquesa: al parecer, se le daba mejor la caza de roedores que de mujeres.

—¿A qué hora debemos estar listos? El desayuno estará en cuanto compremos pan.

—Sin prisa pero sin pausa. En cuanto estemos, salimos.

Nel bajó y se tropezó con Lipe, que llegaba de la calle con una hogaza.

—¡Vaya! Qué madrugador y ocurrente has estado, hermanito.

Lipe sonrió con satisfacción.

—Desayunamos y nos vamos a por los caballos —propuso Lipe.

Cuando regresaron con las monturas, se tropezaron con las sillas y las bolsas de viaje acumuladas en la entrada. Se oía trajinar en la cocina. Nel descubrió el moderno rifle del indiano junto a la canana, apoyado en la pared. Rebuscó en sus bolsillos y localizó la bala que había encontrado en el sitio donde habían herido a uno de los carlistas.

Como era más joven, se adelantó a su padre y a Evaristo, que resoplaban por la empinada subida. Llegó a tiempo de ver cómo se retiraban abatidos por un fusil desconocido que disparaba con una rapidez inusitada. La herida era leve, así que extrajeron la bala en la oscuridad, de lo que dedujo que debía de asomar de alguna forma, y realizaron un torniquete en el brazo. La llegada de Remigio y Evaristo fue oída y los carlistas se dieron a la fuga ante posibles complicaciones. Recogió la bala abandonada por la precipitación y se mantuvo vigilante hasta que aparecieron los dos amigos. No había visto al francotirador, pero el instinto de supervivencia le decía que los estaba observando. Metió prisa a la pareja y se la llevó de allí.

Para no llamar la atención, indicó a Lipe que ellos ensillarían los caballos para ganar tiempo. Lipe fue directo a la silla del conde, pero Nel lo interceptó y le señaló la de la condesa.

—De esta me ocupo yo —dijo en un tono que no admitía réplica.

La silla era llamativa, no solo por el repujado y los adornos de plata, sino también por la forma: más grande y alta de lo habitual, en la que destacaba el enorme cuerno en la parte delantera. La sacó fuera junto con el rifle y la canana, colocó la manta sobre el lomo del caballo al tiempo que le hablaba en un susurro. Se requería fuerza para colocar la silla y ajustar la cincha; disponía de ganchos para las alforjas, para la funda del rifle y la cuerda: era como llevar la casa a cuestas. Enfundó el rifle, cogió la canana, sacó la bala que llevaba en el bolsillo y comparó el calibre con las balas del cinto. Aunque estaba achatada, apreció otras particularidades.

Oyó la tierra al ser pisada a su espalda y escondió la bala en el bolsillo disimuladamente.

—¿Te gustan las armas? —preguntó el indiano.

Nel colgó la canana y se volvió.

—Voy de caza con mi padre, pero no tiene nada que ver mi escopeta con esto.

—No, no lo creo.

El indiano contestó escuetamente, a la vez que lo escrutaba con la seriedad grabada en la cara de piedra. Nel había observado la facilidad con la que pasaba de un estado a otro, de forma que era casi imposible adivinar qué pensaba.

Afortunadamente, los condes abrieron la marcha. Ambos montaban bien, se los veía sueltos y confiados, aunque la forma de montar del indiano era distinta. Dejó a Tomás y a Lipe charlando y él se quedó rezagado, cerrando la columna.

Estaba inquieto ante el descubrimiento. ¿Realmente era el indiano, el francotirador? ¿Qué le importaba todo aquello? ¿Y si la condesa lo había contratado? Eso era una tontería, pues Tomás y Herminia habían comentado que se instalaba con sus hermanos. Pero era un hecho probado con testigos que se encontraba cerca del cadáver la noche que coincidió con don Matías. Y ahora la bala. Con la guerra civil, mucha gente emigró. ¿Y si procedía de allí? Ellos solo conocían lo que él había querido contar. ¿Y si venía dispuesto a vengarse? ¿Pero en qué bando militaba? Aparentemente en el de los liberales, ya que los muertos eran del otro. Sacudió la cabeza abrumado por las numerosas preguntas que se le planteaban. El hombre que cabalgaba unos metros por delante de él era peligroso y letal.

La salida del sol los sorprendió en ruta; le había costado abrirse paso entre las nubes. Rodear la ría, atravesar las marismas y llegar a Santoña les llevó el resto del día.

Tomás los condujo a la posada del puerto, la única que había en una población de pescadores. Ocuparon tres habitaciones y él se retiró a casa de su familia. El conde aprovechó para visitar al banquero y echar un vistazo a los caballos; la condesa prefirió la intimidad de un baño y salir de compras. Así que él y Lipe pasearían por la villa, que recordaban de una ocasión en la que acompañaron a su padre cuando eran pequeños.

Nel se informó por la posadera de una tienda de telas. Su padre le había encargado una pieza de algodón para regalar a su madre en el aniversario, a ser posible floreada, alegre, para presumir delante de las amigas. Nel, a los veintisiete años, no se había casado. Soñaba con el amor, como el que había aprendido de sus padres, pero este se había mostrado esquivo. Remi tampoco lo encontró y ya no lo encontraría, a no ser que el Cielo existiera y se tropezase con la mujer adecuada. Su madre se lamentaba de que ninguno de los hijos se mostrara proclive al matrimonio y suspiraba por una casa colmada de nietos. Ahora parecía que Herminia y Tomás se movían en la misma dirección. Se alegraba por su hermana, Tomás era un partidazo en el valle y muchas habían intentado cazarlo. Desde que el conde había iniciado las obras en la casa y después las del establo, se les había visto en más de una ocasión de conversación relajada. Herminia era guapa, bien plantada, sensata y estaba al filo de la edad de quedarse para vestir santos, como decían las comadres del lugar, veinticinco años, uno más que Tomás. Pero, quizá por eso, porque no era una aventada adolescente, había atraído a un joven serio y reposado. Su madre había iniciado la cruzada de encender velas a los santos.

—Oye, Lipe, ¿y si le regalamos a Herminia otra pieza de tela?

—¡Ja! Pensando como mamá —atacó Lipe—. Estoy bien de dinero. Me paga extra por los trabajos que estoy realizando fuera de mis funciones. Hace falta personal, no entiendo por qué no contrata a más gente, y ahora, con el nuevo establo, será mucha responsabilidad para mí.

—Es una chica y está en edad de presumir —se justificó Nel—. ¿No le vas a coger una cinta o algo a esa novia que te has echado?

—Demasiado personal y no quiero implicarme. Había pensado en algún dulce.

Compraron los calicós bajo las indicaciones de la vendedora, más habituada que ellos a tal menester. Cuando salieron de la tienda, el sol se hundía en el horizonte, pero aún disfrutarían de una hora de luz. Estaban en la costa, no en el valle, donde los montes ensombrecían antes de lo previsto. Enfilaron el puerto, esquivando las redes tendidas y a las mujeres que, aguja en mano, las repasaban. Hablaban a gritos entre ellas y bromeaban en franca camaradería. Les silbaron y requebraron con descaro entre risas y frases picantes. Él les sonrió, la soledad comenzaba a pesarle.

Se detuvieron ante una tienda de ultramarinos, de esas que vendían productos coloniales, y entraron. Era el típico colmado presidido por un largo mostrador de madera maciza y de altas paredes ocultas por anaqueles desde el suelo hasta al techo. El efecto de abigarramiento achicaba y oscurecía la amplia estancia. Sacos de legumbres al pie de las estanterías completaban el panorama. Una mujer entrada en años, con el pelo blanco recogido en un estirado moño y la cara surcada por infinidad de arrugas, observaba con interés a la condesa.

—¿Qué se le ofrece, doña?

—Cinco kilos de alubia negra, ron y azúcar de caña.

—Frijoles, querrá decir —confirmó la mujer, que abandonó el puesto para servirla.

Lipe buscó las golosinas y Nel permaneció apartado, investigando los anaqueles. Dos jóvenes acompañados por una muchacha accedieron al colmado. En silencio revisaron los estantes y se acercaron al mostrador sobre el que se apilaban los botes de golosinas. Lipe aguardaba a que la condesa terminara con la demanda y Nel se distrajo observándolos mientras decidían la compra en voz baja. Uno de ellos era claramente más joven; los otros dos rondaban la edad de la condesa. Vestían trajes de paño fino y el vestido de la chica era de seda. Gente de posición que llamaba la atención en un puerto pesquero como Santoña. Viajeros, decidió Nel. La vieja regresó con el ron y el azúcar.

—Los frijoles se los pongo ya mismito.

—¿Me lo pueden llevar a la posada? Estoy alojada allí.

—Lo siento, doña, mi hijo está en la mar y yo estoy vieja para esos menesteres.

—Nosotros nos alojamos en la posada —informó el joven de más edad—. No nos importa acercárselo.

Nel lo miró con más detenimiento. El acento era idéntico al del conde, un castellano pronunciado por alguien acostumbrado a otro idioma. Era alto, moreno, de sonrisa fácil y de mirada oscura, franca y cálida. La muchacha era una delicia y el más joven quedaba en promesa, un adolescente con granos y extremidades demasiado largas, muy parecido a Lipe.

—Muy amable, muchas gracias —contestó la condesa.

—Las que usted tiene. Con esos ojos y esa boca estará acostumbrada a que los hombres se pongan a sus pies; yo prefiero ponerme a su servicio. —Terminó la frase con un significativo alzamiento de cejas que hizo sonreír a Begoña.

—Perdone —intervino Nel—, ese requiebro a una mujer casada está fuera de lugar.

La chica se dio la vuelta y clavó los ojos en él.

—No parece su marido a juzgar por las ropas.

—Ni yo lo he dicho —respondió con el resquemor de la diferencia de clase.

—Con ese cuerpo y esa labia, estará acostumbrado a que las mujeres se le echen al cuello, Francisco, pero le sugiero que utilice sus artes con otra —contemporizó Begoña, apaciguando el cruce dialéctico.

Francisco se envaró y los otros dos jóvenes la escrutaron, curiosos.

—Tiene un oído muy fino —comentó el adolescente.

—No sé por qué lo dice, Diego, habéis estado murmurando desde que habéis entrado. Por cierto, Guadalupe, me encanta su vestido.

Los muchachos la miraban como si le hubiera crecido un morro de cerdo en lugar de nariz. Ella se rio ante el pasmo que mostraban.

—Será mejor que compréis lo que deseáis y regresemos a la posada. Hemos quedado para cenar. Nel, hágame el favor —y le indicó los paquetes.

De pronto se vio rodeada y acosada a preguntas.

—¿Está aquí?

—¿Cómo se encuentra?

—¿De qué lo conoce? ¿Quién es usted?

—¡Calma, por favor, calma! Uno a uno, aunque creo que es mejor que esas preguntas las responda vuestro hermano.

—¿Cómo nos ha reconocido? —preguntó Diego, ya de camino.

Begoña, flanqueada por los muchachos, fingió recapacitar.

—¿Por el acento, quizá? —Les hizo reír, nerviosos y felices ante el inminente encuentro con el hermano.

Nel y Lipe los seguían. Nel no perdía palabra de

lo que hablaban al tiempo que los examinaba. Parecían joviales y abiertos en el trato, aunque todavía le quemaba la observación de la joven. Entre tanto hombre, sería la niña mimada. Ellos siempre habían cuidado de Herminia. Esa misma observación encendió una luz en el cerebro: el conde no vestía con la misma pulcritud que ellos, resultaba más torpe. ¿Sería también fingido?

—Ha estado muy inquieto por vuestro viaje y la falta de noticias. Os ha echado mucho de menos. No ha dejado de contar cosas de vosotros y de California —les confió la condesa.

—Nosotros también nos preocupamos hasta que recibimos su carta en Nueva York —confesó Guadalupe arrebolada.

Llegaron a la posada y Francisco subió detrás de ella con la compra que le entregó Nel. Begoña abrió la puerta de la habitación y lo dejó pasar. Le habían producido muy buena impresión los chicos. No eran tan sombríos como el hermano mayor. Ahora que se habían reunido, ella sobraba. Incluso se replanteó el trasladarse a Ampuero al final del verano.

—Déjelo encima de la mesa —ordenó, mientras se quitaba el sombrero para cenar más cómoda.

—Haz el favor de no dejar pasar a desconocidos —oyó la voz de Juan enojado—. Estamos en el puerto.

—Gracias por la poca confianza que te inspiro —respondió Francisco, volviéndose hacia su hermano.

La expresión de asombro de Juan fue de regocijo para Begoña. Los dos hermanos se abrazaron, se palmearon y se remiraron. No cruzaron una palabra, tampoco hizo falta.

—¿Y los chicos? —preguntó al fin Juan.

—Abajo.

A un gesto de Juan con la cabeza, Francisco salió el primero. Luego alargó la mano en muda invitación a Begoña, quien se apresuró a obedecerlo.

—Ven aquí —dijo acercándola, levantó las manos y las puso abiertas enmarcando el rostro y con los pulgares le secó las lágrimas—. Las mujeres sois muy emotivas.

El gesto tan íntimo y tan natural la enterneció y la desconcertó a la vez. No estaba acostumbrada y la actitud de Juan hacia ella había cambiado, era más tierno, menos exigente, menos irónico.

—Será porque a los hombres os encanta consolarnos. No te demores, abajo te espera otra mujer emotiva.

—¿Les has contado algo?

—¿Sobre qué?

—Sobre el acuerdo. Solo les relaté la boda, el asunto de las tierras y el título que trajo aparejadas. Era un tema un poco delicado para confiarlo a una carta.

—No hemos hablado. Ni siquiera saben que soy tu esposa.

—Ahora te presentaré.

Begoña asintió con un nudo en el estómago. Eso del acuerdo se iba complicando cada vez más.

Juan salió al corredor con Begoña de la mano. Al

llegar al vestíbulo de la posada, se vio arrollado por su hermana.

—¡Juan! —exclamó ya colgada del cuello y apretándose contra él—. ¡Cuánto te he echado de menos! No quiero que volvamos a separarnos.

—*Darling*, ya estamos juntos, ya pasó todo —la tranquilizó, abrazando el menudo cuerpo y repartiendo besos entre el pelo, la sien y la mejilla.

Begoña permaneció un poco apartada presenciando el dulce reencuentro.

—Déjame que te vea —exigió Juan a Guadalupe y la empujó hacia atrás—. Te pierdo de vista unos meses y te conviertes en toda una mujer.

—¡A mí no me dices nada! —exigió impaciente Diego.

—Como sigas creciendo, nos vas a dejar a todos enanos, muchacho —dijo, y le revolvió el pelo—. Dame un abrazo.

Diego se abalanzó sobre él con una sonrisa radiante.

—Y ahora dejadme que os presente a mi esposa. —Se aproximó a Begoña y le pasó el brazo por los hombros—: Begoña, condesa de Nogales.

Los tres hermanos se quedaron callados, examinándola de arriba abajo. Juan acusó la rigidez y el nerviosismo de ella a través del brazo extendido.

—¿Qué modales son estos? —reprendió Juan.

—Encantada. —Guadalupe se aproximó y le dio un par de besos en las mejillas—. No ha sido descortesía —se defendió—, ha sido sorpresa.

Diego murmuró algo ininteligible y, cohibido, le dio un beso. No estaba cómodo con el protocolo social.

—Mucho gusto. —Francisco le estampó los besos de rigor—. No le cuente a mi hermano mis aires en el colmado —le susurró, pero el fino oído de Juan lo captó.

—¿Qué pasó en el colmado?

—Fue muy amable y se ofreció a traerme la compra —se adelantó Begoña con un breve guiño a Francisco que Juan captó, pero guardó silencio—. Deberíamos pasar al comedor, la mesa está dispuesta —sugirió Begoña.

La cena transcurrió rápidamente. Francisco contó el viaje de Nueva York a Londres, interrumpido constantemente por Diego y Guadalupe, quienes salpicaban el relato con numerosas anécdotas. El viaje en el vapor por mar, los salones de baile londinenses, las tiendas. Juan se dio cuenta de que los ramaliegos permanecían callados, algo cohibidos ante la algarabía y la confianza que flotaba en la mesa, aunque atentos al relato de otras ciudades y formas de vida.

Tomás fue el encargado de interrumpir la velada con su llegada y los planes del día siguiente: había reunido las carretas para el traslado de los cajones con el mobiliario, tendrían que cargarlas cuanto antes para que partieran, ya que cobraban por días y peso, así que no debían demorarse. Begoña se encargaría de hablar con las mujeres que le iba a presentar Tomás para escoger a la cocinera y se reservarían dos carros para las provisiones y el equipaje de los hermanos, que viajarían con ellos y con la yeguada.

—Otra cosa más: ¿quiere agua corriente en la casa?

—¿Es eso posible? —preguntó Juan, interesado.

—Nunca lo he hecho, pero he leído un artículo en el que mencionaban un mecanismo de rosca para regular el flujo del agua. Lo inventó un tal Gryll a principios de siglo. Si construimos un pozo, por medio de tuberías y una bomba, podríamos abastecer el establo de la finca y la casa a la vez.

15

Día 29 de julio de 1871

Antes del amanecer desayunaban en silencio en la taberna vacía de clientes. Begoña y Guadalupe se compenetraron a la perfección y se encargaron de contratar a la cocinera y de adquirir las provisiones para el resto del verano, mientras ellos cargaban los muebles embalados en los carros.

Trabajaron duro hasta entrada la mañana. Juan indicó a Francisco que conservaran las sillas de montar y las armas. No había surgido la ocasión de hablar a solas con él, pero Francisco era inteligente y nunca había cuestionado sus decisiones, aunque, desde que había llegado, lo observaba intentando contestarse un sinfín de interrogantes ante lo que estaba presenciando. Partieron seis carros camino de Ramales, donde los ayudarían a descargar los hombres de Tomás.

El resto del día lo pasaron entre las yeguas y escogieron las que emplearían para montar en el viaje de retorno a Ramales. Tomás y Diego guiarían los carros de las provisiones y el material que habían adquirido para realizar la obra del agua corriente.

Aprovechó mientras se lavaban antes de la cena para ponerlo en antecedentes. Juan le narró su periplo, la extraña boda, el acuerdo, el valor de las tierras y de la yeguada andaluza.

—Así que el matrimonio es de pega —resumió Francisco—. ¿Y me lo tengo que creer?

—Francisco, ya te he explicado que las razones de Begoña son suyas y no de tu incumbencia. Lo importante de todo esto es que la casa y las tierras son nuestras sin haber desembolsado un real, que ya he comenzado a invertir para adecuarlas a la cría de caballos, y que nadie conoce cómo las hemos adquirido. Tomás es quien está realizando la obra, es muy bueno en su trabajo; Lipe es el mozo de cuadras y hermano de Nel. Este último no trabaja para mí, es un asalariado del servicio de diligencias y trabaja con su padre. Son ganaderos acomodados y emprendedores. Necesitaba ayuda con los caballos y lo contraté solo para este servicio. Ignoran la verdadera naturaleza del matrimonio. Somos una pareja real a la vista de todos, así que la tratarás como si fuera tu cuñada.

—En eso no hay problema —respondió Francisco, satisfecho—. Si eso incluye que la podamos abrazar y besar.

—Ni se te ocurra molestarla —advirtió Juan endureciendo la mirada.

—Ya me extrañaba a mí —añadió enigmático Francisco.

—De momento, mantendremos al margen a Guadalupe y a Diego. Bastante han sufrido por mi causa.

—Comprenden perfectamente lo que ha sucedido y están orgullosos de ti. Te aseguro que ninguno nos arrepentimos de nada y ellos, aunque jóvenes, son capaces de asumir las consecuencias.

Nel se encaminó a los establos en los que se encontraban los carros bien custodiados. El mozo de la cuadra había aparejado los animales de tiro y se disponía a sacar los carros al exterior. Lipe ensillaba los caballos de los californianos.

—¡Vaya sillas! —exclamó Tomás, que llegaba con dos mujeres que había contratado la condesa.

—Son enormes —afirmó Lipe—. Y mira qué cuerno más curioso tienen aquí.

—No me refería a eso. Los remaches son de plata, el repujado del cuero es propio de un artista. Deben de costar una fortuna.

—No has visto las bridas: sin testera y con tiras trenzadas. Labor fina de curtidor. He oído hablar de que en México hay mucho artesano del cuero y de la plata al padre de un amigo que sirvió a un indiano, allá en Asturias.

La llegada de los californianos interrumpió la charla. Tomás ayudó a Brígida, la cocinera, a subir al pescante del primer carro; Diego se encargó del otro y lo acompañaba Puerto, la hija de Brígida, y aguardaron la señal del mozo para guiarlos fuera. Nel observó en silencio cómo cada uno se dirigía a la montura asignada y se quedó de piedra cuando descubrió a Guadalupe vestida de hombre, mostrando todas las curvas sin ningún pudor. Un chaleco de cuero sobre una amplia camisa ocultaba la forma del pecho. La muchacha se había trenzado el pelo como los indígenas y sobre la espalda pendía el sombrero. Parecía uno más de los hermanos si no la hubiera delatado el cabello. Se extrañó cuando el mayor de los Martín distribuyó los rifles.

—No creo que sean necesarios, pero prefiero prevenir —adujo Juan.

Nadie rebatió su decisión. Guadalupe tomó el que se le ofreció, comprobó que estaba cargado y lo metió en la funda que colgaba del costado de la silla.

—¿No hay látigos? —preguntó a su hermano.

Francisco le ofreció uno y la muchacha lo colgó enrollado del cuerno de la silla y, tirando de las riendas, animó al caballo a seguirla al exterior, detrás de la carreta de Tomás.

Sobre el mar comenzaba a clarear el cielo, pero todavía reinaba la oscuridad. Los caballos abandonaron el cobijo del establo de la mano de los jinetes. Guadalupe montó sin ayuda de nadie, con la soltura propia de alguien que ha crecido entre equinos.

—Poneos en marcha —ordenó Juan a Tomás y Diego—. Nosotros vamos a por la yeguada y os alcanzaremos más adelante.

Partieron en cabeza con las provisiones y el equipaje de los hermanos; en los pescantes los acompañaban las dos mujeres: la cocinera y su hija, esta última contratada como criada. Ellos montaron y se perdieron entre el caserío, camino del prado en el que se hallaban las yeguas.

Se sentía molesto consigo mismo porque la muchacha californiana había acaparado su mente. Era consciente de que les separaba posición social y educación. No comprendía la causa de la atracción que experimentaba hacia una persona tan lejana a sus gustos. En la familia lo consideraban una persona razonable, ecuánime, trabajadora, emprendedora. El ideal de mujer que se había forjado, además de agradable a la vista, encerraba cualidades que brillaban por su ausencia en Guadalupe, como la docilidad, la fragilidad, la ternura, la discreción. Por el contrario, la californiana vestía de hombre, conocía el manejo de las armas, participaba en las conversaciones con soltura y los hermanos le permitían una libertad de movimientos fuera de lo común para una doncella, como habían dejado constancia en la anécdota del hombre del barco, al que dejó fuera de combate de un rodillazo en sus partes. ¿Qué mujer se movía o hablaba con esa liberalidad?

No obstante, lo tenía hechizado. El mullido retumbar de los cascos de los caballos sobre la tierra reclamó su atención. El sol había despuntado cuando dieron alcance a las carretas. Los hermanos y la condesa llevaban los rostros cubiertos con pañuelos para protegerse del polvo que levantaban a su paso. Nel y Lipe lo echaron en falta cuando sintieron cómo se les adhería a la garganta. Con gritos y silbidos, guiaron por un campo lateral a los animales y rebasaron los pesados carruajes. Una vez delante, redujeron la marcha para no dejarlos atrás, tampoco querían convertir el viaje en una carrera y que algún animal se lastimase.

La jornada se prolongó hasta que llegaron a Ampuero; ni siquiera comieron por el camino. Llegaron a primera hora de la tarde y guiaron la yeguada al prado que habían apalabrado. Fue todo un espectáculo y los lugareños se acercaron a disfrutarlo. Guadalupe y Begoña abrían la marcha y los hermanos, junto con él y Lipe, se preocupaban de que ningún animal se extraviase por el camino. Uno de los vecinos indicó un establo que se haría cargo del cuidado de los carros y Tomás se dirigió allí seguido de Diego.

Llenos de polvo, sudados y cansados, entraron en la modesta casa de Begoña. El equipaje se limitaba a lo que llevaban puesto, así que organizaron el baño en la cocina para las mujeres y ellos se acercaron a la posada a por la cena y a remojar el gaznate mientras aguardaban la olla.

Begoña estaba encantada con Guadalupe. Era dos años menor que ella y la chica mostraba más mundo y desenvoltura. Le agradó lo parecidos que eran los hermanos; Guadalupe y Juan compartían los mismos ojos color avellana, aunque la constitución de la muchacha era afín a la de Francisco y Diego, más esbelta y proporcionada, mientras que Juan era ancho y alto.

—Echaba de menos un poco de acción —comentaba Guadalupe mientras vaciaba un cubo de agua en la pila de lavar ropa—. Hacía meses que no montaba, aunque también ha sido divertido viajar y visitar lugares diferentes.

—Admiro tu entusiasmo. Tiene que ser doloroso dejar atrás el lugar en el que has nacido. Desnúdate, mientras te lavas sacudo la ropa.

—Llevo mi hogar conmigo. No íbamos a dejar solo a Juan.

—¿Era Juan el que quería venir a España?

—Más que querer, yo diría que no le quedó más remedio si no quería terminar como mi padre.

Begoña recordó que Juan había mencionado que su padre había muerto asesinado y que habían vendido la hacienda ante la presión de los americanos.

—Siento lo de tu padre.

—Gracias. Juan hizo lo correcto, no se iban a quedar sin castigo los asesinos.

Las palabras de Guadalupe la intrigaron.

—¿Lo correcto?

—Por supuesto —afirmó vehementemente—. Los buscó, los retó en plena calle y los mató. No hay nadie más rápido que él —declaró Guadalupe, orgullosa.

A Begoña se le contrajo el estómago. ¿Lo buscaban por asesinato? ¿Sería esa la razón por la que Sagasta contó con él? ¿Cómo sería buscar a una persona con la intención de arrebatarle la vida? Requería mucha sangre fría. Y su hermana lo admiraba. ¿De qué barro estaba hecha esa gente? ¿Tan dura era la vida allí? ¿No había leyes? Luego se reprochó esos pensamientos. ¿Acaso su padre no había sido asesinado? ¿Y Remi? No podía presumir de vivir en una tierra tranquila.

La casa se quedaba pequeña para recibirlos a todos. Juan lamentó la modestia del conjunto. Muy alto era el precio que Begoña iba a pagar para obtener la libertad. Imaginó el matrimonio que habría soportado para llegar a asesinar al marido... ¿un marido sádico y lujurioso? Había llegado a la conclusión de que ella había sido la mano ejecutora: motivo y oportunidad. Negó con la cabeza para rechazar las ideas que surgían en la mente.

Había sido el último en lavarse y sacudir la ropa del polvo del camino, aunque perduraba el olor del caballo. Brígida entró con las jarras de agua en la estancia y la siguió. Se habían sentado apretujados alrededor de una miniatura de mesa en el comedor y aguardaban hambrientos al cabeza de familia para dar cuenta del cocido que les habían proporcionado los de la taberna vecina.

—Francisco, ¿todo en orden en el prado?

—He contratado a tres hombres para vigilar la yeguada durante la noche, y el mozo del establo dormirá junto a las carretas —informó el interpelado mientras partía y distribuía el pan.

Se sentó, rezó una oración y se abalanzaron sobre el queso y el jamón. Brígida se encargó de repartir las alubias con la berza. Durante un rato, solo se oyó el ruido de los cubiertos al chocar con el plato y las escasas frases de cortesía para que les alcanzaran el agua o esto o aquello.

—La jornada de mañana será similar a esta. Desayunaremos fuerte —anunció Juan en los postres.

—¿Cómo nos organizamos para dormir? —planteó Francisco.

—Las damas arriba, Brígida y su hija en el ático, y los demás abajo —dijo Juan.

—¡Me pido el sillón doble! —exclamó Diego.

Se levantaron para que las dos mujeres recogieran la cocina. Tomás se ofreció a devolver la olla a los taberneros. Begoña facilitó mantas y cojines para que estuvieran más cómodos y se retiró a su habitación.

Juan decidió arriesgarse y le siguió los pasos en cuanto se aseguró de que todo estaba en orden. Llamó a la puerta y se coló dentro sin aguardar contestación. La encontró ya en la cama y se incorporó sorprendida por la intrusión.

—¿Sucede algo?

—Nada, tranquila. Duérmete —ordenó él, y, como si fuera lo usual, procedió a desnudarse.

—¿Qué haces? —La voz delató su inquietud.

—Acostarme. Somos matrimonio. Ya hemos representado la misma pantomima con tu cuñada, la marquesa. No te preocupes, solo pretendo dormir; mañana nos espera otro día difícil.

—Pero... —Se quedó muda cuando él se quitó el pantalón—. ¡Estás desnudo!

—Ya me has visto así; además, ¿de qué te extrañas? Tú también estás desnuda —dijo, señalándole los hombros delatores.

—Creí que iba a dormir sola, en caso contrario me hubiera dejado la camisa. Alcánzamela.

—No es necesario —rechazó, y se metió entre las sábanas junto a ella.

Begoña se situó en el borde del colchón y puso la almohada entre los dos con una rapidez que no dio lugar a Juan de impedírselo.

—¿Voy a dormir sin almohada?

—O esto o el suelo. Sinceramente preferiría que fuera el suelo —propuso, alzando la nariz con toda la dignidad que se permitió.

—Prefiero el colchón —escogió Juan. Se puso de lado, de espaldas a ella, ignoró la expresión de furia y empleó los propios brazos de almohada.

Begoña estaba incómoda en la estrecha cama. Maldijo al californiano que le impedía dormirse cuando cada hueso del cuerpo clamaba por el merecido descanso. Al cabo de un rato, escuchó la respiración lenta y pausada del hombre dormido. Suspiró resignada. Intentó relajarse, pero el hecho de estar desnuda en el mismo lecho que Juan no contribuía mucho. La imagen del trasero musculoso y las espaldas bien formadas no la dejaban reposar. La mente saltaba alocadamente entre besos, camisas mojadas y adheridas al cuerpo y sonrisas sesgadas y retadoras.

La despertó el calor. Se había dormido finalmente. El aroma de otro cuerpo le invadió la nariz y sintió que la mejilla descansaba sobre una piel mullida. Se espabiló bruscamente y levantó la cabeza: estaba sobre Juan. ¿Cómo había sucedido esto? Recordó la almohada y la buscó. ¿A dónde había ido a parar? Con mucho cuidado para no despertarlo, intentó retirarse hacia el borde de la cama, pero el peso de él hundía de tal manera el colchón que lo convirtió en una empresa irrealizable. Vencida, aceptó la situación y se colocó de espaldas a él. El silencio era absoluto. Trató de relajarse, cerró los ojos e intentó ralentizar la respiración. Era demasiado consciente de la desnudez de ambos como para dormirse. Si no fuera tan cobarde... Un brazo de él se deslizó reptando por su cuerpo y sintió la cara sin afeitar pegada a la espalda. La respiración sobre la columna le provocó un estremecimiento. A partir de ahí, comenzó una auténtica tortura, pues no se atrevió a moverse y tampoco durmió el resto de la noche.

16

Día 30 de julio de 1871

Juan no se demoró en la cama, ya que corría el peligro de querer llegar más allá con Begoña. La había notado tensa y no ignoraba que, por su culpa, la mujer no había dormido. No estaba preparada, solo pretendía que se acostumbrara a su cuerpo, que confiara en él, que lo echara de menos. Y también vengarse del rechazo. Se hacía la dormida y él simuló creérselo. Razón de más para no retozar. Por el momento se conformaba con la compañía, aunque aspiraba a más, a mucho más. Le encantaba su nariz.

Bajó a la cocina, donde Brígida calentaba la leche y troceaba el pan recién hecho, mientras que Puerto disponía la mesa. Nel charlaba con ambas durante la espera.

En ese momento entró Guadalupe, fresca y lozana como una flor. Juan la admiró con orgullo de hermano, pero entrecerró los ojos cuando descubrió que Nel había fijado los suyos en esa flor. ¿Era curiosidad o abrigaba algo más? Todavía era temprano para dilucidarlo, pero se prometió mantenerlo vigilado.

Salieron al romper el alba. Primero partieron los carros, como el día anterior, y, más tarde, los alcanzaron. Hasta más allá de Udalla, el valle era ancho y no había vallados de piedras que obstaculizaran el paso de los caballos. Avanzaban por la hierba, que amortiguaba el ruido de los cascos y no levantaba polvo. En esta ocasión, Nel iba bien equipado. Antes de abandonar la casa, Guadalupe, con una gran sonrisa, se le acercó y le ofreció un pañuelo. Él se sintió azorado por ser el centro de la atención de la señorita, quien se había fijado en la falta de experiencia y acudía en su auxilio. No se hacía ilusiones, era un hombre con los pies sobre la tierra. Era la amable inclinación natural de los hermanos o, al menos, así decidió interpretarlo, ya que, sin saberlo de forma consciente, le había perdonado el comentario clasista del colmado.

Al cabo de una hora, se habían alejado lo suficiente de Ampuero como para encontrarse solos en el camino. A la izquierda, se extendía la zona llana por la que trotaban las yeguas detrás de Guadalupe. A la derecha, se levantaban las lomas sobre las que se asentaba el santuario de la Bien Aparecida. Contaba la leyenda que la Virgen se apareció un mes de agosto a unos niños pastores, allá por el año mil seiscientos cinco. Había unos cinco kilómetros de ascenso a pie. En septiembre se celebraban las fiestas y las misas en honor a la Virgen.

Desde niño, nunca faltaba a ellas, eran muy celebradas y queridas en la comarca.

El estampido le cogió desprevenido. En un acto reflejo tensó las riendas para que el caballo no se desbocase. Otro estampido rasgó el aire. Con pánico constató que la yeguada pasaba del trote al galope. Con el rabillo del ojo divisó cómo la muchacha mantenía la testera con el látigo que giraba sobre la cabeza, emitiendo un zumbido para atraer la atención de los asustados animales. Los silbidos y los gritos de los demás se escucharon sobre el retumbar de los cascos sobre la tierra. Los carreteros consiguieron retener el tiro que conducían. Con el alma en vilo, observó cómo Guadalupe guiaba la montura hacia la izquierda y luego hacia atrás, cerrando la carrera en un círculo. Inteligente muchacha, pensó; luego cayó en la cuenta de que no era la primera vez que se veía en esa situación, por eso los hermanos le habían confiado la cabecera. Sin reconocer la causa, se enorgulleció de ella.

Juan sintió la quemazón del primer balazo en el brazo derecho. Inmediatamente se dejó caer sobre el cuello del caballo y se aferró al cuerno de la silla con el izquierdo. La yegua era joven y poco acostumbrada a que la montaran, por lo que ese día Francisco se la había cedido. Confió en que respondiera a las órdenes que le enviaba con las rodillas. Mientras Guadalupe se mantuviera en la testera, los caballos estarían controlados. Begoña se había echado sobre la montura y la imagen le trajo el recuerdo de otra.

Los estampidos se sucedieron, aunque esta vez eran de Francisco, quien había echado pie a tierra y disparaba hacia las altas peñas que dominaban el camino. Begoña corrió a auxiliarlo y llegó cuando ya había conseguido tranquilizar la yegua. Guadalupe, Lipe y Nel controlaban la yeguada, que había frenado la carrera encerrada en el círculo.

—¡Estás herido! —gritó exasperada—. ¡Malditos sean! —La rabia, que no el temor, anegaba los hermosos ojos verdes.

Juan sacó los pies de los estribos y se deslizó hacia abajo. Procuró mantenerse de pie para no asustarla más, a pesar de que la sangre empapaba la camisa. Calculó la distancia con las peñas para cerciorarse de que quedaban fuera del alcance de los fusiles. Tras la respuesta de Francisco, el valle quedó en silencio.

—Parece que solo querían quitarme de en medio. Convencidos de que lo han logrado, se han ido —comentó para tranquilizarla.

Francisco se tumbó sobre el terreno, pegó la oreja al suelo, se levantó y echó a correr.

—¡Vienen caballos al galope por el sur! —gritó—. ¡Chicos, permaneced junto a los caballos!

—Bajad a las mujeres y atravesad un carro —ordenó Juan a Tomás y a Diego—. Saca el rifle —le dijo a Begoña— y sígueme. Olvida el caballo ahora.

—Pero estás herido —insistió angustiada sin dejar de obedecer.

Cuando asomó la Guardia Civil por el recodo, se encontró con un frente bien parapetado aguardándoles. El teniente Martínez descabalgó sudoroso.

—Sentimos llegar tarde. Ayer los carreteros nos informaron de que ustedes llegaban con los caballos. Hemos oído tiros.

—¡Han intentado asesinarlo! —exclamó Begoña al borde de la histeria.

—*Honey*, tranquila, no me voy a morir de esta. —Sin embargo, el día se volvió oscuro, las voces y los gritos se oyeron lejanos a la vez que la lasitud se adueñaba de su cuerpo.

A partir de entonces la consciencia iba y venía a su antojo. Un dolor agudo en el brazo herido lo obligó a gritar; más tarde sintió el traqueteo del carro. De vez en cuando, notaba frío y unos brazos fuertes que lo arropaban. Cuando volvió en sí, reconoció su habitación. La luz del quinqué iluminaba el techo. Se giró y descubrió a Begoña, dormida en una postura incómoda sobre una silla.

Carraspeó adrede para despertarla y, tras un instante de desconcierto, fijó la vista sobre él.

—¡Bendito sea Dios! Has despertado. —Se levantó y se acercó. Le puso una mano en la frente y sonrió—. No tienes fiebre.

—Será por tus cuidados.

—Acompañaba a mi padre por los caseríos. Extraje la bala en el mismo camino en el que caíste y, con el ron que adquirí en Santoña, te desinfecté la herida. Me siento culpable por lo que te ha sucedido —confesó afligida.

—Acabas de producirme una herida más dolorosa: la de mi orgullo de hombre.

—¿De qué hablas?

—Creí que estabas a mi lado por mí y no porque te sintieras culpable.

—¡Qué enrevesado eres! —se quejó Begoña, frunciendo el entrecejo—. Yo preocupada por algo muy serio y tú, ¿intentando seducirme?

—¡Oh! Maldita palabra. Además, hurgas en la herida: intentar. ¿Acaso no lo he logrado?

—Deja de desvariar y céntrate en lo importante.

—Sabio consejo. Así lo haré. Incorpórame un poco.

—Es medianoche —informó Begoña, pero obedeció, como ya era habitual. Cogió un cuadrante y se inclinó sobre él para pasárselo por debajo de la cabeza.

Juan no desaprovechó la ocasión, la rodeó con el brazo sano y la arrastró hasta hacerle perder el equilibrio. Cayó sobre su pecho y las caras de ambos quedaron a dos centímetros. Se miraron a los ojos durante unos instantes y los labios se unieron suavemente, como viejos conocidos, sin prisa. Era el momento idóneo para avanzar y la fortaleza se rindió favoreciéndole el acceso a la boca. No obstante, Juan estudiaba el campo para llegar al corazón, para derretirlo con el calor de la pasión.

Fue Begoña la primera que se separó.

—Se está convirtiendo en una mala costumbre. Ahora no hay ninguna razón para seguir con el teatro —acusó molesta—; es más, creo que te estás aprovechando de la situación. Te recuerdo que no hay nada entre nosotros. Estamos viviendo un peligro muy real.

—Lo sé. Reconozco que ya he perdido la cabeza; lo

que me pregunto es cuándo te darás cuenta de que la has perdido tú.

La mirada de incredulidad y de sorpresa de Begoña espantó el momento íntimo y el californiano cambió de conversación.

—¿Qué habitación destinarías a una muchacha de dieciocho años?

Begoña no ocultó su complacencia por el respiro que le concedía; era un tema sobre el que no podía permitirse ahondar. Todavía no había descubierto qué era lo que la atemorizaba: ¿la culpabilidad cuando había estado a punto de morir u otra cosa que no se atrevía a mencionar? Se concentró en la última pregunta, ya que deseaba agradar a su hermana tanto como él; le había caído bien Guadalupe.

—Desconozco sus gustos, pero a mí me encantaría una de las torres. El piso de abajo sería una salita con escritorio y una cómoda con espejo; el piso de arriba sería el dormitorio con el ropero. Es casi una mujer y necesitará independencia en una casa llena de hombres.

—¡Humm! ¿Habías contemplado esa posibilidad en alguna ocasión? Has respondido muy rápido.

La respiración se le desató, así como el calor interno que sonrojó las mejillas. El californiano sí que era rápido en sus apreciaciones y ella era una tonta.

—No —mintió—. Has preguntado y se me ha ocurrido ahora.

—No es necesario que mientas, con decirme que no me atañe es suficiente. No tengo derecho a inmiscuirme en tu vida, pero me gustaría que me consideraras, al menos, un amigo.

Begoña lamentó el tono pesaroso de él. Comprendió que no estaba correspondiendo a la amabilidad y a la cortesía de su trato. Había emprendido una cruzada contra los hombres en general, pero reconocía que Juan no entraba en esa categoría. No obstante, deseaba mantenerlo lo más alejado de ella, le asustaba lo que le hacía sentir y no deseaba perder el libre albedrío.

—Lo siento. No soy buena en las relaciones y no estoy preparada para compartir mis problemas. Convendría que nos tratásemos lo imprescindible; no deberíamos intimar para que la despedida no sea dolorosa, incluso estoy planteándome la posibilidad de irme a Ampuero ahora que tus hermanos están aquí, así no os estorbaré.

—¿A qué viene toda esa palabrería? Menciono la palabra «amigos» y sales corriendo. Creí que estabas forjada con mejor temple. —El tono de decepción de Juan caló hondo en Begoña.

—No huyo, trataba de corresponder a tu amabilidad quitándome de en medio —replicó molesta.

—¡Vaya! Ya volvemos a los eufemismos —rebatió cáustico—. Así que, para ser amable, me dejas solo ante Ochoa —dramatizó.

—Estás interpretando mis palabras como te da la gana —respondió ella subiendo el tono—; yo no he dicho eso. No permitiré que te suceda nada malo por mi culpa.

—¿Cómo? ¿Desde tu refugio en Ampuero?

—No es mi refugio. Tú y tus hermanos necesitáis espacio.

—Otra vez mintiendo. Has hablado de una despedida dolorosa —recordó Juan.

—Tengo la sensación, sin querer pecar de presuntuosa, de que te estás encariñando de mí —lo enfrentó crispada.

—¿Tan difícil es para ti asumir que le importas a alguien?

Begoña se volvió hacia él con los ojos entrecerrados y los labios apretados. Lo miraba con ira porque él desvelaba la vulnerabilidad, la sensibilidad que guardaba en el alma; y ella necesitaba de toda su fortaleza para seguir adelante con lo que se había propuesto.

—Me acusas de mentirosa, pero yo intento ser sincera y no deseo causarte daño.

Se lo quedó mirando, en un desafío a que la contradijese.

—Gracias, *honey,* por pensar en mí; pero el daño te lo estás haciendo a ti misma. —Alzó la mano y le acarició la nuca con los ojos velados por la pasión.

Begoña no soportó la mirada y hundió la cara en el pecho de él. Escuchó los latidos acelerados y fuertes del corazón del californiano. ¿Sería cierto que huía? Ella no era ninguna cobarde, pero él desconocía cómo se jugaba la vida.

—Será mejor que durmamos —propuso Juan con la voz ronca—. Mañana habrá que desembalar.

17

Día 31 de julio de 1871

Por la mañana se enfrentaron a los enormes cajones que habían dejado a la buena de Dios en la parte baja; incluso había varios en el zaguán de fuera.

—Tardaremos días en acomodar todo esto —dijo Begoña desconcertada, con el vestíbulo atestado de cajas, cajones y paquetes de todos los tamaños.

Juan la contempló allí, en medio, remangada y con los brazos en jarras. No dijo nada para no romper el encanto, pero se percató de que se había incluido en el trabajo venidero, por lo que dio por sentado que, por el momento, había relegado las ansias de salir corriendo hacia Ampuero.

—Las cajas tienen el nombre de lo que nos pertenece a cada uno —informó Francisco—. Empecemos por la dama: buscad todas aquellas donde ponga Guadalupe.

—Perdone, ¿me mandó llamar? —preguntó Nel

desde la puerta de entrada que habían dejado abierta—. ¿Cómo se encuentra de su herida?

—Mejor, gracias —contestó Juan, extrañado—. Solo fue la pérdida de sangre lo que me dejó inconsciente.

Un gesto de Lupe atrajo su atención: la llamada había partido de ella. ¿Qué se traía entre manos esa niña? Nel era un hombre hecho y derecho para andar jugando con él. Tendría que hablar con ella.

—Sí —la encubrió—. Me preguntaba si nos echaría una mano con todo esto. Con el brazo en cabestrillo me siento un poco inútil. Los hombres de Tomás están muy atareados.

—Hoy no hay diligencia. Estoy libre —asintió Nel.

Juan distribuyó la labor e indicó la torre en la que se alojaría Guadalupe. Al cabo de media hora habían reunido lo que buscaban y se dispusieron a desembalarlo.

Begoña estaba intrigada. ¿Qué sería tan importante como para traerlo a través de medio mundo? Ella nunca había tenido nada propio. Vivían en casas arrendadas porque su padre cambiaba de destino frecuentemente. Se había desenvuelto con lo justo, por eso mismo no le costaba desprenderse del título y de la casa.

—¡Oh! ¡Qué maravilla! —exclamó Carmela emocionada.

Habían desenclavado una de las tapas de madera rústica de uno de los cajones y habían sacado un bargueño. Nel lo inspeccionaba admirado al mismo tiempo que seguía cortando cuerdas y apartando las telas que lo envolvían. Begoña se llevó la mano al pecho. Era de caoba y marfil. Entre Francisco y Juan descubrían un escritorio de palosanto.

—Había un ebanista muy bueno en la misión —explicó Juan, orgulloso—. La mayor parte de los muebles salieron de sus prodigiosas manos.

Se pasaron parte de la mañana acondicionando la torre de Guadalupe. El resultado fue extraño para lo que Begoña estaba acostumbrada: los muebles clásicos de maderas nobles se mezclaban con elementos artesanales. De una de las paredes colgaba un tapiz de lana de colores muy vivos y dibujos de niños. Guadalupe les explicó que narraba su alumbramiento.

—Los indios cristianos que trabajan en las misiones son muy laboriosos. Una de las mujeres inició una amistad con mi madre y le regaló el tapiz cuando me dio a luz. Esta colcha —mostró en alto otra ropa que había desempaquetado— es lo que los americanos llaman *patchwork*. Sirve para taparse ante la chimenea o de adorno sobre la cama. A cada uno nos tejieron una en particular. Mi madre era una devota del trabajo artesanal porque ella era incapaz de crear algo tan bello, según decía.

Begoña respetó la alegría que destilaban los hermanos en todo lo que narraban según iban sacando y colocando cosas. Los demás, sin dejar de moverse, escuchaban extasiados las peculiaridades de una colonia que habían perdido. Cuando terminaron de colocar las figuras indígenas de barro coloreado y de guardar sábanas de fino hilo con complejas puntillas y lienzos para secarse en un bonito arcón, ya no le pareció tan extraño porque cada pieza guardaba una historia, una razón de estar que proporcionaba personalidad a la estancia.

Cuando continuaron con las cosas de los chicos, Begoña quedó fascinada ante el tocado indio de plumas de águila que colgaba de una pared. Juan no perdió la ocasión de narrarle cómo lo había conseguido Francisco.

—También hemos traído camisas y pantalones de gamuza indios en los baúles que restan por abrir. Son muy cómodos —confesó, orgulloso, a la concurrencia—. Es difícil conseguir que los confeccionen para blancos, pero mi madre era muy buena comerciante.

—Echas de menos a tu madre —constató Begoña melancólica—; la mencionas frecuentemente.

—Me parece que fue ayer cuando nos dejó. No quiero olvidarla. Fue una mujer excepcional. Como lo serías tú, si abandonaras la idea de enterrarte en Ampuero.

Las palabras de Juan la cogieron desprevenida. El corazón se le alborotó ante la posibilidad, pero el recuerdo de sus actos lo nubló de nuevo. En cuanto tomó conciencia de su expresión, cerró la boca de golpe y añadió torpemente:

—Es hora de almorzar.

A pesar de estar charlando por los codos, Juan no perdía de vista a Nel. Buscaba la oportunidad de hablar a solas con él, ya que en el viaje no había sido posible. Lo sabía atento a lo que se decía allí y también que había reaccionado con extrañeza ante las palabras que había cruzado con la condesa. Sus hermanos estaban tan entregados a los recuerdos, que no prestaban atención a lo demás.

La ocasión se presentó en la sobremesa, cuando el teniente, Eusebio Martínez, llegó con la noticia.

—Lamento interrumpirlos —se disculpó el teniente por la intrusión—. Compruebo que andan de mudanza; sin embargo, noticias inquietantes me traen hasta aquí. Esta mañana, Tomás echó de menos a dos trabajadores: Toño y Pepe. En el domicilio de Pepe Martínez hemos hallado asesinados a Pepe y a la cocinera Benita. Por la documentación que encontramos en la casa hemos averiguado que Benita Calderón era hija de un carlista y que fue afectada por el decretazo de Espartero, privándola de sus bienes, además de tía de Pepe Calderón. Martínez era un apellido falso.

—¿Y Toño? —preguntó Nel, inexpresivo.

—Desaparecido.

—El teniente y yo nos retiraremos a charlar un momento —decidió Juan—. Vosotros seguid con los muebles y la instalación. Nel, hágame el favor de acompañarnos.

Atravesaron el vestíbulo y el salón hasta la biblioteca sorteando cajas, arcones y paquetes. Juan entró el primero e indicó los asientos a los huéspedes. Cerró la puerta y tomó asiento al otro lado de la mesa.

—Los acontecimientos se están precipitando. Ya son muchas las muertes como para seguir ignorando lo que está ocurriendo en el valle. Ha llegado el momento de poner las cartas boca arriba. Debemos trabajar juntos y no cada uno por nuestra cuenta si queremos salir bien de esto.

—No sé qué pinto yo aquí —objetó Nel entrecerrando los ojos.

—No se haga el tonto. Se dedica a pasear por las noches por el monte en compañía de su padre y del alcalde. Me descubrió como el francotirador nocturno el otro día en Ampuero.

—Así que no me contrató por casualidad para el viaje a Santoña.

—Ni usted aceptó sin otra razón que corroborar la procedencia de la bala. ¿Cómo la obtuvo? Creí que había herido a uno de ellos.

—Y lo hirió. —Nel suspiró ante lo inevitable, aunque Juan detectó cierta reticencia ante lo desconocido.

—Estoy aquí para evitar que los carlistas se hagan con el valle. Sagasta me proporcionó el nombre de su padre en caso de que necesitase ayuda. La Guardia Civil colabora extraoficialmente; el teniente negará todo lo que se diga aquí, aunque sospecho que todo esto ya estaba tomando forma en su mente.

—Cierto, pero me desconcertaba su papel. Es un indiano, ¿qué le va en esto?

—Eso es asunto mío y de Sagasta. ¿Quién es el enlace? Me sería más sencillo protegerlo si pudiera conocer la ruta de antemano.

—No lo sabemos.

Juan y el teniente cruzaron una mirada de sorpresa.

—¡Vamos! El conde ha puesto las cartas sobre la mesa. Su hermano fue asesinado. ¿De verdad quiere que nos creamos que desconocen su identidad? —se molestó el teniente.

—Es la verdad. Ignorábamos que Remi estuviera

metido en el asunto, ni siquiera lo sospechaba mi padre. Cuando lo asesinaron, Evaristo y mi padre comenzaron a patrullar por los montes para dar con los asesinos; pero desconocemos quiénes mueven la red de espionaje. Solo conseguimos un nombre: Brezal. Me uní a ellos porque están un poco locos, quiero decir, para controlarlos; reviven la guerra carlista y creen que será otra vez lo mismo. Me intranquiliza que vayan pegando tiros sin ton ni son.

—¡Pues qué bien! Todavía saben menos que nosotros —comentó enojado el teniente.

Juan reflexionó con los brazos apoyados en la mesa y cruzando los dedos delante del rostro, rozando los labios.

—¿Qué pinta el boticario? Casi me sorprende apretando el gatillo. Hay demasiadas casualidades. ¿También busca venganza?

—Tiene una buena excusa —justificó el teniente.

—¡Imposible! —exclamó Nel—. Es hijo natural del conde de Nogales, es decir, hermanastro del anterior.

—¿Cómo se me ha escapado algo así? —se extrañó el teniente.

—¿Es carlista? —indagó Juan—. No me lo pareció por cómo me relató la guerra en el valle. Tampoco mostró mucho interés por el muerto si es que iban juntos. —Se calló la participación en la muerte del hermanastro.

—Disimuló. Había un testigo —analizó el teniente.

—Podía haberme liquidado —puntualizó Juan.

—¿De verdad? Es un viejo —rechazó el teniente.

—No sabe disparar —desveló Nel—. Puede que sea carlista, que pase información, pero no es de acción.

—Solo queda Lipe —dijo Juan.

—¿Lipe? ¿Por qué él? En ese caso, hubiera sido yo —protestó Nel.

—En el establo faltaba un caballo cuando salí y Lipe no apareció. Cuando regresé, el caballo se encontraba en la cuadra y Lipe durmiendo en el altillo.

—Lipe es mi hermano y carece de madurez para arriesgar la vida así. Está enamorado de la hija de Terio. Se debían haber visto a escondidas. Es una coincidencia. Aun así, indagaré.

—A mí también me pareció extraño y demasiado joven, pero como están sucediendo cosas raras...

—Esa es una incógnita —resumió el teniente—. La otra: ¿quién ha quitado de en medio al sobrino y a la tía? Todo apunta a Toño, siempre y cuando este no aparezca también cadáver.

—Sabían demasiado —concluyó Juan—. Escucharon lo que hablamos en el prado y la posibilidad de que el enlace actuara aquella noche, como así fue. Seguramente por eso acudieron varios. Fue una noche muy movida. Los muy necios solicitaron ayuda o amenazaron a quien no debían. Se descubrieron. Sobraban.

—Pues si siguen así, nos van a realizar la labor —sopesó el teniente.

—¡Eso es! —exclamó Juan—. Nada de todo esto me cuadra con la estrategia de un levantamiento. Parece que alguien se está sirviendo del miedo y de los seguidores del carlismo para conseguir unos fines personales: Ochoa. Benita representaba un problema tanto si la cogía la Guardia Civil, como si llegaba a tierra carlista con el cuento de los sueños de uno de sus capitanes: ser conde.

—O desear a la condesa —admitió el teniente—. Que la red de espionaje, Brezal, existe es un hecho.

Las voces de sus hermanos en el salón desviaron la atención de los tres reunidos.

—Creo que debemos dar por concluida esta reunión. No comente nada con su padre y Evaristo, no nos interesa que haya más gente metida en el asunto. Yo he sufrido dos atentados, pero se mantendrá alerta y nos informará de aquello que crea importante. —Nel asintió con la cabeza—. Ahora pasemos a una actividad más placentera.

En el salón habían abierto una serie de cajas en las que se amontonaban rifles y pistolas perfectamente engrasados y envueltos en mantas de lana. Juan flexionó una rodilla sobre la que se apoyó para coger un rifle.

—Un fusil Henry de repetición fabricado en América —explicó Juan; entregó uno al teniente y cogió otro para Nel. Francisco le alargó una caja de munición.

—Es más sofisticado que los nuestros —evaluó el teniente con admiración mientras lo observaba—. En febrero de este año se ha aprobado el fusil Remington de retrocarga. Se está fabricando en Oviedo, aunque todavía no me ha llegado ninguno.

Mientras tanto se habían acercado Guadalupe y Begoña, atentas a lo que hablaban los hombres.

—Posee una buena armería —comentó el teniente echando una mirada admirativa a las cajas abiertas—. Creí que era ganadero.

—California es una tierra vasta y agreste. A veces pasas días sin ver a nadie, o bien te cruzas con indios renegados o bandoleros, cuando no con coyotes o serpientes. Allí un arma puede significar la diferencia entre la vida y la muerte.

—Una vida muy dura —comentó Nel impresionado.

—Por eso, entre otras razones, he decidido instalarme en España, aunque aquí no andáis escasos de riesgos.

—No siempre es así —negó Nel con tristeza—. Aquí son los políticos y los militares quienes remueven la violencia.

—Estos fusiles pueden disparar cinco balas —siguió explicando Juan. Ofreció la caja de proyectiles, al teniente y a Nel—. Son cartuchos 44Henry de latón de punta alargada. Francisco, prepara una diana en el jardín. Creo que nos merecemos un descanso.

No tuvo que repetirlo dos veces. Cargaron con los rifles, los revólveres y munición para todos, pues las mujeres también quisieron participar. En el fondo del jardín improvisaron la zona de tiro. Apoyaron un armario ropero que habían desechado contra el muro de piedra que cercaba la finca. Un colchón de lana en el interior amortiguaría las balas y, en las puertas, el guasón de Francisco había clavado el retrato de cuerpo entero del anterior conde.

—¡Ah! ¿De dónde lo has sacado? —inquirió Begoña, sorprendida.

—Estaba entre unos bártulos en el ático —contestó Francisco solícito—. Espero que no te importe.

—Vamos a ello —animó Begoña—. Será divertido. Elige la distancia.

—¿Has disparado una pistola? —preguntó Juan, curioso.

—Me enseñó mi padre. Por el monte hay lobos y osos.

Begoña se fue alejando del blanco hasta donde creyó prudente. Juan lo señaló con un madero.

—Bien. Lo intentaremos así. —Le entregó el Colt y se situó detrás de ella—. Antes de disparar, acostúmbrate al peso. Te recomendaría que el primer disparo lo hicieras sujetándolo con las dos manos. Veamos, levántalo y apunta. Repítelo sin disparar.

Observó cómo la muchacha obedecía. Abrió ligeramente las piernas y se asentó, levantó el revólver y apuntó sin amartillarlo. Realizó el ejercicio varias veces.

—Cuando creas que te has acostumbrado, dispara. Es de mayor calibre que la pistola que habrás utilizado, cuidado con el retroceso —advirtió a su espalda.

Begoña no se hizo de rogar y disparó. El arma se le elevó un poco y la espalda chocó con el pecho de Juan, quien la sujetó por la cintura. Antes de que pudiera corregirla, Begoña había recuperado la postura y disparaba cuatro veces seguidas, aguantando el retroceso con un pie ligeramente retrasado.

—Te has precipitado. No has dado ni una en el blanco. Te gusta darle al gatillo ¿eh?

—Te equivocas, están todas en el blanco —refutó, con los ojos brillantes por la emoción y por algo más: ¿satisfacción por el desahogo?

—¿Tienes algún problema de visión? La cabeza permanece incólume. Con el tamaño de estas balas, estaría destrozada.

—¿Y quién te ha dicho que yo he disparado a la cabeza?

Aturdido, Juan se acercó para examinar mejor la pintura. Había un boquete en la oscura entrepierna del conde. Juan no pudo contener una carcajada. Regresó a la línea en la que aguardaban los demás el turno y descubrió los labios de Begoña curvados hacia arriba, como una niña traviesa que acaba de cometer una fechoría.

—Carga y dispara —dijo Juan, al mismo tiempo que alargaba la caja de municiones a Nel—. Todo tuyo.

Los primeros disparos se desviaron, pero enseguida cogió el temple al revólver y resultó un buen tirador.

—¿Quiere probarla? —ofreció Juan al teniente

Eusebio se volvió hacia el blanco, levantó el arma y disparó.

—¡Magnífico! No desvía un ápice —dijo entusiasmado y acarició el Colt.

Begoña se dejó caer sobre la hierba junto a Guadalupe, mientras los hombres discutían cuestiones técnicas y probaban los rifles. Finalmente, Francisco propuso un duelo.

—Se trata de sacar más rápido, acertar y guardar el arma. Es una práctica común allí —comentó orgulloso.

—¿Cansada, *honey*? No deberías haber disparado tan rápido, te dolerán los brazos —la regañó Juan, aunque su tono era más festivo que de enfado.

Los hombres se situaron nerviosos frente a la diana, dispuestos a deslumbrar al contrario. Juan tensó el cuerpo y dejó la mano próxima al revólver que pendía de la cartuchera. Francisco lo imitaba; sin embargo, el teniente y Nel llevaban ventaja al empuñarla desde el principio, aunque apuntase hacia abajo.

—Ustedes a las rodillas —ofreció Juan—. Nosotros a los codos. Cuenta tres en alto, Lupe.

Guadalupe contó en alto. Sonaron cinco tiros casi al unísono. Juan había flexionado ligeramente las piernas, había sacado y disparado dos veces en el tiempo en que los ramaliegos habían disparado una con el arma ya en la mano. Francisco le había seguido de cerca con un solo disparo.

—¡Asombroso! —exclamó el teniente Martínez maravillado.

A la misma conclusión llegó Nel. No había conocido a nadie que pudiese disparar con esa rapidez y precisión. En ese instante comprendió que, cara a cara, el conde era mortal.

—Estás demasiado rígido cuando disparas —criticó Guadalupe—. Francisco, enséñale.

Nel seguía descolocado con aquella mujer. Había disparado el rifle como si fuera una prolongación del brazo. Durante todo el día había seguido sus pasos, había escuchado las historias sobre el país lejano del que venía, había desembalado y colocado los maravillosos muebles de la habitación. Se sentía transportado a un mundo imaginario, fuera de su órbita, y necesitaba recuperar su mundo, la cordura, la realidad.

Pronto caería la noche. El teniente fue el primero en plantear la retirada y Nel lo secundó.

—Tengo una deuda con usted por acompañarme en el viaje a Santoña —dijo Juan en un aparte—. Llévese el rifle y una caja de municiones.

—Es demasiado —rechazó Nel.

—Depende. Si va a seguir trotando por el monte con los dos amigos, lo necesitará.

Nel sopesó el razonamiento, recordó la capacidad de disparo y aceptó.

—Lo tomaré como un préstamo.

18

Día 8 de agosto de 1871

Había transcurrido una semana llena de cambios y obligaciones. El establo, pese a la falta de dos trabajadores, estaba a punto de culminar. Tomás se había esforzado y quedaba el asunto del agua corriente en la casa. Ahora que eran tantos se había convertido en algo prioritario, las mujeres del servicio se pasaban el día subiendo y bajando agua.

Francisco y Diego se ocuparon de las yeguas con ayuda de Lipe. Nel le había insinuado que, en invierno, cuando el paso de la diligencia se reducía a un día por semana, siempre que el puerto de los Tornos permaneciera libre de nieve, echaría una mano en el establo en cuanto terminara las tareas con el ganado familiar. Juan aceptó sin dudarlo.

Observaba pensativo el jardín desde una ventana del salón de la torre. El día andaba turbio y los lugareños aseguraban que aquella noche llovería. Los domingos lo exasperaban. Era un hombre de acción y no de iglesia, a pesar de haberse educado en una misión. Aquella tarde faltaba vida en la casa. Los chicos habían corrido al prado donde se encontraban las yeguas ante el anuncio de Francisco de intentar que un caballo cubriera una yegua que estaba preparada. Su herida había cicatrizado bien y había mantenido el besuqueo con Begoña, inocuo, inocente.

Se apoyó en el quicio de la ventana perdido en sus reflexiones. Nunca se había planteado el matrimonio, había usado de escudo el cuidado de sus hermanos, pero ahora se enfrentaba a la verdad: no había encontrado una mujer que lo atrajese hasta ese extremo. Pero desde que conoció a la condesa, algo había cambiado en su perspectiva sobre la vida. A pesar de todo, seguía reticente. ¿No sería la intriga lo que lo movía a buscarla, a tenerla en la mente, a provocarla con tal de que lo mirase? Era guapa, pero había algo más, algo indefinido que, mientras no consiguiera identificarlo, lo mantenía anclado al suelo.

Había recibido noticias de Sagasta: los carlistas no se moverían en todo el mes, no disponían de dinero para iniciar un levantamiento, y no contaban con la aprobación del general Elio ni del pretendiente, Carlos VII. No obstante, el ambiente político andaba muy revuelto. El nuevo rey, Amadeo de Saboya, no terminaba de ser aceptado. Sagasta lo definió como una persona tímida y poco simpática, por no hablar de los problemas con el idioma; es decir, carecía de carisma. Había admitido que algunos políticos ya consideraban la idea de recurrir al hijo de la exiliada reina, Isabel II. El propio Sagasta, sin el apoyo del fallecido general Prim, se inclinaba por aceptar esa vía alternativa. No obstante, no era eso lo que le inquietaba: los montes estaban muy tranquilos, demasiado para su gusto, no había mensajes porque habían caído en una espera; pero ¿dónde estaba Ochoa? Se había tomado demasiadas molestias para nada.

—Es extraño verte tan quieto y ensimismado.

Se dio media vuelta y descubrió a Begoña sentada con una taza de chocolate en la mano.

—Ahora traerán la merienda —anunció y levantó la taza para llamar la atención sobre ella—. No he podido esperar. Ha refrescado ahí fuera. Hemos disfrutado de unas semanas maravillosas, ahora disfrutarás del clima húmedo del norte, incluso en verano —ironizó, acompañándolo con un gesto de fastidio.

—Te abruma el clima —constató Juan. Se sentó enfrente de ella, dispuesto a ganarse su confianza, a intimar.

—No me importa que llueva de vez en cuando —negó con un movimiento de cabeza—; pero, en invierno, entra la lluvia y se instala durante semanas. Las nubes plomizas se confunden con el color de los peñascos que nos rodean, hasta el punto de que no distingues dónde comienzan unos y acaban las otras. ¿Te agobiaba la oscuridad de la casa? No es nada comparado con lo de ahí fuera. Las nubes bajas asfixian, el color acerado amenaza, la lluvia encarcela, y así, un día tras otro, deprime el ánimo. ¿Soportarás el invierno tú que vienes de llanuras ilimitadas y cálidas luminosidades?

—¿Has descrito el clima o tu vida? ¿Serás capaz de arrostrar un invierno sola en la casa de Ampuero?

Herminia entró con la bandeja del chocolate y un relámpago restalló como un látigo en el exterior e iluminó la estancia. Mientras la chica dejaba la bandeja sobre la mesa, tronó y tembló el aire. Los montes reverberaron y ampliaron el ruido ensordecedor.

—Es una tormenta de verano, un poco escandalosa pero breve —explicó Herminia con una sonrisa. Juan le sonrió a su vez como respuesta a su solicitud y la muchacha los dejó de nuevo solos.

—Comprobarás que no todos comparten la misma impresión sobre el clima. Cada uno lo vive según su perspectiva —se inclinó para coger una taza.

—¿Y tú, cómo lo vives?

A Juan le agradó su interés, aunque significara que evitaba hablar sobre ella.

—Con trabajo, con responsabilidades y con una casa llena de risas y de discusiones. El problema no es el clima, es la vida.

—¿Y tu vida es maravillosa?

—Nadie tiene una vida maravillosa, pero luchamos por conseguirla. Eso es lo que estoy haciendo; sin embargo, tú te has rendido —resumió, sosteniéndole la mirada.

Begoña rompió la conexión para dejar la taza sobre la mesa, al mismo tiempo que se lamía los labios con la punta de la lengua para limpiar los dulces rastros oscuros. Fue un gesto reflejo, sin intención, pero a Juan le pareció muy sensual. El pulso se le aceleró.

—Si me hubiera rendido, no me habrías conocido

ni habrías podido adquirir el título y la casa —refutó suavemente, sin resentimiento en la voz—. Cada uno lucha con las armas que le dejan. Mi meta es mi independencia, soy una persona con sentimientos, aunque haya hombres que los ignoren, como nos niegan entrar en tabernas, disponer de nuestro propio dinero, decidir con quién nos casamos, participar en política, y tantas otras cosas más. Quiero ser yo, no lo que quieran los hombres.

Juan quedó admirado por la vehemencia, por la amargura, por la determinación a pesar de la aparente fragilidad. No había indagado sobre el anterior matrimonio para no humillarla, pero sentía una viva curiosidad por conocer los detalles. La había juzgado erróneamente porque la había sorprendido en un momento bajo. Él mismo había padecido los efectos de la desesperación y de la impotencia. No, su vida tampoco había sido maravillosa, pero la familia lo ayudaba a seguir adelante, a recuperarse, a luchar. Begoña estaba sola; era una heroína y él no tenía derecho a reprocharle un instante de debilidad.

Fuera seguía lloviendo. No quería que esa intimidad se perdiera, pero tampoco ahondar en la llaga, así que se arriesgó.

—Falta un rato hasta la hora de la cena. ¿Me acompañas arriba, *honey*? Hace tiempo que no toco el violín. Nos sentaremos en la solana y aguardaremos la llegada de los chicos —invitó con la inocencia pintada en la cara, y lo creyó.

—Me encantaría. Me gustan las melodías que tocas —respondió, sacudiéndose la desidia de la tarde.

Sacaron dos sillas al balcón. El tejado de la casa los protegía de la lluvia. Juan se quedó en chaleco y se quitó la corbata, dejando entrever el inicio del pecho. Formaba parte de la puesta en escena para la seducción. Lamentó que ella permaneciera tan encorsetada, pues dificultaría el avance. Se tomó su tiempo afinando el instrumento para aumentar la expectación, para dejar que lo repasase a placer, como aquel día en el prado. Se decantó por *Sueño de amor* de Liszt y culminaría con la *Serenata* de Schubert, donde ya la tendría rendida de anhelo.

Begoña se deleitó en la contemplación del cuerpo de Juan. La atención que dedicaba al violín se lo permitía sin que él se percatase de su disfrute. Algo parecido al orgullo se agitó en el pecho. Lo miró de arriba abajo con nuevos ojos, no solo era el físico, como había creído: era joven y ella nunca había sido acariciada o besada por un joven hasta la llegada del californiano; también era la dulzura en el trato, la forma en la que pronunciaba esa palabrita inglesa, cómo la miraba, cómo la abrazaba. Y los besos, aunque últimamente disfrazados de castidad, había mucho más en ellos.

El californiano era su marido, pero un marido ficticio; ahora se distraía imaginando que hubiera sido de verdad. La intensidad del deseo la devolvió a la realidad de la solana. La entrega y las caricias que deparaba al violín la estremecieron ante la idea de que fuera su cuerpo el que recibía tales atenciones. Pero era muy cobarde; temía el poder de sus besos, que la arrastraban hasta hacerle perder la consciencia; deseaba sentir de nuevo sus manos sobre el cuerpo desnudo, igual que la noche que compartieron cuando los visitó la marquesa; echaba de menos... no sabía el qué. Se dejó llevar por la *Serenata*, permitió que la música la meciese en sus brazos y la transportase a ese sitio de placer al que no se atrevía a llegar. Demasiado cobarde para amar.

No había música. Salió de la ensoñación para enfrentarse a la mirada de color avellana del californiano. Los labios hormiguearon con el recuerdo de los besos, ansiosos de recibirlos de nuevo. Se aproximó lentamente, como un felino, inclinó la cabeza, sintió el aliento que pasó de largo por la boca para estrellarse, húmedo, sobre la piel del cuello. La lengua, ardiente y juguetona, recorría la palpitante vena que bombeaba sangre alocadamente desde el excitado corazón, mientras los diligentes dedos se afanaban en desabrochar el vestido para entregarse a la lucha con el corsé, incansables, hambrientos de tacto, de piel, de amor.

Los gemidos sustituyeron la música, tan placenteros y armoniosos; celosos del ritmo intentaban eclipsarla, lograr la excitación del amante para que no desistiera en las caricias. Por fin, se liberó el cuerpo, ligero sin la prisión de los corchetes; los pechos, tersos, blancos y valientes, se entregaron a la boca que los reclamó como suyos. No escuchó la mente, no quería ser cobarde.

Desmayada de placer, dejó que la levantara en volandas, que la llevase a la cama. Necesitaba sus manos recorriendo la seda de la piel desnuda, que la despertase, que la saboreara, sin prisa, hasta enloquecer de deseo.

El vestido, junto con el polisón y el corsé, resbalaron al suelo. Las manos tocaron la calidez ansiada del californiano, el lejano sol que lo había dorado, el aire que lo había moldeado. El ancho pecho, tierra desconocida por conquistar. Acercó los labios a la piel americana y la respiración agitada y el jadeo fueron la recompensa al atrevimiento. Ella también dejaría la huella de su pasión. Las manos fuertes bajaron a la cintura y desataron el lazo de los calzones que escondían el tesoro codiciado. Pero se contuvieron recatados, prolongando, sabios, el éxtasis de la unión.

Con suave movimiento la echó sobre la cama, sin dejar de mirarla con los ojos avellana, llenos de ternura, asombrados de la rendición, agradecidos del amor. La lengua recorrió tierra virgen sin saberlo, porque no se había regalado a las manos que no supieron arrancarle un deseo. Los dedos descubrieron el camino íntimo al placer, se deleitaron en el orgasmo tan preciado, tan escurridizo, para ser desplazados por el atributo mayor, exigente, fuerte, para verter la esencia en su alma, para unirlos en la pasión, en el olvido del mundo, de sus cuerpos, de sus mentes.

Juan se despertó con el ruido de las caballerías y las voces de sus hermanos que se colaron por la puerta abierta de la solana. Abrazado al cálido cuerpo de Begoña que reposaba olvidada, la contempló plácida, ajena al fuego en el que había ardido bajo su requerimiento, bajo la pasión, bajo su cuidado.

Se movió y la separación la espabiló. Adormilada, con la ternura prendida en los ojos, recorrió la estancia.

—Los chicos han llegado. Habrá que bajar a cenar —informó, retirándole un rizo de la cara.

Se incorporó despacio, pensativa. Juan temía su reacción, pero no dijo nada, le dejaría la iniciativa a ella. En silencio, se levantó y se acercó al palanganero para lavarse. Begoña abandonó la habitación por la puerta de la solana con su ropa en la mano, con el gesto reflexivo en la cara.

Durante la cena permanecieron en silencio. Los demás no lo notaron, pues se quitaban la palabra los unos a los otros, contando los descubrimientos y las anécdotas de la tarde. El bullicio y las risas prevalecieron en la mesa. Sus hermanos se estaban adaptando rápidamente al lugar, pese al clima. Diego y Lipe habían congeniado, Francisco y Guadalupe todavía estaban asimilándolo, aunque se los veía confiados, creían en él. Pero esa confianza se encontraba en el aire en esos momentos, pendía de la decisión de Begoña, quien permanecía ensimismada, encerrada en su mundo.

La sobremesa no se extendió y se retiraron pronto a sus aposentos. El trabajo era arduo y conocían sus responsabilidades, estaban acostumbrados a bregar de sol a sol. Acompañó a Begoña hasta la puerta del cuarto y, cuando se inclinó para besarla, ella ladeó la cabeza ofreciéndole la mejilla. Juan interpretó aquello como un mal presagio, pero se contuvo. Decidió dejarle espacio.

Entró en su habitación y se peinó el cabello con los dedos hacia atrás, atenazado por la duda, cansado de la incertidumbre. Se desvistió lentamente, cogió el Colt y lo escondió debajo de la almohada; se dejó caer en la cama, ya fría de la actividad de la tarde, y se tapó con el *patchwork* de su madre, testigo mudo del encuentro amoroso. Se había rodeado de los muebles de la hacienda, de lo único que los unía a California, a sus padres, una parte de su identidad: maderas de palosanto, artesanías coloniales.

El chasquido del cerrojo de la puerta de comunicación entre las habitaciones le contrajo el estómago ante la expectación de lo que se avecinaba. Asomó a la puerta Begoña con el camisón, no con su camisa. Avanzó por la estancia hasta llegar a los pies de la cama y se aferró con ambas manos al madero.

—Esto que ha sucedido ha sido un error —susurró dolida.

—Sí, ha sido un error —convino Juan con frialdad—; un error que te resulta muy provechoso, pues así queda zanjado el acuerdo y recuperas tu título y tus tierras. Mañana comenzaremos con la mudanza.

Begoña lo miraba con los ojos como platos y, según iba comprendiendo la situación, pasaron a reflejar el temor que la embargó.

—¡No! ¡No has entendido nada! —exclamó al borde del llanto—. No quiero nada de esto, no lo busqué y no me ha traído más que desgracia. Quiero que te quedes con todo, nadie mejor que tú y tus hermanos. —Las lágrimas desbordaron sus ojos y corrían libres por las pálidas mejillas—. Pero yo no puedo seguirte, no puedo comprometerme, no soy libre. Demasiadas muertes, odio, venganza, es imparable y crece y crece... —explicaba, errática y atropellada en su confusión.

Juan no se levantó a consolarla. El secreto que guardaba la estaba corroyendo, socavando las defensas.

—No te sigo. No comprendo cuál es tu dilema —suavizó la voz, aunque mantuvo la distancia.

—Es igual. Olvídate de mí. —Begoña había recuperado el temple, controlaba los nervios y volvía a mostrarse esquiva—. Deseo que continuéis aquí. Dije que era un error lo de esta tarde, no porque me arrepintiera, sino porque no puedo seguir. No estarás a salvo hasta que yo renuncie a todo. Creo que deberíamos adelantar los acontecimientos. ¿Por qué esperar seis meses? Escribiré a Sagasta y a principios de septiembre me trasladaré a Ampuero.

A Juan se le escapó un suspiro. ¿Cómo podía ser tan ingenua? En aquella partida había muchos más jugadores. Ella representaba el medio de medrar de un capitán, pero aparte existía una red de espionaje, convivía en un pueblo dividido en lealtades, había una guerra en ciernes.

—Ven aquí, no te vayas —se rindió Juan ante lo inevitable. Le indicó, con una palmadita sobre la cama, su sitio—. Deja de romperte la cabeza en tonterías. Vamos a dormir. Todavía no has alegado nada en contra de que compartamos una intimidad.

Begoña dudó unos instantes. Meneó la cabeza con desesperación ante la incomprensión de él.

—Sigues sin entender —concluyó Begoña, acercándose al lecho.

—Pues explícame —pidió él, haciéndole hueco.

—No puedo decirte más, demasiadas vidas —murmuró, acurrucándose entre sus brazos.

Juan se abrazó a ella y, a los pocos minutos, la oyó respirar con la levedad del primer sueño. La tensión y los acontecimientos la derrotaban. Mientras tanto, él seguía dando vueltas a sus palabras. ¿Quién dependía de ella? Las imágenes olvidadas del enlace descendiendo de la loma por la noche y la de Begoña en el viaje a Santoña volvieron a sobreponerse en su mente. La similitud era inquietante, sin embargo, no era posible. Brezal era una red bien estructurada, los mensajes eran relevantes y llegaban puntualmente, lo que requería gente preparada, y, además, en destinos donde pudieran obtener la información: traidores. Requería una mente organizada y con poder. El enlace no dejaba de ser un mero mensajero, quien desconocería a ciencia cierta para quién trabajaba. Era un secreto muy bien guardado, ni siquiera los del pueblo estaban en el ajo, que ya era difícil.

¿Y si Begoña conocía la identidad de Brezal? De nuevo volvían las preguntas incontestadas. ¿Por qué asesinaron a su padre? ¿Por qué estaba tan segura de que habían sido los carlistas? Por sus palabras, parecía que ya no bastaba con desprenderse de las tierras. Ella ignoraba que él conocía su mano en el asesinato del anterior marido. ¿Sería esa la causa que lo alejaba de él? Demasiados interrogantes en el aire que exigían ser resueltos. Acarició el hombro de Begoña y la estrechó suspirando. Había algo en ella que lo atraía como el acantilado a las olas rompientes. Su mirada lo reclamaba, cálida y acogedora, a la vez que triste y melancólica; tan valiente y desafiante como asustada y perdida. En ese mismo instante, Juan fue consciente de que la defendería por encima de cualquier cosa. Había perfilado un plan para eliminar el primer obstáculo: el capitán Ochoa.

19

Día 16 de agosto de 1871

Había transcurrido una semana y se encontraban en la festividad de San Roque. Tomás había iniciado las obras del agua corriente y había puesto el jardín patas arriba. Juan se había reunido con Francisco en la biblioteca para organizar la inauguración del establo. Había decidido convertirlo en un evento para presentarse al pueblo junto con sus hermanos. Era verano y los vecinos de la villa y de los alrededores acudirían a la verbena tras la exhibición de los caballos. Ya se lo había participado al alcalde, a quien encontró muy receptivo, de lo que dedujo que Nel no había sido discreto precisamente.

La llegada del teniente los interrumpió.

—Traigo noticias de Madrid —anunció—. Ayer se reunieron personas importantes del partido carlista con el gobierno, incluso estuvo el secretario de don Carlos. Corren rumores de que Ruiz Zorrilla quiere ofrecer una amnistía para trastocar los planes de levantamiento. No sé si lo logrará, es gente peculiar y obcecada. Por los chismorreos que corren por las altas instancias del cuerpo se cree que Ruiz Zorrilla es un pobre hombre que no durará; sin embargo, la figura de Sagasta tiene carisma y está ganando admiradores a ojos vistas. Anda conferenciando con Castelar para encontrar una salida al caos político que vive España. Se lo comento para que sepa que cuenta con el respaldo de la persona adecuada.

—Así lo consideré cuando lo conocí. No es un hombre que dé puntada sin hilo.

—Pero lo que me ha traído hasta aquí no ha sido el parte madrileño que, tarde o temprano, le llegará a usted. Hay movimiento en el monte.

Tanto Juan como Francisco se irguieron interesados.

—No hemos dado con Toño. Yo le doy por muerto, aunque un chico de la zona y durante el verano puede mantenerse vivo. Pero en la búsqueda estamos encontrando restos de hogueras en riscos y cuevas. Se trata de una partida en constante movimiento, entre cinco y seis hombres.

—Por lo que me ha contado, de momento están centrados en la diplomacia.

—¿Y si detrás de la diplomacia están organizando algo? —planteó el teniente—. Si el gobierno concede la amnistía, ellos tendrán que responder ante su gente con una contraoferta.

—¿Está pensando en el levantamiento fallido? —sopesó Juan.

—Si esos hombres andan por ahí, es que hay noticias. Andan pendientes del enlace para darle caza.

—Si ignoramos quién es, ¿cómo vamos a saber qué día ha decidido cruzar el monte? —inquirió Juan, molesto ante la imposibilidad de ofrecer su ayuda.

—Podemos subir a segar el monte —propuso Francisco.

—Una jornada de caza —simplificó Juan, mostrando su acuerdo—. Cuanto antes mejor. Quiero que el día de la inauguración sea perfecto.

—Ya me ha llegado la noticia de que el fin de semana estaremos de fiestas, no se habla de otra cosa en el valle —sonrió satisfecho el teniente.

—Esta noche subiremos —decidió Juan—. Francisco, avisa a Nel, lo necesitaremos, conoce mejor que nosotros la zona.

—Son tres y ellos probablemente seis —señaló el teniente.

—Pero no estarán mejor armados que nosotros y contamos con la sorpresa.

—Lo dejo en sus manos. Ya me informará o me enteraré mañana si meten mucho ruido —dijo el teniente levantándose.

El resto del día lo pasaron organizando la fiesta delante de las mujeres y la salida nocturna a escondidas. Nel aceptó sin vacilar, con la imagen de su hermano por encima de todo.

A lo largo de la semana, Begoña no había visitado su cama. Había vuelto a los castos besos y se había encerrado tras una tristeza infinita. Juan se veía impotente mientras no confiara en él, aunque permanecía tranquilo ante la idea de que ella estaba magnificando el problema que fuera. Era cuestión de tiempo dar con Ochoa y terminar con aquella historia. A lo mejor, esa misma noche, sí había suerte. Animado por ese pensamiento, la tarde transcurrió rápidamente.

Aquella noche se alegró del alejamiento de Begoña, ya que le permitía salir sin dar explicaciones. Francisco había ensillado los caballos, pues Felipe había desaparecido. Juan comprobó que volvía a faltar el caballo.

—Habrá que decirle algo al muchacho —decidió Francisco—. En cuanto las yeguas queden preñadas, no puede estar pelando la pava por los prados.

—Necesitaremos más personal. Déjaselo a Nel. Él lo meterá en vereda.

Salieron con las riendas en la mano y montaron fuera de la finca, siguieron el río en dirección a Ramales y se desviaron a la izquierda para subir por el camino de Guardamino. Abajo les aguardaba Nel, con el nuevo fusil Henry al hombro.

—El caballo es un blanco fácil para rastrear.

—Monta —le invitó Juan—. Vamos a dejarlos en Guardamino. Tu hermano no estaba en el establo y faltaba un caballo.

—Hablé con él y me aseguró que pondría fin a la relación.

Trepó a la espalda de Juan y comenzaron el ascenso de la loma que separaba las cuencas del Asón y del Carranza hasta Guardamino, donde cobijaron los animales entre los restos del caserío.

Nel abrió la marcha a pie, con paso fuerte y decidido, acostumbrado a vagar entre las peñas. Juan reconoció que costaba seguirlo pero, gracias a ello, recorrían grandes distancias rápidamente. Siguieron el borde del monte que asomaba a Pondra y a la garganta del Carranza, sin detectar nada sospechoso, continuaron hacia el pico del Moro para llegarse a la loma del Mazo, ya entrando en las Encartaciones. No hizo falta llegar tan lejos. El ascua encendida de un cigarrillo delató al vigía.

Quedaba por debajo de ellos; se tumbaron sobre la hierba para recobrar el resuello y el pulso para disparar. El descanso les permitiría a su vez localizar al resto de la partida. Se hallaban diseminados y eso no le gustó a Juan. Aparte de la dificultad de acabar con ellos, implicaba que aguardaban al enlace. ¿Cómo se habrían enterado? ¿Una trampa? ¿O alguien, finalmente, se había ido de la lengua?

Transmitió en un susurro sus sospechas y decidieron separarse. Nel les indicó los mejores lugares y, reptando, tomaron posiciones. Juan estaba seguro de que Nel no había matado nunca. Francisco y él se las habían visto en más de una ocasión con los indios. Se asomó y distinguió al fumador y a otro apostado un poco más arriba, pero a suficiente distancia como para no percatarse de lo que hacía el compañero. El enlace, según las anteriores experiencias, llegaría más avanzada la noche, cerca del amanecer. Extrajo de la bota el cuchillo indio de hoja ancha y lo sostuvo con los dientes mientras se aproximaba por la espalda del vigilante más cercano, arrastrando el fusil con la otra, despacio, frío, con la mente y los sentidos en la figura que se sentaba delante de él. Dormitaba. No se resistió cuando lo degolló limpiamente. La escopeta se le resbaló de la mano sin vida y chocó con una roca. El fumador se volvió.

—Patxi, despierta, imbécil —lo increpó.

Juan lo removió y simuló un bostezo sonoro, se inclinó y recuperó la escopeta.

—Como te vuelvas a dormir, te meto un paquete —amenazó el oficial.

Se ocultó tras el cuerpo muerto que permanecía sentado contra una piedra. Era una cuestión de paciencia que el otro se distrajera. Pero las conjeturas no salieron bien. El gorjeo de un ave los puso en alerta. Alguien se acercaba. Desde su sitio, Juan no vislumbraba más allá del irregular terreno. Francisco, sin embargo, algo llegó a divisar, por lo que decidió adelantarse. El sonido de su fusil rasgó el silencio. Cayó uno de los milicianos. El galope de un caballo retumbó entre las peñas. Se desató el infierno. Juan mató al fumador, pero enfrente, fuera de su ángulo, surgió otro dispuesto a ocupar el lugar.

El jinete se había echado sobre el caballo de tal forma que parecía que el bruto corría solo, desbocado. La noche los amparaba, borraba los límites, confundía las sombras. Juan comprendió por la dirección que tomaba que pasaría por debajo de él en cuestión de segundos. El miliciano quedó al otro lado del animal por lo que Juan no pudo abatirlo; se perfiló una sombra erguida que disparó al caballo. Rodaron montura y caballista. Juan se levantó y disparó casi a la par hacia el lugar de donde salió el fogonazo y se dejó caer abajo en auxilio del enlace. Francisco y Nel seguían disparando, aunque ya no se oía una respuesta del otro bando.

El caballo relinchaba e intentaba ponerse de pie amenazando con arrastrar el cuerpo del jinete. Juan llegó hasta él y lo retuvo en el suelo por las riendas. Nel se acercó corriendo.

—Enciende una rama o algo —exigió nervioso Juan—. Hace falta luz.

Francisco se le adelantó con la pólvora y prendió varias ramas.

—Hay que comprobar si estamos a salvo —comentó mirando en derredor nervioso.

—Contad los muertos —dijo, e hizo hincapié en la palabra «muertos». Francisco asintió.

Mientras Nel y Francisco peinaban la zona, Juan se ocupó del cuerpo inerte que había quedado tendido junto al caballo. Afortunadamente, no le cayó este encima. Iba vestido de negro. Acercó la rama prendida y le dio la vuelta. Se le heló la sangre, se le paró el corazón, se le olvidó respirar, le sobrevino un vahído de incredulidad, de irrealidad. De la sien de Begoña manaba sangre escandalosamente, un gemido de ella lo obligó a agacharse y a examinar la herida. Le reconoció el cuerpo en busca de huesos rotos o dislocados que no encontró. La incorporó para que dejara de sangrar, se arrancó el pañuelo del cuello y se lo ató alrededor de la cabeza.

Un disparo a su espalda le hizo pegar un respingo.

—Francisco, ¡por Dios!, ¿quieres matarme de un susto? —se revolvió Juan enojado.

—Era el único que estaba sufriendo —dijo señalando el caballo—. ¿Quién es nuestro enlace? ¿Alguien conocido del pueblo?

Nel también se había aproximado del silencioso registro.

—Cuatro muertos; si había algún herido, ha puesto

pies en polvorosa —informó cargado con las escopetas y algunas armas que había recogido. Se agachó intrigado y deseoso de resolver, de una vez por todas, el misterio del enlace.

Permanecieron los tres mudos contemplando a la condesa con atuendo de hombre.

—La llevaremos a casa —decidió Juan—. No parece que se haya roto nada, pero hay que detener la hemorragia de la cabeza.

Francisco y Nel asintieron y se pusieron en marcha con el armamento. Juan cargó con el cuerpo de Begoña. Al enlazar con el Camino Real y tomar la dirección a Gibaja, Nel se detuvo. Sus ojos de halcón habían detectado movimiento.

—¡Sal, Lipe! —gritó a su hermano.

El muchacho salió de detrás de un muro de piedras que delimitaba un campo.

—Ya sé que lo hablamos, pero la muchacha no quiere... ¿Es la condesa? —preguntó alarmado—. ¿Y el caballo?

—¿Qué sabes tú de eso? —preguntó enojado Nel.

—No es lo que piensas, Nel, yo solo sacaba el caballo y la esperaba, para que nadie se enterara —confesó Lipe de corrido, asustado.

—Lo de la hija de Terio es mentira —dedujo Nel encolerizado.

—¿Desde cuándo dura esto? —indagó Juan con Begoña entre los brazos.

—Desde que asesinaron a Remi. Ella lo sustituyó.

—¿Quién más anda metido? —La pregunta de Juan no admitía evasivas.

—Doña Carmela. No sé más. Se lo juro, excelencia.

Juan lo creyó. No expondrían al muchacho a un peligro mayor.

Begoña sintió un pinchazo en la sien. Abrió los ojos y se enfrentó a tres rostros serios inclinados sobre ella. Carmela limpiaba la herida. El blando colchón a su espalda y el blanco techo le revelaron que se hallaban en su habitación. Sentía la cabeza pesada y el cuerpo desmadejado, sin vida, pero sacó fuerzas para susurrar:

—Avisad a don Matías.

20

Día 17 de agosto de 1871

Nel se ofreció sin dudarlo y salió sigilosamente de la habitación. Habían regresado y habían procurado no despertar ni atraer la atención de nadie hasta saber a qué se enfrentaban. Había que llevarlo con discreción, pues ahora la cocinera y su hija dormían en la planta baja. Carmela se retiró para cambiar el agua rojiza de la palangana.

Juan no se separaba del lecho de Begoña, quien había vuelto a desmayarse. Francisco lo observaba en silencio.

—¿En qué piensas? —inquirió Juan, desesperado.

—En lo mismo que tú —replicó suavemente—. Nos engañó bien a todos.

—Todavía es pronto para sacar conclusiones.

Francisco no dijo nada, pero Juan lo sentía en el cogote, en el mismo silencio.

—¡Cómo pude estar tan ciego! Su imagen a caballo me ha perseguido y me he negado a reconocerlo.

—Tranquilízate, de nada sirve sentirse culpable si no has atado todos los cabos de esta historia —razonó Francisco.

Como la escalera era de piedra, no oyeron los pasos de los que ascendían hasta que llegaron al rellano. Entraron sin llamar. Don Matías se dirigió a la cama sin levantar la mirada, mientras que Nel y Carmela se quedaron en un segundo plano. Realizó el mismo repaso del cuerpo que Juan, levantó los párpados, tomó el pulso...

—Bueno, parece que solo ha recibido el golpe de la caída. La debilidad se debe a la pérdida de sangre.

—¿Solo? ¿Cómo que solo? —saltó Juan en un arranque de furia—. Usted la ha metido en esto. ¿Cómo consiguió convencerla? ¿Me puede explicar qué juego se trae entre manos?

—Primero, baje la voz —le reprendió don Matías—; segundo, ¿qué sabe sobre lo que ha ocurrido?, y, tercero, no llevo ningún juego entre manos.

El boticario y Juan se aguantaron las miradas fieras, desafiantes.

—¿Es usted Brezal? —musitó amenazante.

—No. Y usted, ¿por qué sabe tanto? No fue ninguna coincidencia que lo encontrase aquella noche ¿verdad? Estoy casi seguro de que mató al carlista.

—Iba a disparar al enlace. —Juan fue consciente en ese instante de que había salvado la vida a Begoña esa noche. Respiró fuerte y se separó del boticario. Los demás permanecían apartados, presenciando las revelaciones.

—¡Vaya! ¡Esto sí que es una sorpresa! —cedió abrumado don Matías—. La condesa pide ayuda a Sagasta y no se conforma con proporcionar un marido, sino que envía a un hombre de confianza para hacerse con el valle.

—¿Usted de qué lado está? —intervino Nel receloso—. Todos nos conocemos aquí.

—Pues yo creo que no. Ser hermanastro del anterior conde fue suficiente para meterme en el saco equivocado. En cuanto comenzó la guerra civil, mi padre dejó de pagarme los estudios, y después mi hermano me ignoró por completo. De todas formas, no me importó. No compartía sus ideas. Soy liberal, defiendo la ciencia y reniego de las mentes estrechas que obstruyen el avance de la civilización.

—Vaya al grano, ¿por qué reclutó a la condesa cuando asesinaron al anterior enlace? —Juan pensó en el asesinato del conde que los unía, pero calló.

—Pero ¡si fueron ellas las que me reclutaron a mí! —exclamó don Matías ofendido.

—A mí no me miren —dijo Carmela, pálida—. No me sacarán una palabra mientras la condesa viva.

Juan se quedó anonadado ante semejante revelación. Un gemido concentró las miradas de los hombres sobre la figura de Begoña, quien los observaba despierta.

—¡Tu padre! —comprendió Juan—. Fue tu padre quien ideó todo esto, por eso lo mataron.

Begoña negó con la cabeza levemente. Se aproximaron a la cama ante un gesto de ella.

—Fui yo. Yo convencí a mi padre. En realidad era un plan muy sencillo, lógico. Conocíamos los montes de tanto recorrerlos, nos relacionábamos con todos, entrábamos en todos los hogares y compartíamos noticias de forma natural. Confiaban en nosotros.

—Pero ahora estás sola. ¿Cómo consigues enterarte de sus planes?

—«Nosotros» no se refiere a ella y su padre —explicó Carmela más serena—, sino a los médicos y boticarios. Son bien recibidos en los hogares, sean de la causa que sean.

—¡Caray! ¡Qué buen plan y qué sencillo! —se admiró Nel.

Begoña sonrió cansadamente.

—Pero ese plan ha sido descubierto y corren peligro —razonó serio Juan—. Los hechos de esta noche lo prueban. Te esperaban. Alguien se ha ido de la lengua o, sencillamente, lo han averiguado.

—Es un contratiempo —arguyó don Matías.

—Es una matanza, si se sigue con esto adelante —atajó Juan—. Nuestra labor ahora es mantener el valle a salvo, limpiarlo de simpatías carlistas.

—Difícil si don Nicolás controla la villa desde el púlpito —apuntó don Matías.

—Un donativo bien distribuido al obispado y un párroco nuevo.

—Me gustan sus métodos. Contundentes. —Y añadió, sarcástico—: ¿Y a los demás? Le recuerdo que conserva a Jandro en la vaquería y que la Guardia Civil sigue buscando al hijo.

—Tiempo al tiempo. No se ofusque. Algo más personal requiere mi prioridad.

—Y otra cosa —añadió volviéndose a Carmela, ya

que Begoña había cerrado los ojos—: ¿Cómo enviaban los mensajes? La estafeta de Correos estará vigilada.

—Escribo regularmente a mi prima de Burgos y ella me contesta con la misma asiduidad. Desde allí se reenvían a Madrid.

—Está amaneciendo —anunció Francisco y descorrió la cortina de la puerta de la solana para dejar constancia de ello.

—Descanso y carne roja para recuperar la sangre —recetó rápidamente don Matías a Carmela—. El servicio me verá salir, así que corra la voz de que la condesa se halla indispuesta y hemos pasado la noche pendientes de ella.

—Lo acompaño —ofreció Nel.

Carmela, Francisco y Juan se quedaron solos. Begoña había vuelto a perder el conocimiento.

—Usted estaba al tanto de todo y no me advirtió —le reprochó Juan.

—No descargue sobre mí su ira —replicó Carmela—. Llevo con la condesa muchos años y su excelencia es aquí el extraño.

Juan no objetó nada ante la declaración de lealtad de Carmela y la admiró por ello.

Nel salió de allí con la cabeza caliente. Ni en años hubiera descubierto lo que sucedía en su valle. No andaba errado don Matías: ignoraban muchas cosas los unos de los otros. Las tonterías diarias, sí; pero los corazones y las razones, no. Dejó a don Matías en su casa y pasó por la de Evaristo, a quien conminó a que se acercase a la suya en el menor tiempo posible. Encontró a su padre ocupado con el ordeño y lo ayudó para que quedara libre cuando llegara Evaristo. Se reunieron a puerta cerrada en el ático de la casa, fuera de los oídos de las mujeres, y los dos amigos no cabían en sus camisas de ansiedad.

—¡Qué prisas! —resopló Remigio—. ¿Ha estallado la guerra?

—Todavía, no —negó Nel con los ojos brillantes—, pero algo parecido. Desconocemos los intereses que envuelven el pueblo. Nos hemos convertido en un enclave estratégico tanto para el gobierno como para los facciosos seguidores de don Carlos.

—¿De qué hablas? —preguntó Evaristo tenso, como representante legal.

—Me he enterado de todo. Bueno, de casi todo; faltan algunos datos que ya iré reuniendo.

—Vamos, chico, no lo prolongues más. ¡Suéltalo! —exigió su padre.

—La condesa es Brezal, es la mente que ha organizado...

Durante un buen rato, Nel relató y los mayores escucharon con la paciencia y el regusto que conceden los años, Remigio de cuarenta y seis y Evaristo con sus cuarenta y cinco, a los que el sol, el trabajo, una guerra y las dificultades habían cargado de arrugas, de recelos y prudencia.

—Así que el conde es un hombre peligroso —terminó Nel—. Hace falta mucho valor para cercenar una garganta fríamente.

—En absoluto —contradijo Evaristo enérgicamente—. El Cielo nos ha regalado otro Cobanes. —El alcalde rememoró tiempos pasados—. Mi padre, Manuel Abascal, era un reconocido liberal de San Roque de Riomiera. Un día, estando ausente, llegaron unos fugitivos facciosos, amenazaron de muerte a mi abuelo y le exigieron cuatro mil reales para liberarlo. Cobanes gozaba de un largo historial persiguiendo partidas facciosas por Soba, Carranza y Ruesga. Mi padre acudió a él para liberar a la familia. Sin dudarlo, Cobanes entró en la casa, le dispararon un tiro a quemarropa que no lo acertó de milagro y se echó encima de uno de ellos, que fue apresado. El otro escapó y Juan Ruiz lo persiguió durante la noche, solo y sin arma alguna, pero el fugitivo logró salvarse gracias a la oscuridad. Esos son hombres, Nel, hechos y derechos. Eso es lo que necesitamos en estos momentos en el valle, un Cobanes que nos saque del aprieto.

—Estás muy tranquilo. ¿Mataste? —le sondeó su padre, preocupado.

—Sí. Fue fácil a causa de la oscuridad. Cuando reconocimos a los muertos, no me acerqué a él, se lo dejé a Francisco, el hermano del conde; otro que no se queda atrás. No sé de qué están hechos.

—Hiciste bien, así no tendrás pesadillas. No conocemos California, ni siquiera las colonias. Tierras que moldean gente dura, siempre y cuando respeten los valores del alma.

—Es un hombre inteligente —evaluó Evaristo—. Habrá que echarle una mano. Mañana, tú que tienes más confianza con él —propuso Evaristo, fijándose intencionadamente en el fusil Henry—, le dirás que la gente del pueblo es cosa mía. Yo me encargaré de que, discretamente, se vean obligados a abandonar el valle las personas que no son bien recibidas. Hay medios más sutiles dentro de la legalidad. Que se guarde del obispado, nunca se sabe de qué mano comen, yo me ocuparé de don Nicolás.

—¿Y qué pasará con la red de espionaje? —planteó Remigio.

—El conde dice que ha sido descubierta, que se ha acabado —dijo Nel con desaliento.

—Y no le falta razón —ratificó Evaristo.

—Y Remi metido hasta el cuello. ¿Por qué no confió en nosotros? Y ahora Lipe, tan callado el muy tunante.

—No querían que se extendiera. La condesa fue muy lista y valiente. ¿Quién lo iba a decir? Cada vez que la veíamos cabalgando perezosamente por el monte... ¡Qué poco sabemos los unos de los otros, Remi! —se condolió Evaristo.

Las voces que daba Lucía, la mujer de Remigio, interrumpieron la reunión. El día había comenzado y había tareas que requerían la atención de los hombres.

La casa había recuperado la actividad diaria y Juan seguía sin moverse de la habitación de Begoña; velaba su descanso, la contemplaba y volvía a observarla para asegurarse de que era ella, la cara familiar, la nariz de punta cortada; sin embargo, tan extraña, tan alejada. Desde la solana asistió al nacimiento del sol y a la llegada de Tomás con sus hombres para continuar con la red de tuberías. Francisco, Diego y Lipe habían partido hacia el establo de las yeguas. Su hermana se encontraba en el jardín delantero de la casa, ya que la parte trasera estaba impracticable con la obra. Le sorprendió distinguir en el camino a Nel, pues era día de diligencia. Cuando llegó a la portalada de la finca, Guadalupe corrió a su encuentro. Nel parecía nervioso ante el asalto de la muchacha, aunque no mostró prisa por deshacerse de su compañía. Conocía a Lupe y era la primera vez que la veía acorralar a un joven; por lo general, eran ellos los que la asediaban. Juan evaluó la posibilidad de un enlace: eran una familia trabajadora; los Mazorra eran gente de peso en el valle, los hermanos agradables y Nel le caía bien. No obstante, se encontraban en el viejo continente, donde los aspectos sociales pesaban como una losa. Herminia y Lipe trabajaban para él. Si iban a asentarse en el valle, tendría que allanar el camino a su hermana.

La suave llamada en la puerta dejó paso a Carmela.

—Nel solicita una entrevista con usted. Yo me quedaré con la condesa. Después, debería descansar —recomendó la mujer.

Juan bajó a la biblioteca sin afeitar, con el pelo revuelto de la incursión nocturna y las ojeras delatoras de la vigilia. El bajo de la casa había recuperado el orden y estaba limpio de los restos de los embalajes. Allí por donde pasaba reconocía los muebles familiares con los que había crecido y sintió que había recuperado un hogar. Aquí, los gobernantes se inclinaban de su parte, habían contraído una deuda con él; el título les había otorgado una posición social preferente en la comarca que les permitiría vivir a su aire, sin la persecución a la que habían sido sometidos en California. Ese pensamiento, esa realidad, lo animaba a seguir adelante.

Nel acusaba los estragos de la noche, aunque no tanto como él. Escuchó el mensaje de Evaristo y lo consideró más acertado que su primera decisión.

—Sí, estoy de acuerdo en que él manejará mejor que yo a la gente del valle. Te ha faltado tiempo para acudir a tu padre. —No quiso sonar a reproche, pero así lo tomó Nel, quien se removió inquieto en la silla.

—Remi no contó con nadie y está muerto. Esto ya ha estallado, el pueblo está inquieto, la gente muestra preocupación por lo que ocurre en los montes y la Guardia Civil ha pedido refuerzos. Ahora debe de andar el teniente por las brañas buscando el resultado de la noche. Evaristo y mi padre recorren, como dos niños, las lomas detrás de la venganza de Remi. Y Lipe también está involucrado encubriendo a la condesa. Todos actuando por su cuenta, sin una organización. No podía callarme.

—No, es cierto. No podías ni debías.

—¿Y ahora, qué va a suceder? Estoy a su disposición.

Juan sostuvo la mirada de Nel, franca, decidida. Le gustó lo que vio; se recostó cansado en el respaldo de la silla y exhaló un suspiro.

—Necesito gente para el servicio de la casa, gente de confianza que tu familia podrá recomendarme.

—¿Está a disgusto con Herminia? —se envaró Nel.

—En absoluto, es encantadora. La condesa está encariñada con ella y creo que mi hermana también, a pesar del poco tiempo que llevan juntas. No he dejado de observar que últimamente Tomás y ella pasan muchos ratos juntos. Creo que tu familia estará de acuerdo en que es un buen partido y, si el asunto llega a buen término, Tomás no permitirá que siga trabajando. Busco una sustituta para fin de verano.

Nel se relajó y en su semblante asomó una sonrisa.

—Mi madre anda encendiendo velas a todos los santos para que eso suceda. Se lo comentaré, es asunto de mujeres. Ella sabrá quién.

—También necesitaré mozos de cuadra. Lipe es espabilado y le gusta el trabajo. No sé lo que tu padre habrá reservado para él, pero creo que aprendería mucho aquí. Comenzaría como capataz de los mozos, lo que nos permitiría a Francisco y a mí desocuparnos de las tareas más pesadas y dedicarnos al cruce y venta.

—Se lo comunicaré a mi padre.

—Y, por último, el asunto de mi hermana. —Notó cómo Nel palidecía.

—Nunca me atrevería a sobrepasar mis límites —pronunció con voz grave, y molesto por el toque de atención.

—¿Y qué límites son esos? —preguntó Juan, con una chispa de diversión en los ojos.

—Las diferencias entre la señorita y yo —respondió Nel, como si fuera de lo más obvio.

—Sabes tan bien como yo que soy conde por accidente. No entiendo las complejidades sociales que os traéis por aquí. Si te ganas la vida honestamente y puedes mantener a mi hermana con dignidad, yo no te pondré ninguna traba; eso sí, sin su beneplácito, yo no la entregaré a nadie.

—¿Qué caudal considera usted digno para mantenerla, excelencia? —inquirió Nel con un atisbo de esperanza.

—Un buen prado donde edificar una casa. Me he dado cuenta de que es muy difícil conseguir un prado, la ganadería depende de ellos y están muy solicitados. Llevo un par de semanas intentando ampliar mis tierras y es casi imposible. El tamaño es asunto tuyo, yo pondré los materiales para construirla como regalo de boda y tú la mano de obra. Pero recuerda: ella es quien decide.

—Esa parte la he comprendido muy bien —asintió Nel más tranquilo.

Nel abandonó la finca con la cabeza llena de locas visiones: su vida, monótona y sin expectativas, había dado un giro agradable. Había despertado en él un espíritu de lucha insospechado, se había sacudido la pereza a la que conduce el hastío. El mismo sol que lo calentaba cada día era diferente, más brillante, más poderoso. Caminaba a buen paso, ligero a causa de los pensamientos que lo elevaban, tan abstraído que no se percató de que Guadalupe lo había alcanzado a caballo.

—¿A dónde va tan corriendo? —le interpeló—. Ya sé que no soy de su agrado, pero...

—¿Por qué ha llegado a esa conclusión? —preguntó Nel, quien se volvió, sujetó las riendas y alzó la mirada hacia ella—. ¿Tiene acompañante para la verbena del día de la inauguración?

—Pues, no —respondió, sorprendida por el cambio de actitud de Nel.

—A partir de ahora, seré yo. Vendré a buscarla. —Soltó las riendas para que ella siguiera su camino y él continuó hacia Ramales, al puesto de la diligencia.

21

Día 21 de agosto de 1871

Habían transcurrido dos días durante los cuales no se hablaba de otra cosa en los caminos, las posadas y villas: más muertes en los montes. Por la noche, pese a ser verano, la gente se encerraba en sus casas y se mostraba recelosa con los forasteros. En secreto, algunos se armaban y acaparaban víveres por lo que pudiera suceder. La Guardia Civil peinaba las lomas e interrogaba a todo el mundo. Don Matías se negó a abandonar la botica, pues no quería recorrer los montes en plena noche y convertirse en el próximo cadáver.

Don Nicolás, el párroco, se enfrentó a una iglesia vacía: nadie acudió a las misas, ni a confesarse, ni a buscar algún sacramento. Las beatas del lugar se hallaban ocupadas con las faenas del campo, o al menos eso alegaban cuando se cruzaban con él. Con la mosca detrás de la oreja se pasó por la Casa Consistorial para hablar con Evaristo, quien se encogió de hombros y dijo que él resolvía los problemas terrenales y aquello era parcela de Dios.

Nel compartió con sus padres los planes del conde sobre sus hermanos, pero se guardó los propios. No deseaba precipitarse con Guadalupe, la muchacha necesitaba tiempo para adaptarse al valle y desconocía lo que pensaba sobre él, que no había salido del valle y su visión del mundo era bastante limitada. No obstante, planteó al padre la posibilidad de obtener un terreno bien resguardado de los rigores del invierno, seco y amplio, como inversión del fruto de su trabajo. Remigio le contestó que se lo pensaría y, en cuanto salió de la casa, su padre comentó a su mujer.

—Algo me dice que no solo vamos a casar a Herminia. Este chico anda muy raro. ¿Cuándo ha hablado de inversiones?

—¿Lo has visto con alguien? —se interesó Lucía, esperanzada.

Remigio negó con la cabeza. Lucía alzó los hombros en un gesto de frustración: habría de conformarse con el compromiso de la niña.

Juan había enviado el mensaje del enlace a Madrid, pero no por la vía habitual, sino por la personal y, además, comunicaba el cese de la red de espionaje: Brezal había sido descubierto. No obstante, aseguraba el cumplimiento del trato: el valle estaba prácticamente bajo su dominio.

Y esa palabra, «prácticamente», era la que lo mantenía en vilo. Había postergado la charla con Begoña hasta que esta recuperase las fuerzas; hasta entonces habían hablado de trivialidades sobre las obras, las yeguas y demás y habían pospuesto lo que de verdad les inquietaba a ambos. Durante el desayuno, Carmela le notificó el deseo de la condesa de levantarse esa mañana. Se retiró a la biblioteca mientras Begoña se acicalaba y después subió a la habitación dispuesto a mantener la conversación pendiente.

La encontró sentada en la solana, tomando el sol por prescripción de don Matías, quien aseguró que sería saludable para ganar energía y fortaleza. Las veladuras malva habían desaparecido debajo de los ojos esmeralda, estos habían recobrado ánimo, aunque persistía un celaje de tristeza en el fondo de las pupilas y en la forma de caída de la mirada, algo que se agarraba al alma de Juan y no lo dejaba respirar, una mala premonición.

—Estás muy guapa —dijo, a la vez que se agachaba y le dejaba un beso de buenos días.

Begoña levantó la mirada sombreándose con una mano y le sonrió. El gesto animó a Juan a seguir adelante con su decisión.

—Tenemos que hablar.

El semblante de Begoña se invistió de la seriedad que requería la propuesta. No estaba sorprendida; es más, lo aguardaba, dedujo Juan.

—Seré yo la que hable. —Juan inició un reproche que ella cortó con un ademán—. Escucha atentamente, porque esto no lo voy a repetir. Cuando nos obligaron a aceptar el matrimonio bajo amenazas, ambos fuimos conscientes del riesgo que corríamos si organizábamos una red de espionaje. Ignoro lo que ocurrió con mi padre, nunca vi su cuerpo, pero no me delató. Su muerte me dejó en libertad para rechazar las atenciones de mi marido, pero él lo comprendió antes que yo. No era tonto y conocía perfectamente mi aversión hacia él. Un día tuvimos una discusión muy fuerte porque me negué a entrar en su cama; ya no me quedaba nada, nadie me obligaba, así que me azotó con un cinturón. Me cogió totalmente de sorpresa y, para cuando quise reaccionar, estaba tendida en el suelo a causa del dolor. Allí mismo me violó. A partir de ahí, entré en una espiral de odio y venganza, no solo de ideales, eso es demasiado limpio para mí, sino de pasiones más bajas que se desataron hasta el punto de colaborar en el asesinato del causante de toda mi desdicha: mi marido. No soy digna de ti, ya te lo dije, lo nuestro no puede ser. En cuanto deje de dolerme el cuerpo, me trasladaré a Ampuero, será lo mejor para los dos. A los seis meses, el trato quedará roto y nuestro matrimonio anulado: serás libre.

—Así que fue don Matías: odiaba al hermano.

—¿Cómo lo has sabido? Lo odiaba, sí; pero no fue la causa. Carmela lo llamó cuando me encontró destrozada. Don Matías estaba al tanto de la red de espionaje y decidió que ya era tiempo de librarme del viejo. Don Robustiano, el médico, también le tenía ganas, no era muy popular. Nos pusimos de acuerdo.

—Fuenteovejuna, todos a una —recordó Juan la obra de Lope de Vega.

No había lágrimas, sino una tristeza serena que reflejaba la aceptación de lo inevitable. Llevaba días asumiéndolo. A Juan, ese valor extremo, la ansiada confesión y la asunción de los actos, le habló de la nobleza del alma de Begoña. Se apoyó en la veranda de la solana, de espaldas al jardín, cruzó los brazos y comenzó su propia confesión.

—Hubo unos años en que fui un cabeza loca. Nunca me atrajo el negocio de mis padres, el colmado de San Francisco. Me seducía la vida del vaquero, lidiar con vacas y caballos, y, en cuanto terminé mis estudios en la misión, me lancé a la vida disoluta de las praderas, de las pendencias y de las borracheras, hasta que un día, el inglés, amigo de mi padre, me cogió del cogote y me llevó con él. Me mantuvo trabajando de sol a sol con la cría de los caballos, me enseñó pacientemente, me aconsejó, y luego se nos unió Francisco. Llevaba meses sin pisar mi casa cuando llegó la noticia del asesinato de mi padre. —Se detuvo con la mirada perdida en el recuerdo—. Dicen que la venganza se sirve en plato frío. Regresé, me hice cargo de la hacienda y del colmado. Diego y Guadalupe estudiaban en la misión. Mi madre se fue apagando poco a poco ante los abusos de los nuevos dueños de California. Paciente y constante, fui investigando hasta que di con los asesinos: gente poderosa, encumbrada, inalcanzable. Cuando mi madre falleció, decidí llevar a cabo mi venganza, cuando los culpables se creían a salvo. A las manos ejecutoras las reté en la calle y las maté a la vista de todos. A los hombres que dieron la orden, los asesiné en sus casas, como cobardes que eran. No puedo regresar a Estados Unidos, me busca la justicia. Mis hermanos no han querido separarse de mí. Es curioso, yo debo ser peor que tú, porque no me remuerde la conciencia. Lo volvería a hacer, a pesar de lo que opinen los demás de mí.

Ahora sí que se deslizaban silenciosas lágrimas por las mejillas de Begoña. Decidió que, tras abrir sus corazones, sería conveniente dejar un margen para llegar a una paz interior. Se retiró sin volver la vista atrás.

Después de comer estuvo ocupado con la obra de Tomás. Había instalado una bomba junto al lavadero para subir el agua hasta la estancia que se había habilitado como baño oficial. Herminia no hacía otra cosa que revolotear alrededor de su inteligente y eficiente enamorado, pavoneándose de su suerte ante Brígida, la cocinera, y su hija, Puerto. Se puso en marcha la bomba que extrajo el agua del pozo del patio y la bombeó hasta el piso superior. Un grito de alegría de Herminia les comunicó el éxito de la instalación. Subieron expectantes y atendieron las explicaciones de Tomás sobre cómo se abría y cerraba el grifo. Con todo el trajín, nadie se percató de la ausencia de Guadalupe hasta que regresaron del establo Francisco y Diego.

—No la hemos visto desde esta mañana —aseguró Francisco— y, ahora que lo mencionas, es extraño porque no deja de visitarnos siempre que puede. No tiene muchas amistades y se aburre.

—Últimamente se hace la encontradiza con Nel —delató Diego con una sonrisa pícara—, igual se ha entretenido.

—Pues ya estás saliendo para Ramales a buscarla —ordenó Juan.

—Eso por hablar —apuntó Francisco, divertido. Esperó a que su hermano pequeño saliera y se dirigió a Juan—: ¿Qué tal van los preparativos para la inaugura ción? Las cuadras han quedado muy bien, algunos paisanos se han acercado a curiosear.

—Bien, aunque la noticia del día es el agua corriente: llega a la cocina y al baño superior.

—¡Guau! Todo un lujo.

—Excelencia —irrumpió Herminia en el salón—, he encontrado este pliego en el suelo del zaguán.

Juan tomó el papel que le alargó y echó una ojeada. El color lo abandonó y sintió un golpe en el pecho.

—Ochoa ha secuestrado a Guadalupe —informó sin resuello, con incredulidad, con desesperación.

—¡Cómo! —saltó Francisco—. ¿Qué se propone con una maniobra tan absurda? Tal y como están las cosas ¿no pretenderá todavía el condado? ¿Se ha vuelto loco?

—Loco, sí; de codicia, de frustración. Pero Guadalupe está en sus manos.

—¿Dice algo más?

Juan negó con la cabeza. El golpe había sido impredecible por lo ilógico. Se volvió a la puerta cuando oyó las voces de Carmela y Begoña que llegaban avisadas por Herminia.

—¿Es cierto? —demandó Begoña angustiada—. ¡Es culpa mía! ¡Pobre niña!

—¡No es culpa de nadie! —bufó Juan enfadado—. Hacen falta soluciones, no llantos ni escenas dramáticas.

La voz alegre de Diego hablando con Lipe resonó en la entrada de la casa. Llegaba con la despreocupación de los dieciséis años, con la seguridad de que su hermana se hallaría en casa.

—Hay que organizar una partida rápidamente —decidió Juan—. Avisaremos a Nel.

—Voy también. Me oriento perfectamente —se apuntó Begoña.

—De eso nada. No estás bien —rechazó Juan categóricamente.

—Me necesitas —apeló Begoña.

—Lo que de verdad necesito es que me prometas que no vas a salir, que vas a esperar aquí.

—Eso es absurdo, puedo ayudar. Sé cuidarme sola.

—No me cabe la menor duda —reconoció Juan—, pero ahora estoy yo aquí. Tu promesa. —El tono sonó más a súplica que exigencia—. Por favor, no me pongas en la tesitura de elegir allí arriba entre Guadalupe y tú. No podría vivir con ello.

Begoña se quedó sin argumentos ante la sinceridad de Juan. Desde la confesión en la solana no habían vuelto a hablar; sin embargo, con esas palabras le había manifestado sus sentimientos. Los verdes ojos se anegaron de lágrimas de agradecimiento, de ternura.

—Te lo prometo —musitó, reconciliada con el mundo.

Juan asintió satisfecho con un leve movimiento de cabeza, sin dejar de mirarla.

Al cabo de hora y media, se reunieron en la plaza del pueblo los dos hermanos Martín con Evaristo, Remigio, Nel y don Matías. Iban a pie, con un zurrón al hombro lleno de comida y agua y armados hasta los dientes. Juan había proporcionado fusiles Henry y tres cajas de cartuchos a cada uno. Don Matías llevaba un perro de caza y un pañuelo de Guadalupe.

—Lipe ya habrá dado aviso en el cuartelillo de la Guardia Civil de Gibaja —explicó Juan a los reunidos—. He sugerido al teniente en el aviso que peine la zona desde Gibaja, subiendo por el Carraza hacia las lomas del Moro y del Mazo.

—Vamos allá —apremió Evaristo echando a andar.

Caminaron en silencio hasta Guardamino, cada uno pendiente del terreno y sumido en sus pensamientos. La noche se había cernido sobre el valle y las encrespadas peñas y cada minuto que transcurría suponía una tortura para los hermanos Martín. Juan se obligó a no pensar en Guadalupe, se convenció de que estaba siguiendo la pista de una partida de indios, con la resolución, la paciencia y el tesón necesarios para dar con ellos, tarde o temprano, sin desfallecer. Marcharon en abanico para cubrir la mayor distancia posible. Don Matías no dejaba de agitar el pañuelo de Lupe delante del hocico del perro, pero este erraba olisqueando sin hallar la pista.

Sobre las crestas rocosas se perfiló la claridad del alba. Agotados, se habían detenido para reponer fuerzas en la torca del Moro, al pie del pico del mismo nombre. Juan rezó para que el teniente hubiera tenido más suerte que ellos. Habían batido las lomas, habían escudriñado las simas, las oquedades y, en todo ese tiempo, el perro no había dado muestras de reconocer el rastro.

—¿No estará constipado el chucho? —elucubró Remigio de mal humor.

—Es un buen perro, nunca me ha fallado —replicó don Matías descorazonado.

—No, no es el perro; somos nosotros —medió

Juan—. Hemos equivocado la ruta. Guadalupe es lista y no he encontrado ninguna evidencia de ella.

—¿Qué evidencia? Estará asustada —señaló Evaristo.

—Asustada o no, es valiente. Sabe lo que tiene que hacer —la defendió Francisco—. Le enseñamos a dejar pistas. Cuenta con que la buscaremos hasta en el infierno.

—¿Y por qué se enseña a una mujer eso? —indagó Remigio, extrañado.

—En California hay indios que raptan mujeres.

Nel escuchaba en silencio. Sus ojos, jóvenes pero conocedores de las brañas, registraban la zona durante el descanso. A la mención de las pistas, su mente comenzó a sopesar las posibilidades: ¿Y si la habían dejado sin conocimiento? ¿Atada? ¿Y si la habían descubierto? También se planteó qué habría hecho él si hubiera raptado a una mujer. El primer problema sería el ruido, el llanto, los gritos de la mujer aunque la amordazaran. La caída de una piedra ya resultaba escandalosa de por sí en medio de la noche. De hecho, se oían los aullidos de los perros que llevaban consigo los guardias civiles por el valle del Carranza. Eso forzaría a la partida a estar en movimiento, los estaban hostigando como en una cacería; sin embargo, no había rastro.

—Las cuevas —dijo en voz alta.

—¿Qué? —preguntó Evaristo despistado.

—Hemos dado por sentado que estarían por donde se han movido todo el verano; pero con una mujer no pueden arriesgarse a que los delate con gemidos o lloros, ni tampoco trasladarse como una partida normal, ya que la muchacha no mantendría el ritmo de zancada de un hombre acostumbrado al monte.

—¿Qué cuevas? —se interesó el conde.

—Las del Camino Real: entre Ramales y el Alto de los Tornos hay un sinfín de cuevas naturales.

—Es verano, el camino está muy transitado —objetó Remigio.

—El plan perfecto —aseveró Juan—. Pueden mantener escondida a Lupe todo el tiempo que necesiten y habrán hecho acopio de provisiones. Es una ruta transitada por lo que buscaremos en sitios apartados. ¿Cuántas cuevas hay?

—Buena pregunta, californiano —contestó don Matías encogiéndose de hombros.

—Si ya está decidido, empecemos ya —propuso Nel, nervioso.

Deseaba encontrar a Guadalupe cuanto antes y ya habían perdido un tiempo precioso vagando por el valle equivocado. La muchacha, pese al criterio de sus hermanos, estaría muy asustada y el cómputo de las horas que había pasado en compañía de unos hombres hambrientos de mujer le encogía el estómago.

Dejaron atrás el Moro y se aproximaron a la garganta que había excavado el Calera, que corría parejo al Camino Real. Asomaron al valle más arriba del Salto del Oso, una pared de caída vertical les cortaba el paso. Nel los condujo por el alto en dirección al puerto y, un poco más allá, antes de llegar a El Polvorín, descendieron hasta el río. Enfrente, en la margen izquierda del río según bajaba de los altos, se erguían amenazadores el Pico de San Vicente y, un poco más baja, La Busta, conocida en el pueblo por La Lobera.

El cielo había clareado lo suficiente para que Nel detectara cualquier señal fuera de lo habitual en el monte. Entre dos peñas, había un lecho de hierba bien protegido del aire, se acercó y puso la mano sobre la hierba.

—Alguien ha dormido aquí —informó a los demás.

—La hierba no está aplastada —objetó Francisco.

—La han enderezado —explicó—. Quien ha pasado la noche aquí, sabía lo que se hacía. Es el suelo seco el que lo ha delatado.

—¿Un vigía? —apuntó Juan la posibilidad.

A un gesto de Nel, todos guardaron silencio. Escudriñaba el roquedal que se levantaba a unos pasos. Juan se tensó y prestó atención, pero no divisó nada fuera de lugar. Pasaron segundos que parecieron minutos, quietos, oteando. El perro gruñó con el pelo del cogote erizado. Don Matías lo tenía atado en corto y le agarró con la otra mano el morro para que no los delatase. Nel avanzó al mismo tiempo que hacía una señal para que no se movieran, aunque permanecieron con las armas preparadas para disparar en caso necesario.

Nel lo había vislumbrado, había sido un instante, pero su agudeza visual era infalible. Lo sabía desarmado, de ahí que avanzara confiado. Cuando se aproximó lo suficiente para cazarlo en caso de que saliera huyendo, habló en alto.

—¡Sal de ahí, Toño! Vamos armados, así que no hagas ninguna tontería.

Toño, el hijo de Jandro Cobo, que llevaba desaparecido desde que encontraron los cuerpos sin vida de la cocinera y su sobrino, se incorporó lentamente y, en cuanto se puso de pie, levantó las manos.

—No disparéis, ¡por Dios os lo pido! —suplicó el muchacho, de la edad de Francisco—. Os estaba aguardando. Sé dónde esconden a la chica.

—No cuela, estabas vigilándonos y te hemos sorprendido —arguyó Evaristo.

—Si hubiera querido, me habría ido. Mirad dónde estoy y la vista que tengo.

—Es cierto —admitió Nel, girándose hacia la senda por la que habían llegado—. ¿A qué se debe tu interés? ¿Buscas una compensación con la ley?

—Soy inocente. Llegué a buscar a Pepe para acudir al trabajo y los encontré muertos, me entró el miedo y huí. No tengo amigos que me crean y me apoyen, siempre me habéis juzgado como si fuera mi padre.

Nel observó que había adelgazado, lucía una barba crecida, estaba sucio y con la ropa ajada del vagabundeo por los montes.

—Eras amigo de Pepe —acusó Remigio—, quien ha resultado ser un carlista, y su tía intentó asesinar al conde.

—Ignoraba el parentesco. Iba con él porque no me quedaba más remedio. Nadie me quería a su lado.

—Eso es cierto —confirmó el boticario—. Sé lo que es que te mantengan alejado de algunos círculos —manifestó maliciosamente, fijando la vista en Remigio y Evaristo.

—Su versión ya la analizaremos más adelante —interrumpió el conde—. ¿Dónde retienen a la chica?

—En La Lobera. —La imprecación de Evaristo y Remigio fue simultánea y sonó como una sola—. Recogí estas tiras de tela antes de que el capitán Ochoa saliera de madrugada.

—¿Qué ocurre con La Lobera? —se interesó Juan preocupado.

—Seguro que es la misma cueva en la que se atrincheraron durante la guerra del treinta y nueve —informó Remigio, señalando la peña al otro lado del Calera—. El asunto pinta feo.

Los ladridos de los perros anunciaron la llegada de los guardias civiles. Los uniformes azules con los cuellos y bocamangas rojos destacaban sobre la hierba y la piedra de la loma. Avanzaban despacio, registraban las peñas metódicos, incansables, a pesar de que el sol se alzaba, revestido de su gloria estival, entre los celajes de la niebla de los ríos.

22

Día 22 de agosto de 1871

Se habían sentado en círculo para decidir cuál sería la estrategia a seguir. El teniente llevaba la voz cantante en ese momento.

—¿Y por qué la han secuestrado? ¿No han exigido rescate? —Se rascaba la cabeza nerviosamente tras una noche en vela.

—No. La verdad es que hemos salido sin pensarlo dos veces —admitió Juan.

—Mal hecho —sentenció el teniente—. Es una táctica usual: hacer salir al enemigo para que deje el fuerte desprotegido.

Juan se quedó sin habla. La peor de sus pesadillas se había materializado en todo su esplendor. El centro de toda la operación había sido la condesa, Begoña. Y él, como un necio, le había exigido la promesa de que se quedara en casa.

—No vuelva a precipitarse —aconsejó el teniente—. Dejar que impere el pánico no es bueno. Por el momento llevan ventaja, así que, ya que estamos aquí, liberemos a su hermana. Toño, ¿cuántos son?

—Tres. El capitán Ochoa marchó hace un rato.

—Y si... —Juan no llegó a materializar lo que pensaba. La mano de Francisco se apoyó en su brazo.

—No llegarás a tiempo. Tiene razón el teniente. No te tortures, confiemos en la estrella de Begoña.

—Hay que hacerlos salir —expuso Nel, quien no dejaba de vigilar la ladera de La Lobera—. Iré yo.

—A este hijo mío se le ha derretido la sesera —se quejó Remigio, meneando la cabeza.

—La juventud piensa con el corazón —ponderó Evaristo.

—¿Y qué proponen ustedes? —apremió con cierta amargura el teniente.

Evaristo y Remigio cruzaron una mirada de inteligencia y una sonrisa de aquiescencia apareció en ambos rostros.

—Déjenos un par de soldados y ustedes estén preparados abajo para entrar en la cueva —ordenó Evaristo, nervioso, ante la posibilidad de acción—. Vamos, Remi. Al final, igual también escribimos historia.

Los dos amigos, con los soldados, descendieron hacia el río y continuaron hacia el alto de La Lobera.

—No me lo puedo creer —murmuró Nel, pero Juan lo oyó. A un gesto, el hombre se explicó—: Les he oído contar mil veces las hazañas de su padre y de su hermano con Cobanes: son sus héroes. Ellos tendrían unos trece años, así que lo recuerdan perfectamente. Están como dos chiquillos porque van a emularlos.

—¿Y en qué consiste la estrategia? —inquirió el teniente, que era natural de Cáceres y desconocía las leyendas locales.

—Desde lo alto del risco en el que se sitúa la boca de la cueva, dejarán caer paja y leña encendidas para ahumarlos. Nosotros estaremos preparados para entrar cuando no haya visibilidad y estén medio intoxicados.

—Ingenioso ese Cobanes —aprobó, admirado, Eusebio, levantando el brazo con las sardinetas de teniente en la bocamanga para hacer visera con la mano—. Ya han llegado.

Observaron las evoluciones de los que se asomaban al risco desde su escondite en la base de la ladera. A esas alturas, los secuestradores estaban pendientes de ellos, aunque en ningún momento intentaron ponerse en comunicación.

—Es raro que no hayan amenazado con la chica —reflexionó Eusebio—. Toño, ¿estás seguro de que está dentro? ¿No te habrás dormido en algún momento?

—No, señor. Está dentro.

Juan observó cómo Nel se tensaba, apretaba la mandíbula y cerraba los ojos en una muda oración. Las hierbas y ramas encendidas comenzaron a caer y guardaron silencio atentos a lo que sucedía. Con gran precisión y por la falta de aire, se depositaron en la pequeña explanada frente a la boca de la cueva. En cuanto los de dentro sintieron que el humo los invadía, salieron con palos para alejar el ramaje. Juan levantó el fusil y disparó. Cayó uno de ellos y los otros dos se cobijaron de nuevo en el interior.

—Vamos subiendo —propuso Nel, incapaz de aguantar más tiempo inactivo.

—Nosotros os cubrimos desde abajo —decidió el teniente—. Es mejor que no descubran que nos movemos. Si se sintieran amenazados, lo lamentaría la chica.

Ascendieron Francisco, Nel y Juan con cuidado de no dejarse ver. Llegaron al borde de la planicie donde crepitaba la hojarasca y el ramaje que habían vertido desde arriba. Nel sopló con fuerza para activar el humo y que ganase densidad y Juan y Francisco siguieron su ejemplo; luego se dividieron a ambos lados de la oquedad.

No tardaron en salir arrastrando a Guadalupe. Lucía un cardenal en la mandíbula, una brecha en el nacimiento del pelo, la ropa sucia y la falda rasgada. Estaba atada con las manos hacia delante, tosía y le lloraban los ojos a causa de los componentes resinosos de la vegetación.

—¡Vamos a salir! —gritó uno de los dos—. ¡Si intentan detenernos, la matamos!

No hubo lugar a una respuesta. Juan y Francisco dispararon sobre ellos, en tanto que Nel arrebataba el cuerpo de Guadalupe de manos de uno de los heridos, la cargaba sobre la espalda y echaba a correr monte abajo.

Los guardias civiles treparon por la ladera para registrar la cueva y recoger los cuerpos. Don Matías acudió con presteza a atender a Guadalupe mientras los émulos de Cobanes regresaban. Juan aguardó pacientemente a que su hermana se recuperara de la asfixia del humo, se acercó, le cogió la cara con los dedos para que no pudiera desviarla y la miró fijamente. Ella entendió la tácita pregunta.

—Por eso tengo estos golpes —sonrió satisfecha—. No me han tocado, aunque no pude evitar un poco de sobeteo. Necesito un baño en cuanto llegue a casa. Me pido estrenar el grifo.

Francisco rio a su espalda.

—¡Toda una Martín! —elogió a su hermana.

Una vez liberada Guadalupe, a Juan le acuciaba regresar a Ramales.

—Por el Camino Real llegaremos antes —dijo Evaristo recogiendo sus cosas.

—Ya han hecho mucho por nosotros —agradeció Juan—, tómense un descanso. Esto es asunto mío.

—Y nuestro —enfatizó Remigio—. El valle es nuestra casa y queremos vivir seguros y en paz. Lo ayudaremos en lo que nos sea posible. Todavía somos capaces de aguantar otra caminata ¿eh, Evaristo?

—Tienen mucho que aprender estos jóvenes —confirmó el aludido e inició la marcha sin esperar a nadie.

Francisco y Juan se apresuraron tras los dos hombres, dejando a Guadalupe en manos de Nel y de don Matías. El teniente debía esperar a que sus hombres bajasen de La Lobera tras efectuar el registro. Dividiría sus fuerzas: un grupo regresaría a Gibaja con los muertos y el detenido, Toño, a quien tomarían declaración y luego decidirían su suerte; el otro se acercaría a Ramales a enterarse de lo que había sucedido y actuar como correspondiera.

El camino fue penoso por el sol, por el cansancio y por la ansiedad. Juan admiró la fortaleza de los ramaliegos que, tras haber subido y bajado el risco de La Lobera, ahora se desplazaban a buena marcha, cuesta abajo, hacia el pueblo.

Había antepuesto el rescate de Guadalupe a Begoña. Recordó sus palabras: si le ocurriera algo, no se lo perdonaría. Y así sería, se conocía demasiado bien. Como el camino bajaba, permitía la zancada más larga, más ligera. Para llegar a casa, había que atravesar Ramales y seguir hacia Gibaja, pero no fue necesario. A la altura de la posada de Cosme se congregaban los vecinos, apartados, curiosos, atemorizados. En cuanto los vieron llegar, se santiguaron y se hizo el silencio. Evaristo, como alcalde del pueblo, intuía que algo grave sucedía para que los recibieran de esa guisa.

—¿Quién me va a contar lo que ocurre? —interpeló a los reunidos.

Begoña se quedó en casa con el alma en vilo. Agradecía a Juan que la exculpara, pero ella no lo sentía así. La venganza no era buena y los remordimientos se la comían viva. Había involucrado a una familia inocente en un juego político mortal y ahora se cobraba la primera víctima, una muchacha encantadora e inocente. Comprendía que Juan no quisiera elegir, aunque ella nunca le reprocharía que antepusiera a su hermana, era ley de vida y también lo justo. A ella le pesaría igualmente la conciencia si él actuara de otro modo. Por eso se lo prometió y por la confesión que implicaba el ruego.

Debería sentirse alegre y, sin embargo, le pesaba

el alma ante la angustia por la suerte de Guadalupe. Para aliviar la espera, se acercó a los establos donde Lipe y Diego habían sacado los caballos para limpiar las cuadras. Charlaban sobre cosas de muchachos.

—Te digo que no le das a una liebre en movimiento —decía Lipe.

—Juan sí lo hace, así que yo aprenderé —insistió Diego—. Cuando encuentren a Lupe, subiremos de caza.

Begoña se retiró y, al salir, se tropezó con el caballo ensillado de Guadalupe. Los chicos, sin nadie que los supervisara, iban a su aire con las tareas. Caminó despacio de vuelta a la casa. Herminia se asomó a la solana con las sábanas en la mano y las colgó de la veranda para que se oreasen. Mantenía una conversación con Carmela, quien permanecía en el interior. Imaginó que Brígida y Puerto estarían entregadas a sus labores culinarias mientras que Lara se ocupaba del huerto y del gallinero. El sol despuntaba sobre las grises peñas que rodeaban Ramales, iba a ser un día de espera muy largo.

Atravesó el zaguán y entró en el oscuro vestíbulo. Escuchó el ruido de una pistola al amartillarse y un escalofrío la recorrió de arriba abajo.

—Ni una voz, si no quieres que muera alguien —advirtió Ochoa en un susurro a su espalda—. Entra en el salón.

La mente de Begoña trabajó rápidamente. El salón no era una opción, implicaba rehenes, porque, paulatinamente, las mujeres se asomarían en algún momento de la mañana. No deseaba más sangre inocente sobre la conciencia. Era su responsabilidad y libraría esa batalla ella sola, como había venido haciendo.

El aliento a tabaco y el olor a monte de Ochoa le golpeaban el cogote; dedujo que el arma que la apuntaba estaba a su costado. Se jugó la vida porque no le importaba, porque era su obligación sacar de allí como fuera al maldito capitán. Se giró bruscamente, pilló desprevenido a Ochoa, a quien empujó con todas sus fuerzas, y lo tiró contra la pared, y el arma se le cayó de la mano. Aprovechó esa pequeña ventaja y salió corriendo hacia el establo.

Hasta ese momento no se percató de lo admonitoria que fue su reflexión sobre las ropas de las mujeres, confeccionadas para retenerlas, para impedirles libertad. Las faldas estrechas le entorpecían la carrera y el corsé, respirar con toda la capacidad de los pulmones. Alcanzó el caballo ensillado de Guadalupe, casi llorando de rabia cuando descubrió la inutilidad de la acción, pero, aun así, no se dio por vencida. Medio subida la falda y tirando, consiguió meter un pie en el ancho estribo californiano y la enorme silla con el cuerno al que sujetarse le permitió colgarse del lateral, ya que pasar la otra pierna por encima del lomo era imposible con tanta tela y el polisón.

Con el dolor de los moretones, todavía no curados, el corsé constriñéndole el cuerpo y pendiendo de un solo estribo, se aferró al cuerno de la silla y hostigó al animal, que arrancó al trote. En tan mala postura, con el rabillo del ojo divisó a Ochoa que salía corriendo de la casa y levantaba la pistola. Oyó el disparo, mas debió errar el tiro porque no sintió nada; sin embargo, el caballo se espantó y salió al galope por la puerta de la finca hacia el Camino Real que comunicaba Gibaja con Ramales.

En esos minutos se planteó cómo salir del apuro, pues no aguantaría mucho colgada de la montura de esa forma. Todos habían partido al monte, no quedaba nadie que la pudiera ayudar sin correr peligro. El caballo eligió por ella cuando torció hacia Ramales, una ruta habitual para él. El corsé se le clavaba inclemente en el cuerpo, la sangre le martilleaba las sienes y la asfixiaba, las manos perdían fuerza por segundos a causa del esfuerzo prolongado. Al entrar en Ramales, algo retuvo al caballo, que realizó un requiebro para esquivar el problema, ella aprovechó para soltar el pie del estribo y dejarse caer sobre la tierra.

Abrumada por el golpe, el dolor, la fatiga y el miedo, se levantó lo más rápido que le permitió su propio equilibrio y resuello. El galope de otro caballo por el camino la obligó a volverse y divisó a Ochoa, montando a pelo uno de los caballos de la finca. Recogió las faldas lo que pudo y corrió, exigiendo al cuerpo un esfuerzo supremo, hasta la plaza vacía: no estaba el boticario, no estaba el alcalde. ¿A quién acudir? La campana de la iglesia llamó a misa, la puerta pequeña de la iglesia parroquial de San Pedro estaba abierta para los feligreses. Dudó un instante: no quería que nadie sufriera daño, pero recordó a tiempo que no había beatas, nadie acudía a don Nicolás por decisión de Evaristo. Ochoa entraba en la plaza y frenaba el caballo. Begoña, con los ojos velados por el llanto, decidió refugiarse en la iglesia, dispuesta a averiguar de qué barro estaba hecho el cura.

Entró como una exhalación y llamó la atención de don Nicolás, vestido para oficiar la misa en solitario. Se volvió con una sonrisa de bienvenida que se le congeló al distinguir a su feligresa.

—¡Por Dios, hija! ¿Qué os ha sucedido? —preguntó a la vez que se acercaba para socorrerla, pero no llegó hasta ella. Alargó la mirada más allá de su persona y frunció el entrecejo.

—En la Casa del Señor no se admiten armas —reprendió enojado—. ¿Se ha vuelto loco?

—¡Cállese! Vengo por esa zorra.

—¡Contened la lengua! —insistió don Nicolás—. Vuestros problemas dirimidlos en el monte. Estamos en zona civilizada —advirtió subiendo el tono.

—¿Zona civilizada? Sabe tan bien como yo que es una asesina, una traidora, como su padre. Muévete o te pego un tiro aquí mismo —intimidó a Begoña.

—Dispara —le retó ella temblando de angustia, de ira, de impotencia.

Los dos hombres se quedaron sin habla ante la inesperada valentía de la condesa. Allí, de pie, entre ambos, aguardaba el tiro de gracia.

—Deja esa pistola si no quieres morir —amenazó una voz juvenil desde la puerta de entrada.

Ochoa se giró en redondo y disparó a quemarropa. Lipe saltó hacia atrás impulsado por el balazo. Diego disparó el rifle que empuñaba. Begoña se echó al suelo entre la bancada con un gemido de desesperación, mientras que don Nicolás boqueaba incrédulo, de pie, en medio del pasillo.

La imprecación de Ochoa al resultar herido dio lugar a que los chicos se retirasen. Diego, tirando de Lipe, consiguió guarecerse detrás de la gruesa puerta de madera que estaba abierta y pegada a la pared.

El silencio, interrumpido por los gemidos y resuellos de los esfuerzos de los heridos, se prolongó durante unos minutos. Begoña intentaba pensar con claridad, pero no se le ocurría cómo salir airosa de la trampa en la que se hallaban.

La voz de Juan en el exterior le arrancó el llanto desatado y egoísta del alivio.

—¡Ochoa! ¡Sal si eres hombre! ¿O siempre te escondes detrás de las mujeres y de los chiquillos?

Begoña oyó la risa de Ochoa, una risa desdeñosa.

—Ese indiano chulo ¿dónde lo compraste, condesa? Porque lo de la boda no me lo creí ni por un segundo.

—Los papeles están en regla —intervino don Nicolás.

—Por supuesto que están en regla. A las zorras no les importan esas minucias, un poco de veneno y asunto solucionado —ironizó Ochoa.

—Tus palabras destilan la frustración de tus planes. Como no pudiste hacerte con el condado, me acusas de asesinato y de toda clase de vilezas —se defendió Begoña, en un intento de conservar a don Nicolás de su parte—. ¿Qué te proponías con mi secuestro?

—Resarcirme de estos años de contención. El viejo disfrutando de un cuerpo que no le pertenecía y ahora ese indiano.

—Has perdido el juicio.

—Eras mía. Te he tenido entre mis brazos y me obligaron a retirarme. Estoy harto de seguir las órdenes de esos majaderos.

—¡Ochoa, cobarde! —vociferó Juan.

—Sal —exigió don Nicolás—. Todo esto ha sido una locura.

—¿Y que me cosan a tiros? ¿Cuántos hay fuera? Sal tú y echa un vistazo.

Don Nicolás no se lo pensó dos veces, deseoso de terminar con la absurda situación.

—Advierte quién eres, si no deseas morir fusilado a la entrada de tu propia parroquia —avisó Ochoa.

Don Nicolás pasó junto al banco de Begoña, rebasó a Ochoa, dirigió una mirada a los dos muchachos escudados detrás de la puerta maciza y meneó la cabeza al observar al pequeño Martín con el rifle en ristre, atento a disparar a la mínima alarma. El menor de los Mazorra se encontraba acuclillado, sujetándose el brazo por el que goteaba la sangre. Gritó su nombre antes de salir a la plaza que se extendía delante de la iglesia.

Dentro aguardaron en silencio, aguzando el oído para enterarse de lo que se hablaba fuera en voz alta.

—¿Por qué no sale? ¿Su religión le permite ocultar secuestradores y asesinos, padre? —inquirió Juan, despectivo.

—Cree que le disparará a bocajarro —replicó don Nicolás.

—Aquí no hay nadie. La Guardia Civil está todavía en el monte —contestó Juan—. Es el momento de solucionarlo a solas. Cara a cara, si es hombre para hacerme frente.

—¿De qué está hablando? —preguntó don Nicolás.

—De un duelo. Le ofrezco la oportunidad de meterme una bala.

—¡Ja, ja, ja! —La risa de Ochoa resonó entre las bóvedas de la iglesia—. Nuevamente me sorprendes, condesa. ¿Dónde lo encontraste?

Begoña, al límite de sus fuerzas, se preguntaba lo mismo. La puerta de la iglesia se oscureció cuando regresó don Nicolás.

—Está solo, en la explanada. Los vecinos del pueblo se agolpan en la posada, lejos de los tiros —reveló don Nicolás—. Será mejor que salgas. No se te ofrecerá una oportunidad como esta y te recuerdo que no puedes regresar a filas, te espera una corte marcial por la que has organizado sin encomendarte a nadie.

Begoña oyó cómo resoplaba Ochoa al ponerse de pie. Escudriñó entre los maderos de los bancos y distinguió un rosetón rojo en un costado de la camisa. Diego lo había acertado a pesar de la inexperiencia. El capitán examinó la pistola, la cargó y avanzó despacio hacia la puerta, para que la vista se habituara a la claridad exterior. Llevaba la pistola colgando de la mano, a punto de disparar en cuanto lo creyera conveniente.

—Condesa, voy a dejarte viuda por segunda vez.

Don Nicolás se acercó a los chicos para atender la herida de Lipe.

Begoña se estremeció ante el posible desenlace. Recordaba que Juan era muy rápido, pero Ochoa no jugaba limpio. Intentó ponerse de pie y las piernas no la sujetaron; se arrastró por el pasillo para llegar al exterior, agarrotada, extenuada. Llorosa, rogaba a Dios, se arrepentía de sus errores, porfiaba y prometía enmendarse.

Tronaron los dos pistoletazos en el exterior de la

iglesia. Don Nicolás y los muchachos se precipitaron afuera. Ella no pudo y se quedó tendida en el suelo aguardando sin aliento, con la mirada fija en la puerta, arrasada en lágrimas y extraviada. Una silueta se recortó a contraluz y avanzó presurosa hasta ella.

—¡Begoña!

—¡Juan!

Begoña se entregó a los brazos del californiano rota por el dolor de las heridas, con el alivio de verlo indemne. Los vecinos que se encontraban en la posada entraban con precaución en la iglesia, volviendo la cabeza a todas partes para abarcar la escena del drama. Juan la levantó en brazos y avanzó por el pasillo central hacia la puerta. Los ramaliegos se echaron hacia los lados para dejarlos pasar. Begoña distinguió a Francisco que recogía el arma de manos del valiente Diego y a Remigio que atendía a Lipe y, detrás de ellos, se encaminaron a la botica donde les aguardaba en la puerta don Matías, que acababa de llegar junto con la Guardia Civil.

23

Día 29 de agosto de 1871

Juan se encerró en la biblioteca esa mañana. Se planteó el escribir una larga misiva a Sagasta relatándole los hechos en primera persona. No quería que llegaran tergiversados, como ya los estaba escuchando en la posada. Había transcurrido una semana desde que los acontecimientos se precipitaron y sacudieron los cimientos del pueblo. No se hablaba de otra cosa y cada versión mejoraba, se adornaba, se inventaba, se superaba. Así se originaban las leyendas, pensó Juan, solo que el epicentro de esta eran él y Begoña. La prensa había propagado los hechos y habían llegado a Madrid de cualquier manera. En cuanto pasara la fiesta, que el valle aguardaba con mayor expectación si cabía, se pondría a la faena.

Se sentó a la mesa para afrontar la organización de la inauguración del día siguiente. Las circunstancias habían obligado a posponerla una semana para dar lugar a que las mujeres se recuperasen de las heridas y ahora coincidía con la feria de ganado de final de verano, así que la fiesta se había complicado por el aluvión de gente que estaba llegando desde hacía un par de días. La semana había pasado en un suspiro con los inconvenientes burocráticos que se generaron en el cuartelillo de la Guardia Civil, incluso un magistrado, que se acercó desde Santander, tomó declaraciones a todos los afectados. Y por todas esas razones, el asunto más importante de su vida había quedado pospuesto una y otra vez: debía coger el toro por los cuernos.

A mediodía, la posada de Cosme se llenaba más de lo que era habitual entre lugareños y foráneos que se acercaban a causa de la feria de ganado. Se había convertido en el mentidero de noticias, de relatos y de tertulias a punto de finalizar la canícula. El colofón de los sucesos, que se mantendrían vivos junto a las lumbres en las aburridas tardes de invierno, era la inauguración del establo del conde de Nogales.

Por la mañana se celebraría la feria ganadera junto con el mercado habitual, más amplio por la afluencia de gente, que aprovecharía para vender sus productos y abastecerse de otros de cara al invierno; por la tarde presenciarían la exhibición de las yeguas del conde; y, al atardecer, una verbena, ofrecida por el Ayuntamiento de Ramales, cerraría el festejo. Cosme, deseoso de participar, serviría un chocolate con churros a los asistentes cerca de la madrugada. Llegaban de valles aledaños, como Ruesga, La Gándara y Carranza.

—¡Llegas tarde, Remigio! —reprendió en voz alta Evaristo, ya acodado en la barra y departiendo con unos señoritos muy trajeados—. Este es mi compadre, el que ahumó la cueva de los secuestradores conmigo —explicó, a la vez que palmeaba la espalda de Remigio—. Sí, señor. ¡Qué día aquel! Día de hombres —agregó sin modestia.

—¡Tiempo de Cobanes! —intervino Cosme sonriente desde el otro lado de la barra y alargó un chato a Remigio.

—Nos interesa el duelo —apretó uno de los oyentes—. ¿Quién es ese conde?

—¡Un hombre como quedan pocos! —metió baza Remigio—. ¡Qué temple! ¡Cómo retó al cobarde capitán! Solo, en la explanada frente a la iglesia, con el revólver enfundado y el sombrero negro sobre los ojos, para que no lo deslumbrara el sol, desafió al infame que se escondía en la iglesia con una mujer, un cura y unos niños de rehenes.

—El párroco tuvo que arrastrarlo fuera, yo lo vi —añadió Cosme de pasada, quien no quitaba oído de todo lo que se hablaba en su local.

—Salió el traidor con el arma desenfundada y preparada para disparar —siguió el relato Evaristo, ralentizando la voz y bajándola a un tono más grave, de acuerdo con los acontecimientos que se avecinaban—; pero el conde, frío y despectivo, disparó primero.

—¡¿Cómo que disparó?! —preguntó uno de los señoritos sorprendido—. Tenía enfundada el arma.

—Esa es la cuestión —apuntó Remigio—. Los que estábamos allí no dábamos crédito a nuestros ojos. Salió el vil capitán, levantó la pistola y el fogonazo fue el del conde: desenfundó y enfundó de nuevo en lo que el otro tardó en alzar el arma. ¡Un prodigio! El médico dijo que la bala le partió el corazón.

—¡Vaya puntería! —se asombró otro de los oyentes.

La puerta del establecimiento se abrió y dejó paso a los viajeros de la diligencia que acababa de llegar. Cosme se precipitó a conducirlos a la mesa que reservaba para ellos. Un muchacho, de unos veintidós años, con alzacuello y una sotana negra hasta los pies, se desmarcó del grupo, recorrió con la mirada el local y se detuvo en la figura de Evaristo.

—Buenos días nos dé Dios —saludó afable.

—La paz sea con todos —respondió Evaristo, intrigado.

El muchacho parecía un sarmiento de lo delgado y huesudo que estaba. Las orejas se le despegaban de la cabeza proporcionándole un rasgo caricaturesco. Sonrió afable y mostró una boca en la que destacaban dos enormes paletos.

—El hombre de fuera me indicó que encontraría al alcalde rodeado de gente —explicó, tímido.

—Ese soy yo. ¿Qué se le ofrece, padre?

—Soy el nuevo párroco de Ramales. Me envía el obispado para cubrir la ausencia de don Nicolás.

Evaristo y Remigio intercambiaron una mirada interrogativa.

—¿Temporal? —indagó Evaristo.

—No, permanente —aclaró el muchacho.

—¿Y no es demasiado joven para tanta responsabilidad? —medió Remigio.

—Señores, esto es una villa muy pequeña y tranquila. El señor obispo me ha explicado que es ideal como mi primer destino para comenzar mi carrera en la Iglesia. Me apuntó —sacó un papel del bolsillo— que contaba la villa con un alcalde, un boticario y un indiano.

—¿Un indiano? —se extrañó Evaristo—. ¿De dónde ha sacado que hay un indiano en Ramales?

Tomás, que se había acercado a pagar y conocía a los dos amigos, les siguió la chanza.

—No conozco ningún indiano; pero sí tenemos conde.

—¡Y vaya conde! —se animó uno de los señoritos—. De los que desenfundan, se cargan a un tipo y nadie le tose. ¡Vaya reguero de sangre que ha dejado!

El nuevo párroco, lívido, atendía las explicaciones de aquellos hombres que sonreían satisfechos ante semejantes atrocidades.

—Entierros que oficiar no le van a faltar, padre —se jactó Remigio.

—Ha venido al lugar correcto —confirmó Evaristo—. Haremos un hombre de usted.

En cuanto partió la diligencia, Nel dio por concluido su trabajo allí. Se había sincerado con su padre y le había revelado sus pretensiones con la hermana del conde. Al principio, intentó quitarle la idea de la cabeza, hasta que le explicó que contaba con el beneplácito del californiano. Desde entonces, Remigio se había mostrado muy sociable con la nobleza y hablaba en otros términos de ella. Le ayudaría a adquirir un buen prado, soleado y seco, para construir una casa, aunque todavía no había hablado de eso con Tomás; no, hasta que estuviera seguro de los sentimientos de Guadalupe.

Se encaminó a casa para continuar con el ganado de la familia cuando divisó a Guadalupe que llegaba al trote por el camino de Gibaja. Observó la gracia con la que se movía al unísono con la montura. La falda pantalón era su traje habitual, junto con el largo pelo trenzado y un amplio sombrero calado hasta las cejas. No quedaba muy femenino, pero a él lo trastornaba. Cuando llegó a su altura, sujetó las riendas para facilitarle el descenso. El morado de la mandíbula se había tornado en un amarillo vahído y la brecha en una raya rojiza, pero lucía una sonrisa pícara que denunciaba su buen humor y rezumaba salud por los cuatro costados.

—Me aburría en casa. Los chicos están ocupados en los establos —dijo ella, a modo de saludo y explicación.

—Te ha mejorado el mentón, casi no se nota. —Alargó la mano y le acarició suavemente la zona contusionada.

—¿Ah, no? ¡Qué desilusión! Guardaba la esperanza de que me durase hasta la inauguración.

—¿No quieres lucir perfecta ese día? —se extrañó Nel.

—Y sería perfecta con la muestra de mi valentía. No veas cómo hablan las mujeres del servicio y Herminia no hace más que pedirme que le relate cómo pegué al mequetrefe.

—Te defendiste —corrigió Nel, caminando al lado de Lupe con el caballo siguiéndolos.

—Le pegué como dijo Francisco, solo que no me

explicó lo que molesta a los hombres que les toquen sus partes —confesó desenvuelta—. La próxima vez me cubriré.

Lo último que hubiera imaginado Nel es que conversaría en semejantes términos con una mujer. No conseguía acostumbrarse a la liberalidad de los californianos.

—No habrá próxima vez si permaneces a mi lado —murmuró Nel con el rostro encendido.

Guadalupe lo miró con los ojos entrecerrados, midiéndolo.

—Francisco me dijo que te ofreciste a entrar en la cueva a pecho descubierto —soltó de corrido—. Hay que ser necio o estar muy desesperado.

—Preocupado —matizó, sincero.

—Y loco —añadió Guadalupe con una sonrisa—. Nunca me han besado.

Nel quedó al borde de un ataque de apoplejía. Como no reaccionaba, la muchacha lo hizo por él; se puso de puntillas y le dio un beso rápido en los labios. Una sacudida le trajo de regreso al mundo de los vivos, la cogió de la cintura y la atrajo hacia sí. Saboreó los labios y ella se animó ofreciéndole el néctar de su sonrosada boca. Se separaron con los corazones latiendo alborotados, temblando del valor que les había invadido. Se miraron expectantes, aguardando una palabra del otro, que no llegó. En silencio volvieron a sus pasos, al camino, soñando sin cruzar palabra y con las manos enlazadas. Era demasiado nuevo, demasiado íntimo para romperlo con una trivialidad.

Juan acompañó a su habitación a Begoña después de la cena, como había venido haciendo a lo largo de la semana. No la había molestado en el lecho ni había dormido con ella. La dejaba a su aire, que recuperara el cuerpo molido y que tomara la decisión que fuera, aunque él solo deseaba una. A medida que pasaba el tiempo y ella no se manifestaba, más crecía la angustia, la indecisión, la duda de la elección. Según subían la escalera, decidió abordarla esa misma noche, al menos, sondear qué ocupaba su mente.

Esta vez no se despidió en el rellano, sino que entró en la estancia detrás de ella. Begoña no mostró sorpresa, así que aguardaba, igual que él, una conversación. Se dirigió a la chimenea apagada y se sentó en uno de los sillones que la custodiaban. Juan siguió su ejemplo en el de enfrente.

—Con la fiesta termina prácticamente el verano —comenzó Begoña—. Septiembre es un buen mes para trasladarme.

—¿No lo dirás en serio? Es la idea más ridícula que he oído —dijo Juan, molesto.

—No soy buena para ti, Juan. La gente acabará murmurando, esto es un pueblo.

—¿Y de qué van a hablar? Del valor de una condesa, de una mujer que hizo frente a los carlistas, que creó una red de espionaje para salvar el valle. Y porque no has oído los comentarios de la posada, cómo narra Cosme la cabalgada colgada del costado del caballo por el pueblo. Eres su heroína. Nadie se atreverá a cuestionarte.

—¡Qué bonito suena en tus labios! —suspiró Begoña—. Hasta yo me lo creo.

—Porque es la verdad —aseveró Juan.

Se levantó del sillón y se deshizo del lazo de la corbata. A continuación se quitó la chaqueta y comenzó a desabrocharse la camisa, de la que tironeó hasta que salió el faldón del pantalón.

—¿Qué haces?

—Me parece obvio. Te voy a hacer el amor hasta que me supliques que me case contigo.

El ensanchamiento de aquella nariz que le traía loco desde que la había conocido, le desveló que había logrado excitarla. Su pecho se alzaba agitado ante la agradable amenaza. La cogió de una mano y tiró hasta que la puso de pie y, muy lentamente, mirándola a los ojos en una especie de reto, comenzó a desvestirla. Fue fácil; no llevaba corsé ni volvería a llevarlo tras las laceraciones que le había causado. Dejó caer la falda y desabrochó el polisón. Vestida con la camisa y el calzón, la levantó en brazos y la dejó sobre la cama, mientras él continuaba desnudándose delante de ella. Intentaba desenterrar el recuerdo de otra noche compartida, de un amor que quedó en espera, de algo inconcluso. Rastreaba las huellas de ese deseo interrumpido en su corazón para alimentarlo de nuevo, para inflamarla. Se tumbó junto a su cuerpo y recorrió la blancura de la piel con la mirada de lava, para abrasarla, para someterla. Con lengua ardiente recorrió el cuerpo, abriéndole la camisa para llegar a los anhelados, turgentes y enhiestos pechos. Se demoró en ellos hasta que gimió de placer, una canción para sus oídos. Ascendió por el cuello rindiendo con caricias hasta asediar la boca, donde se libró una batalla de voluntades por verterse el uno en el otro. Correspondido, se creció en su demanda y deslizó la mano para retirarle el calzón que lo apartaba de la tentación húmeda, del oscuro placer. Avanzó los dedos ladrones entre los pliegues guardianes del pozo del deseo y los coló furtivos, provocando que el cuerpo se entregara arqueado, se abriera a su pasión. Arremetió y la llenó, con movimiento lento le arrancó la promesa de su claudicación. El vencedor se vació satisfecho, enfebrecido de su victoria, sin dejar nada por entregar, generoso con el vencido.

Begoña se despertó con la claridad del amanecer que invadía el cuarto. Bajo la nariz, el cálido aroma del cuerpo de Juan. Se removió y levantó la vista hasta su rostro para fundirse en la mirada de color avellana del californiano, que la contemplaba absorto.

—Atrévete a decirme que te vas —retó ronco, pasándole la mano por la desnuda espalda.

—Atrévete a decirme una palabra de amor —replicó Begoña, desafiante.

La boca del californiano se curvó en un gesto muy suyo, cuando algo le divertía.

—No soy hombre de palabras, sino de acción —amenazó con el brillo del deseo asomando a los ojos; brillo que se ensombreció con la determinación de calmar ese sentimiento que lo embargaba.

Begoña no escuchó palabras de amor, pero sintió sus labios, sus caricias, sus manos, su calor, su necesidad de amar, su urgencia, su ansiedad, todo derramado sobre el cuerpo de mujer que lo recibió sedienta, anhelante, vacía, con la esperanza de que lo llenase, lo satisficiera, lo elevase hasta que perdiera su forma y se fundieran en un ser, en un único cuerpo.

Habían descubierto el lenguaje secreto de la carne deseosa y ávida de besos; el arrebato apasionado de la vida; el jadeo entrecortado que emitían, roto por el placer y convertido en suspiro agotado de pasión; los pechos henchidos y entregados a la boca que los degustaba; la lengua avariciosa que inflamaba, inclemente, la piel; las sabias y generosas manos que conducían el cuerpo al éxtasis. Derrotados por la necesidad de aplacar su fuego, él se enterraba en la humedad palpitante y ella se ofrecía rendida a la exigencia más antigua. Y así, lasos y sudorosos, recibieron el día, amándose, sonriéndose cómplices del momento compartido, con la promesa de nuevos encuentros colgando de la mirada.

24

Día 30 de agosto de 1871

Begoña bajó corriendo las escaleras con el traje de montar. En el comedor ya se encontraban desayunando los hermanos de Juan. Carmela atendía la mesa en ausencia del servicio, que disfrutaba del día libre. Tras el desayuno, también librarían Carmela, Brígida y Puerto, ya que la familia almorzaría en Ramales, bien en el mercado, bien en la posada de Cosme.

La expectativa de un día inolvidable había elevado los ánimos. Juan había salido antes que ella, que se había quedado remoloneando en la cama.

—Se te han pegado las sábanas —acusó Francisco, malicioso.

—¿Envidia? —bromeó Begoña.

—En absoluto. Me alegro por el gruñón. Te espera en el establo —informó complaciente.

—Carmela, recuerda, a las doce en la iglesia —susurró de pasada.

Salió al exterior y parpadeó ante la intensidad del sol. El aire era caliente, venía del sur, de tierra adentro, y traía el calor de la meseta. Cuando soplaba del norte, venía con el aroma a yodo del mar, frío y cortante como el filo de un cuchillo. Además del programa festivo, para ella era un día especial: habían decidido casarse en secreto; es decir, legalizar lo que todo el mundo daba por hecho. No querían causar escándalo ni dar explicaciones complejas sobre el acuerdo con Sagasta, por lo que habían resuelto llevarlo con sigilo.

Los caballos enjaezados aguardaban fuera de la cuadra. Juan agitó la mano para indicarle que se acercara. Estaba ajustando una silla sobre el lomo del potro que ella solía montar.

—¡Qué bonita! —exclamó admirada de la labor del repujado y los detalles de plata—. ¿Lo ha hecho Diego?

—Todo es trabajo de Diego —informó con orgullo—. Es una silla vieja de Guadalupe, pero por el momento te servirá.

—¿Es para mí? No sé si sabré montar en eso.

—Una consumada amazona se encuentra a gusto siempre. Además, ya lo hiciste, aunque de una forma un tanto extraña, a juzgar por la explicación de Cosme —bromeó Juan—. Introduce el pie en el estribo, te mido el largo.

Begoña hizo lo que le indicó y sus cabezas se encontraron muy juntas. Juan no se lo pensó dos veces; entorpecida por la postura, no pudo zafarse y la besó con suavidad, recreándose en la suerte; ella no lo rechazó, así que ahondó y recorrió su boca hasta que un carraspeo los devolvió al mundo real. Ignoró la risilla de

Francisco, aunque no pudo evitar el sonrojo. Juan no pronunció una palabra, pero le rodeó la cintura y la impulsó sobre la silla. Las manos de Juan eran fuertes y morenas, pero delicadas con el violín y cuando la exploraban. Se estremeció al recordar las caricias. Lo deseaba tanto... Se sentía perdida y confusa ante las reacciones de su cuerpo. La visión de Juan desnudo sobre la cama la había aturdido más de lo imaginable y por la noche se había despertado jadeando, asediada por imágenes eróticas que culminaron con el escarceo amoroso de la mañana.

Cuando espabiló de su ensueño, ya habían llegado a la villa. Dejaron los caballos en una calle lateral porque la plaza se hallaba abarrotada de tinglados y carros, desde los cuales los vendedores ofrecían sus mercancías recitándolas de memoria a voz en cuello: desde remedios de procedencia dudosa a cacharros de buhoneros y hortalizas y aves de las aldeas vecinas. Todo se compraba y se vendía. Los ramaliegos evolucionaban curiosos de un puesto a otro y, entre ellos, distinguió al boticario.

—Buenos días, don Matías —saludó Begoña del brazo de Juan.

—Y buenos de verdad —corroboró don Matías—. ¿Ya se han enterado de la noticia? —Ante la muda negativa, el boticario prosiguió—: El gobierno ha concedido una amnistía para todos los carlistas que quieran acogerse. Es una guerra diplomática.

—Es una buena noticia —confirmó Juan—; enfriará durante un tiempo los ánimos de sublevación.

Pasearon por el mercadillo comentando, sonriendo,

saludando, engolfándose en el placer de saberse queridos y admirados. Begoña se encontraba en medio de un sueño y temía el instante en que se desvaneciera como tantas otras veces había sucedido. Se aproximaron al prado en el que se realizaba la compraventa de ganado y saludaron a Nel y a Remigio, quienes les explicaron cómo se realizaban los tratos y les presentaron a algunas personas del mundo ganadero. Begoña comprobó que padre e hijo eran personas entendidas y respetadas en los apretones de mano con los que cerraban los acuerdos.

—Aquí, un acuerdo sellado con un apretón de manos es ley —aseguró serio Remigio.

El bullicio, los olores del estiércol, los mugidos y los cloqueos de las aves, atentaban contra los sentidos. Desde que había fallecido su padre, no había vuelto a caminar del brazo de un hombre con tanto orgullo como en ese instante; con placer notaba la fuerza y la fibra de Juan, el dulce acento extranjero del californiano la embelesaba cuando le explicaba las características de un animal o cuando cerró el primer trato bajo la supervisión de Nel: habían adquirido un cerdo. El tañido de la campana de la iglesia recordando el Ángelus la puso nerviosa: había llegado el momento.

—*Honey*. —Juan captó su atención para dirigirle una cariñosa mirada bajo el ala del sombrero negro y una sonrisa.

Begoña se la devolvió, azorada como una colegiala.

El joven párroco de Ramales se sentía abrumado ante la evidencia. Al principio creyó que le estaban tomando el pelo, pero, después de la conversación que mantuvo con el teniente de la Guardia Civil, quien, amablemente, le ratificó los rumores que corrían por el valle, hubo de admitir a pies juntillas unas historias salidas de mentes demasiado imaginativas. Y si le había quedado alguna duda, allí estaba el diablo, paseándose por la plaza, impune, con la aquiescencia de las autoridades y con el revólver colgado de la cadera.

Se había cruzado con él y lo había saludado amablemente, pero Avelino había sentido cómo lo diseccionaba la mirada clara. Todavía le temblaban las manos y se le cortaba la respiración ante el recuerdo. El señor obispo estaba muy mal informado sobre los feligreses de aquella zona. Así reflexionaba cuando oyó que abrían la puerta de la iglesia. ¡Por fin, alguien requería de su ejercicio! Se levantó ligero, con el entusiasmo del principiante, se giró y se encontró frente a su pesadilla.

—Buenos días, padre —saludó con el sombrero en la mano y una sonrisa en la boca. Lo acompañaban la condesa, una doncella y uno de los hermanos—. Queremos que nos case ahora mismo.

A Avelino se le atragantaron las objeciones cuando se fijó en el revólver pendiente de la canana.

—Tenía entendido que ya estaban casados —farfulló confuso.

—Bueno, sí. Pero nos gustaría repetir, por si acaso. Una ceremonia íntima, sencilla. ¿No es así, *honey*?

Avelino carecía de experiencia en amores, pero, a juzgar por la sonrisa tonta de los condes, andaban realmente enamorados. Aun así, era una situación muy irregular.

—Le aseguro, excelencia, que no es necesario —dijo condescendiente—. Dios tiene buena memoria.

—Pero los hombres no, padre. Nosotros lo aguardamos aquí.

La voz del conde, aunque cortés y con un acento foráneo, no admitía réplica. ¿No le habían repetido hasta la saciedad que no era indiano? Se rascó la cabeza desorientado, sin saber cómo lidiar con semejante hombre.

—¿A qué espera, padre? —lo acució el conde, clavándole esa mirada que lo ponía de los nervios—. Francisco, cierra la puerta por dentro, no deseamos curiosos.

Ante lo inevitable, Avelino se encaminó a la sacristía, meneando incrédulo la cabeza. Perplejo, revisó el archivo parroquial, donde encontró el certificado de matrimonio que había requerido el anterior párroco. A su entender, estaba en orden. Suspiró y se quitó la sotana. Procedió a vestirse el alba, se anudó el cíngulo y se metió la casulla por la cabeza. Salió con la seriedad que requería la circunstancia y se volvió a los contrayentes, que charlaban en voz baja con los testigos. Se armó de valor y se dirigió al conde.

—¿No pretenderá recibir el sacramento del Señor ciñendo el arma del diablo?

Sin embargo, la voz le salió un poco aflautada a causa del desasosiego, pero se creció cuando el conde se sonrojó y se apresuró a dejar el revólver sobre un banco. La condesa le sonrió y Avelino sintió un soplo fresco sobre su confusa alma. Tímidamente forzó una sonrisa que dejó escapar los dos paletos sobre el labio inferior, como si hubiera cometido una travesura.

La ceremonia se realizó con el rigor que había aprendido en el seminario. Luego, en la sacristía, firmaron en el registro parroquial.

—Tenga, padre. Necesitará de algunos recursos para mantener la iglesia y para instalarse. —El conde alargó una bolsita con algunas monedas—. Y de esto ni una palabra en el pueblo —advirtió con una ceja levantada—. Quería satisfacer un capricho de la condesa.

Avelino inclinó la cabeza a un lado para salvar el cuerpo del conde y alargar la mirada hasta la condesa, que le sonreía feliz. Se le encogió el cuerpo de regusto y aseguró al conde que no había razón para pregonar lo que el pueblo ya conocía.

Salieron los condes y quedó Avelino solo, en medio del pasillo, con la irrealidad de lo sucedido llenándole la cabeza y con la certeza de que el ejercicio del sacerdocio en aquel valle no iba a resultar tan sencillo como le había asegurado el señor obispo.

Begoña y Carmela desmontaron y ataron sus monturas en el exterior del nuevo establo.

—Ha sido una pena que no haya podido celebrar la boda por todo lo alto —comentó afligida Carmela.

—A estas alturas, la boda ha sido lo de menos —respondió Begoña, pletórica—. Estoy enamorada de un hombre maravilloso y rodeada de una familia de la que carecía. No siento el peso del mundo sobre mi espalda, no estoy sola. No soy tan ingenua como para pensar que la vida será un lecho de rosas, pero sí más llevadera si la comparto con alguien como Juan.

—¿Ya no es el californiano? —Y las dos se echaron a reír al recordar el día en que lo conocieron.

Habían comido en la posada con los hermanos de Juan tras la secreta ceremonia y ahora se disponían a presenciar, como el resto de los vecinos, la prometida exhibición equina. Se aproximaron a la cerca sobre la que Tomás y sus trabajadores se hallaban sentados como en el palo de un gallinero. Toño había sido readmitido en la cuadrilla después de que la Guardia Civil lo liberara sin cargos de la aventura por el monte. Su padre había sido despedido por Juan y no encontró empleo en el valle, así que había regresado a las Encartaciones después del rechazo de Toño a seguir con él. Begoña no ignoraba lo persuasivo que podía llegar a ser don Evaristo cuando se lo proponía. Los espectadores se distribuyeron buscando el lugar idóneo para disfrutar del espectáculo. Los californianos se adentraron en el vallado. Juan les había explicado que había conseguido permiso del dueño del campo vecino para hacer correr a los caballos a cambio del estiércol. Habían abierto una brecha en medio del murete de piedra para facilitar el paso.

Reunieron las yeguas que pacían diseminadas por el prado y las juntaron con los sementales. Comenzaron calentando con un ligero trote. Los californianos se colocaron en las zonas exteriores, controlando que ninguna perezosa se quedase atrasada. Los seis sementales relinchaban inquietos. Guadalupe se puso a la cabeza y marcaba el paso a la yeguada. Era una delicia verlos montar. Los cuerpos se fundían con el movimiento del animal como si fueran uno. Las riendas iban sujetas al cuerno de la silla y manejaban la montura con las piernas. Begoña apreciaba la habilidad y el entrenamiento que eso requería. Los hermanos habían nacido sobre las sillas. La tensión aumentó cuando del trote pasaron al galope. El retumbar de las pezuñas sobre el suelo transmitió a la concurrencia una vaga sensación de peligro que les encogía el corazón y sonreían nerviosos. Francisco y Diego incrementaron el aliciente de la exhibición. Cada vez que las yeguas traspasaban la tapia de separación de los campos, ellos decidieron saltarla por donde el muro no había sido derruido entre los silbidos y los vítores de los hombres de Tomás. Carmela y ella sonreían como dos tontas ante el juego.

La familia Mazorra y la Abascal se aproximaron para saludarlas. Lipe miraba al prado con la admiración reflejada en la cara.

—Buenas tardes, excelencia —saludó el muchacho, llevaba el brazo en cabestrillo y lo lucía con orgullo, como si fuera la condecoración de un general.

—¿Cómo estás, mi valiente Felipe?

—Muy bien. Ha sido una herida de nada —se chuleó el muchacho—. Lo que siento es no estar montando con ellos. Su excelencia me ha explicado que, cuando empiecen a cubrir las yeguas con los sementales, habrá que estar pendientes de los embarazos, los partos y todo eso.

—Suena a mucho trabajo —alegó Begoña.

—Es probable que si aumenta mucho la manada

haya que contratar a más gente. Por el momento está buscando un veterinario para que se establezca en Ramales.

—Creo que la explotación equina del conde va a significar prosperidad para el pueblo —reflexionó Evaristo.

—Es muy emprendedor —observó Begoña con orgullo.

La yeguada había sido conducida de nuevo al trote. Nel, desde por la mañana, estaba excitadísimo. El inesperado giro que había tomado su relación con Guadalupe lo tenía con el alma en vilo. Como una diosa cabalgaba a la cabeza de la manada. El vaivén de su pecho lo había hechizado. Las ropas de hombre no dejaban mucho a la imaginación, a pesar de que con la holgura trataba de evitarlo. Sonrió al pensar todo lo que mostraban los hombres de su cuerpo a las mujeres. Nunca lo había enfocado desde esa perspectiva.

En cuanto la manada comenzó a mostrar signos de cansancio, la condujeron al vallado. Allí las yeguas se dispersaron y los californianos, ante la admiración de los asistentes, hicieron ondear los lazos sobre las cabezas. Francisco laceó uno de los sementales, que se dejó guiar obedientemente al redil de al lado. Entre Guadalupe y Diego atraparon otros dos. El conde observaba a cierta distancia, dejando la gloria a los hermanos. Una vez separados los sementales, tarea que les llevó un rato, regresaron al vallado y tanto Diego como Francisco iniciaron una pugna acrobática a lomos de los caballos para gran regocijo de los espectadores, quienes los vitorearon, aplaudieron y animaron a más locuras.

Nel no perdió de vista a Guadalupe, quien no parecía preocupada ante las bravuconadas de sus hermanos. La devoró con la mirada mientras ella permanecía distraída y relajada, o eso creyó él, hasta que se giró repentinamente y lo atrapó en el encanto de una mirada, entre burlona y satisfecha. No se relajó hasta que comprobó que su boca se transformaba en una sutil sonrisa de aprobación. Seguía sin descubrir qué lo atraía de aquella criatura, pero le calentaba la sangre más de lo que era deseable para una mente cuerda.

Guadalupe condujo la montura hasta el enorme establo. Buscaba un poco de sombra y agua para el animal. Nel se separó de su familia y la siguió al interior. La encontró junto al caño del agua, cogió un cubo y lo abrió. Tomás había hecho maravillas con las tuberías y la extracción de agua. Era un lujo inimaginable disponer del agua de esa forma. Nel llenó el cubo y lo dejó bajo el morro del caballo, que no se hizo de rogar. Ella metió las manos debajo del agua fría, se mojó la nuca y se lavó la cara.

—Ha sido una exhibición ecuestre impresionante.

La muchacha se giró con una sonrisa y a Nel se le desbocaba el corazón y le urgía el deseo de tocarla y descubrir su tacto cálido. Había algo dentro de él que lo empujaba a mostrarse desinhibido, pero, lejos de asustarlo, lo volvía más audaz. Y ella buscaba esa osadía, por lo que había comprobado cuando lo besó. Estaba seguro de que ella había reparado que lo escandalizaba y ahora aguardaba a que fuera él quien diera el primer paso. Los ojos de Nel se estrecharon y el pecho traicionó su aparente tranquilidad. Guadalupe adivinó su pensamiento porque esbozó una sonrisa para animarlo y no la defraudó. Alargó una mano, la cogió y tiró de ella hasta llevarla al amparo de una cuadra ya terminada, cerró el portillo y la asedió contra la pared. Nel escrutó sus ojos largamente y Guadalupe sostuvo esa mirada entre melosa y apasionada. Agachó la cabeza y los cabellos oscuros y revueltos de él le rozaron la cara. Con labios fuertes, suaves y decididos, atrapó la ansiedad y el deseo de la nueva experiencia que había en los de ella. La estrechó entre los brazos para disfrutar del cuerpo que llenaba sus noches de insomnio. Ya lo tenía, era suyo, el corazón le brincaba desacompasado y loco de felicidad. Nel se separó primero, jadeando, nervioso. La había cogido por los muslos y la había alzado hasta él. Guadalupe aprovechó para soltarse del cuello y pasar sus brazos por debajo de los de él y abrazarse al cálido torso donde residía el causante de tanto amor.

—Si seguimos así, no seré capaz de contenerme. —Nel rompió el silencio y la magia que había surgido. Guadalupe no lo soltó, se resistía a abandonarlo—. Escucha, he hablado con tu hermano.

—¿Con Juan? ¿Qué sabe Juan? ¿Y conmigo no cuentas? —se desasió enfadada y bajó las piernas que lo enlazaban al suelo.

—Desconozco vuestras costumbres y la liberalidad con la que os movéis. No puedes reprocharme que haga lo que me dicta la conciencia. Para mí eres importante y me comporto correctamente.

—¡Ah! ¿Te refieres a enseñarme con antelación lo

que me vas a ofrecer? —le provocó con una sonrisa pícara.

Nel se puso rojo como la grana, pero aguantó el envite.

—Espero que sea algo más que mi cuerpo lo que deseas, porque yo te sueño vestida de hombre o de mujer, sonriendo o enfadada, con el pelo recogido o suelto. Quiero compartir mi vida contigo para que mi sueño se haga realidad. No comprendo cómo una mujer como tú con tanto mundo y tan inteligente se ha fijado en un rústico como yo.

—Durante el viaje me he relacionado con muchos hombres que perseguían mejorar su posición o lucirme de su brazo como quien estrena sombrero. Me hacían sentir degradada, no encajaba en su imagen de mujer. Me enamoré de ti en cuanto descubrí que eras un hombre de los pies a la cabeza. Me encantaría formar parte de tu vida si decides contar conmigo y no con mi hermano —asintió Guadalupe, emocionada.

El abrazo y los besos, que Nel repartió por la cara y el cuello, la hicieron reír.

—Parece que alguien se lo está pasando en grande por aquí —se oyó la voz de Diego, que había entrado en las cuadras, terminadas las acrobacias.

Juan dejó que sus hermanos se desquitasen la pereza y el ansia de montar. Echaban de menos las inmensas planicies californianas y los días de duro trabajo sobre el caballo. Pasaban días enteros a lomos de ellos, hasta el punto de olvidar dónde terminaban sus piernas y dónde comenzaba la grupa del animal, de tan compenetrados como estaban. El sol apretaba, pero lo peor era el aire cálido del sur, que resultaba sofocante al no encontrar alivio ni en la sombra. Abandonó el vallado y desmontó. Condujo el caballo de las riendas hasta el abrevadero y, mientras el animal se saciaba, él bombeó agua de la fuente y metió la cabeza bajo el chorro de agua helada.

—Bonita exhibición —dijo Begoña a su espalda.

Él sacudió la cabeza y el agua salió disparada en todas las direcciones. Begoña gritó ante la lluvia inesperada que recibió. Se volvió hacia ella, que sonreía, secándose la cara con la manga.

—Ahora que hemos enterrado el hacha de guerra...

—¿Qué hacha?

—Es una expresión india, de allá —explicó Juan riendo—. El hacha es el símbolo de la guerra, su arma mortífera, así que la entierran o desentierran según la ocasión. Algunos también se pintan.

—Un poco sanguinario ¿no?

Juan se aproximó y ella no retrocedió ni evitó la mirada. La insinuación tácita de Juan fue aceptada por el descenso de los verdes ojos de Begoña hacia su boca. Se unieron suavemente bajo el calor sofocante del verano. Juan se recreó en los labios hasta que sintió que los brazos de ella lo estrechaban y su pasividad tomaba la iniciativa, exigiéndole más. Se dejó arrastrar y la apretó contra el cuerpo.

—Ahora que nosotros hemos terminado la función, ellos han tomado el relevo —se oyó a Francisco.

Se separó de Begoña, que lo siguió con la mirada turbia.

—Creo que tenemos público —informó serio—. Lo mejor sería celebrar una fiesta privada en nuestra habitación.

El calor de Begoña subió unos grados y propagó el incendio por sus mejillas. Juan la encontró arrebatadora. Muy a su pesar se apartó y comprobó que los curiosos, que se alejaban del vallado, los observaban con sonrisas reprimidas.

—Excelencia, creo que ha olvidado que tiene que iniciar el baile de la verbena —recordó Begoña divertida—. El título que tan alegremente aceptó conlleva unas tareas sociales ineludibles: es usted una personalidad en el valle.

—Eso va a ser algo a lo que no me acostumbraré —suspiró Juan.

Epílogo

Mes de febrero de 1872

Juan se abrochó el chaquetón de borrego y se subió el cuello para que lo abrigara mejor. Montó en el caballo, se ajustó el barboquejo al mentón para que el viento no se llevara el sombrero y cogió las riendas con las manos enguantadas. Azuzó la montura para que se pusiera al trote y se dirigió a Ramales, como todos los jueves a mediodía.

El día era desapacible; el aire cortaba como un cuchillo, ya que llegaba sobre nieve, y el cielo amenazaba plomizo sobre las cumbres, aunque no llovía. La humedad de los ríos calaba hasta los huesos, dejándolos helados el resto del día. Era una tierra muy diferente de California; sin embargo, habían sido admitidos en el pueblo y se habían adaptado a la vida tranquila del valle. Diego corría detrás de Lipe por los montes y Lipe aprendía a curtir y grabar el cuero; Francisco se había volcado en la cría equina, buscaba nuevas inversiones por los valles vecinos y viajaba bastante a la capital; Guadalupe vivía en una nube de proyectos sobre casas y bodas con Nel; y Begoña y él iniciarían una familia en cuanto diese a luz a la criatura que se gestaba en su vientre.

Se detuvo en la posada de Cosme y ató el caballo en la argolla exterior. Al abrir la puerta de madera le recibió el calor del interior mezclado con el olor del vino y del tabaco. En una mesa, repantingados en las sillas y cercanos a la chimenea, aguardaban Evaristo, Remigio y don Matías, las fuerzas vivas que controlaban el valle.

—Buenos días, señores —saludó a la vez que echaba el sombrero a la espalda y procedía a quitarse los guantes.

—Buenos días, excelencia —respondió Cosme con un cuenco de caldo en la mano que dejó en el sitio que, de forma tácita, le había sido asignado a Juan. Un jarro de vino ya ocupaba la mesa.

—Hoy se retrasa el teniente —comentó Remigio, por decir algo.

La puerta de la calle se volvió a abrir y entró Nel, que repitió el saludo. Los jueves, a mediodía, se reunían para intercambiar chismes y noticias; era el sistema de comunicación más rápido y fiable con el que contaban los meses que permanecían aislados por los temporales de nieve. El chacoloteo de varios caballos en el exterior les advirtió de la llegada de la Guardia Civil.

Al poco, entró el teniente con paso recio y marcado por las botas, seguido de dos soldados que se apostaron en la barra. Eusebio se aproximó a la chimenea, abrió las piernas y alargó las manos hacia el fuego. En lugar de saludar, se dirigió directamente a Juan.

—¿Cómo dice, excelencia, que se llamaba el clérigo que acogió un mes atrás?

Juan recordó al sacerdote que llamó a su puerta en el convencimiento de que era el anterior conde de Nogales. Llegó acompañado de una joven ama y ambos parecían más una pareja de fugados que un par de viajeros. Tanto fue así, que Francisco aprovechó la cena para registrar las pertenencias y se encontró con una sorpresa.

—Don Manuel —respondió Juan.

—¡Ja, ja, ja! —rio el teniente, que ya tenía la concurrencia pendiente de su boca—. Estamos de enhorabuena. Parece que Dios no ampara a los carlistas este año.

Una vez calentado, se giró y buscó una silla. Cosme llegó a punto con el caldo.

—Pues así andan las cosas —procedió a relatar Eusebio—: cuando han renovado los nombramientos militares, se ha encomendado a Eustaquio Díaz de la Rada el mando superior de las fronteras de Guipúzcoa, Navarra y Cataluña. Echó mano de las cuentas y se encontró que solo disponía de cuatrocientos francos en efectivo y diez millones en bonos que no podía colocar.

—¿Y qué tiene que ver el cura en todo eso? —apremió don Matías.

—Parece ser que el presbítero leridano, don Manuel, había recibido diez mil francos en dinero y cincuenta mil reales en bonos para invertirlos en efectos de guerra.

—Y lo traía a Ramales para instalarse en la casa del

conde —terminó Juan—, pero se encontró que el conde ya no era el carlista que necesitaba.

—Pues se equivoca de medio a medio, excelencia —comentó, misterioso, Eusebio—. El bueno de don Manuel se ha fugado a América con el dinero y con el ama, con la que estaba liado, y ha dejado a Rada sin fondos.

Las carcajadas y los vítores llenaron el local. Se levantaron los vasos y se brindó repetidamente «por el valor de la condesa». Era un pequeño homenaje de aquellos hombres en reconocimiento a la condesa por la red de espionaje que tan inteligentemente había ideado, ya que no podía realizarse de forma pública y convertirla en objetivo de los carlistas otra vez. Se compartieron noticias menos relevantes y se trazaron planes para la primavera. Desde el doce de diciembre, Sagasta era el presidente de Gobierno y en abril serían las próximas elecciones; la política continuaba tan revuelta como el día en que Juan desembarcó en Cádiz. La puerta de la posada se abrió y dio paso al nuevo párroco de Ramales.

—Buenos días, don Avelino —lo recibió Cosme servicial—. Haga el favor de pasar a la cocina, ya lo están esperando.

Juan observó a Avelino, quien se tropezó con la larga sotana que le venía grande y de entre los pliegues de la capa asomó un cuchillo jifero que llevaba colgado del cinturón. Levantó una manga y se limpió una gota que pendía de la nariz a causa de la condensación. Sonrió a la concurrencia reunida cerca de la chimenea y siguió los pasos de Cosme hacia la cocina.

—¿Se puede saber qué hace el cura con un cuchillo de matarife? —inquirió Eusebio.

—Verá, teniente. —Remigio se aprestó a complacer al militar—. Don Avelino es oriundo de Extremadura, como usted, y cuando presenció cómo matábamos los cerdos por San Martín, casi le da un ataque de pena.

—Sí, lloraba, el chaval —corroboró Evaristo.

—En mi pueblo también hay matanza —se extrañó Eusebio.

—Sí, y en el de don Avelino —afirmó Remigio—. El caso es que no lo hacemos bien, el animal sufre. Así que el padre Avelino se desplaza cada vez que hay que matar un cerdo.

—¿Es una broma? —preguntó amoscado Eusebio.

—En absoluto. Es una muerte muy dulce, con padrenuestro incluido. Le aseguro, teniente, que los gorrinos chillan menos y se van en paz al otro mundo.

—Mucho me temo que esto tiene algo que ver con convertirlo en un hombre. Como se lesione con ese cuchillo, os detengo a todos —amenazó el teniente, intentando no reírse y mantener la compostura.

Juan se sonrió ante aquellos hombres que bromeaban como niños, pero que no dudarían en luchar hasta el último aliento por defender la tranquilidad de su valle, por sus tierras, por sus familias, tal y como habían hecho Begoña y él. La guerra civil ya había asolado Ramales en una ocasión; sus habitantes habían sido asesinados u obligados a participar a causa de las levas forzosas de los carlistas y, finalmente, había sido incendiada. Habían pagado un precio muy alto y no estaban dispuestos a pasar por ese calvario de nuevo.

No, no había tanta diferencia entre California y España: los hombres eran hombres en todos los sitios. Aunque en esta ocasión contaba con una mujer maravillosa a su lado, lo suficientemente valiente y emprendedora como para luchar contra la falta de libertad, contra las imposiciones de los hombres egoístas, con la sangre de las pioneras americanas fluyendo por las venas. Estaba muy orgulloso de ella.

Begoña comparaba los diferentes retales de tela para decidir cómo los iba a combinar. Guadalupe dirigía la labor y les explicaba los pasos a seguir. Herminia y Carmela asentían, pues eran más entendidas que ella en ese tipo de labores. Se había propuesto crear una colcha *patchwork* maravillosa para su hijo; sin embargo, su cabeza no estaba en lo que hacía, sino lejos de allí, con Juan, preguntándose de qué hablarían. Desde que había quedado embarazada se había vuelto muy protector y ella lo agradecía y le disgustaba a la vez: no era de cristal. Oyó la puerta principal y las expresiones de alivio de Juan al sentir el calor del interior. Se levantó y se asomó al vestíbulo a recibirlo.

—¡Menudo frío! —exclamó quitándose los guantes y el chaquetón.

Begoña se acercó, echó el sombrero hacia atrás y le regaló con un beso.

—Me encanta llegar a casa y que me reciban tan cálidamente.

NOTA DE LA AUTORA

Esta historia surgió por casualidad, como suelen suceder la mayor parte de las cosas en esta vida. Mientras esperaba para iniciar la presentación de mi primera novela en el mundo literario, en la librería Kattigara de Santander, me dediqué a ojear los libros de las estanterías y me llamó la atención *La I Guerra Carlista en la comarca del Pas-Pisueña (1833-1839)*, de Ramón Villegas López, y lo compré.

Su lectura me condujo a leer más sobre las guerras carlistas en la zona y escogí, para mi nueva historia, el breve periodo de paz entre la segunda y la tercera guerra carlista, el año 1871, y el mismo escenario de la primera guerra, Ramales, que por entonces había adquirido el sobrenombre «de la Victoria» por el duro triunfo de Espartero sobre los carlistas en el treinta y nueve.

Este año me permitió ahondar en el fenómeno de los indianos que regresaban de las colonias, preferentemente de México, Cuba y Argentina. Sin embargo, yo opté por los españoles olvidados de California y maltratados por el desastroso acuerdo de Guadalupe-Hidalgo, por el que el territorio californiano pasó a pertenecer a Estados Unidos, únicamente recordado por las leyendas del Zorro y del Coyote.

Aunque el escenario y el marco sean históricos, el desarrollo de la novela es totalmente ficticio: ni la red de espionaje ni los personajes de la villa de Ramales son reales.